# RIBBYHO TAJEMSTVÍ

## Cathy McGough

Stratford Living Publishing

# CO ŘÍKAJÍ ČTENÁŘI

**USA:**

„Celý příběh je místy sladký, ale většinu času je děsivý. Autorka umí zajímavě vyprávět a díky tomu je tato kniha velmi zábavná."
RECENZENT AMAZON

„Stejně jako Bernheimer nemusí být McGoughův styl vyprávění pro každého. Je zde značná míra pozastavení nedůvěry, která musí nastat, abyste přijali Angelinu přítomnost a několik událostí a situací v ději. Věřím, že toto úsilí stojí za to. Těším se, až prozkoumám další díla této autorky."
RECENZENTKA Z AMAZONU

„Příjemné a znepokojivé čtení, které splnilo slib psychologického domácího thrilleru."
RECENZENT AMAZON

„Temný psychologický thriller, který vás přiková k sedadlu a odmítnete ho odložit, dokud nedojdete na konec!"
RECENZENT AMAZON


„Páni, to byla ale jízda! Způsob, jakým je tento příběh vyprávěn, vás nechá přemýšlet, co se vám právě stalo."
RECENZENT AMAZON


„Je to plnohodnotný psycho-biddy horor pro ženy, vyprávěný se suchým humorem."
RECENZENT AMAZON


**VELKÁ BRITÁNIE:**
„Ribby skrývá tolik tajemství. Krásný, ale smutný příběh."
RECENZENT AMAZON


„Ribbyho tajemství je zajímavý a příjemný, ale zároveň znepokojivý příběh na mnoha úrovních a stojí za přečtení."
RECENZENT AMAZON


„Dobře napsané, s přesvědčivými postavami a poutavou výpravou."
RECENZENT AMAZON

# Obsah

*"Má tajemství volají nahlas.*

*Nepotřebuji jazyk.*

*Mé srdce má otevřený dům,*

*mé dveře jsou dokořán."*

*Theodore Roethke*

Pro imaginární přátele a ty, kteří je potřebují

# BÁSEŇ: NA POVRCHU



Zrcadlo,
Odrážíš mě s nadbytečností
Napsané po celém mém těle
je tělesně zbarvená nejistota.
Zrcadlo,
se vysmíváš dokonalosti
Tímto zdrženlivým odrazem
A výsledek je vždy stejný
v tvém rámu: Zůstávám nezměněn.
Napsáno mezi řádky
poeticky převlečené
Nevyhnutelné rysy
plynou neharmonicky.
Zrcadlo: Přilnu k tomu, co vidím
Neboť já jsem ty, skrz naskrz
Ale někdy odraz

Přál bych si, abych se ti podobal.

# PROLOG

Když se na ni vrhl, klíč, který držela v ruce, mu zajel přímo do oční jamky. Vykřikl a pak zavyl, když se jeho slabiny dotkly jejího kolena. Když mu vytáhla klíč z oka, zkroutila se při tom skřípavém zvuku. Jak mu po tváři stékala krev, vzlykal a převaloval se, držíc si oblast třísel.  Zabodla mu klíč do boku krku a spojila se s tepnou. Krev vystříkla jako voda z hasičské hadice.

Poodešla několik kroků od těla a ponořila prsty do vody. Každou chvíli se na něj ohlédla. Dokud se nepřestal hýbat. Vrátila se a poslouchala, jestli je mrtvý: byl. Konečně. Kutálela ho jako pytel brambor hlouběji a hlouběji do vody. S každým zatlačením se zdálo, že je mrtvola lehčí a lehčí.

Archimedes měl pravdu.

Když byl tak daleko, jak jen to dokázala, doplavala zpátky ke břehu, posbírala si šaty a převlékla se.

Jeho věci nechala tam, kde je upustil.

Když slunce nového dne zbarvilo oblohu do ohnivě rudé barvy, vrátila se k vodě.

Prohlížela si břeh a neviděla po něm ani stopu. Ponořila klíč do vody, aby z něj smyla krev, a pak odskočila domů. Po dlouhé sprše spala jako miminko.

# KAPITOLA 1

Toto je příběh ženy, která byla příliš milá pro své vlastní dobro: dokud nebyla.

Den Ribby Balustradové začínal vždycky stejně: matka jí vyhrožovala, že pokud si nepospíší, nakrmí snídaní jejich vlčáka Scampa.

Ribby, jejíž šatník se omezoval na matčiny ručně šité věci, si přetáhla přes hlavu květované muumuu, obula si sandály Jesus a učesala se, což jí netrvalo dlouho. Přesto se málokdy dostala dolů včas.

Martha Balustradová nebyla z těch matek, které se drží určitého rozvrhu. Snídaně by byla připravená. O tom, co a kdy, se rozhodovalo ten den.

Vítězem tohoto nekonečného kuchyňského debaklu byl Scamp.

„To je dobrý, stejně nemám hlad," zalhala Ribby, pohladila psa po čele a odešla z domu.

Ribby se nad těmito, jí vlastními událostmi na Hromnice o den více nepozastavovala. Místo toho spěchala parkem na hlavní ulici.

Autobusová zastávka páchla močí a kávou. V den, jako byl ten dnešní, byla ráda, že nestihla snídani, protože ještě teď se jí z toho zápachu zvedal žaludek. Nemohla se dočkat, až se dostane do práce v knihovně.

Když autobus přijel, mrskla kartou Presto a zamířila na své obvyklé místo vzadu. Žaludek jí kručelo v břiše, zatímco autobus se řítil dál a sem tam zastavil, aby nabral nové cestující. Po příjezdu do centra Toronta vystoupila z autobusu a spěchala do obchodu na rohu pro rychlou čokoládovou tyčinku a pak do knihovny.

Ribby se pyšnila tím, že nikdy nepřijde pozdě. Když člověk pracoval v knihovně, prostě nemohl přijít pozdě. Kdyby ano, ucpaly by vám vchod hordy netrpělivých návštěvníků. A tak se stalo, že když vešla dovnitř a uviděla výjimečně dlouhou frontu s panem Filchardem v čele.

„Dobré ráno, pane Filcharde. Jak vám mohu pomoci?"

„Dobré ráno, milý Ribby. Co bych si bez vás počala? Všichni ostatní mají pořád tolik práce, práce, práce— ale vy, vy, má drahá, vy si vždycky uděláte čas, abyste pomohla starému člověku."

„Jen dělám svou práci," řekl Ribby. „Tak co dneska hledáš?"

„Mohl byste prosím přijít blíž? Je to dost hrubá kniha: *obratník Raka*. Znáte ji?"

„Ano, pane Filcharde. Je to klasika."

„Opravdu? Slyšel jsem, že má, no nic, jestli je to klasika, tak už nemusím šeptat, ne?"

„Ne, jsou mnohem kontroverznější knihy,“ usmála se při vzpomínce na humbuk kolem Padesáti odstínů nesmyslu.

„Problém je v tom, drahá, že netuším, kdo ji napsal. Znáš mě, jsem z temného středověku a neumím používat ty zatracené počítačové věcičky.“ Zasmál se. „Byla bys tak hodná a vyhledala to pro mě?“

„Napsal to Henry Miller,“ řekla a klikla do databáze. „Ano, je k dispozici nahoře v uličce s beletrií.“

„Nejdřív se na ni podívám. Říkáte Henry Miller. Nikdy jsem o něm neslyšela!“

„Abych pravdu řekla, když jsem ho četla, moc mě nenadchl. Kritici a recenzenti ho ve své době považovali za geniální. Je tam pár hrubek.“

„Díky, Ribby. Hezký den.“

„Není zač,“ řekla, když se odploužil.

Ostatní čekající zákazníky zvládala sama. Když skončila s pomocí poslednímu, uklidila pult.

Teď, když byl klid, si Ribby uvařila kávu a vrátila se ke svému stolu. Cestou zpátky se na chvíli zastavila, aby se zaposlouchala do šumění vody. Architekt knihovny použil fontánu, aby zamaskoval vnější zvuky, což bylo podnětné. Některá města své knihovny zavírala, ale Toronto bylo jiné. Budova sama o sobě přežila. Ani drancování po válce v roce 1812 nezlomilo jejího ducha.

Napila se kávy, chvíli stála a dívala se na schody. Vypadaly v pohodě, lidé po nich chodili nahoru a dolů, ale výtah se určitě hodil, když ho bylo potřeba.

Na schodišti nad ní si všimla, že pan Filchard míří dolů. Téměř dole měl jednu ruku na knize a druhou na průkazu do knihovny. Zastavila se a počkala na něj. Byl trochu zadýchaný.

„Příště určitě pojedu výtahem," řekl pan Filchard.

Zamířili k pomocnému pultu, kde si Ribby orazítkoval průkazku.

„Špinavý dědek!" Amanda, spolupracovnice, zašeptala, když opouštěl budovu. „Mně z něj určitě běhá mráz po zádech."

Ribby její poznámky ignoroval. Vzala náruč plnou knih, naložila je na vozík, strčila ho do výtahu a vyjela do třetího patra. Přesouvala se od police k polici a zakládala dokumenty. Když doplňovala knihu poblíž okna, upoutal ji záblesk z protější strany ulice. Jejím směrem kráčel mladý muž kolem dvaceti let, od hlavy až k patě oblečený v džínách. Sluneční světlo se mu třpytilo na kroužcích v nose a řetízcích, kterými měl připevněné uši.

Ribby ho dál pozorovala, jak stoupá po schodech. Ze zvědavosti spěchala do hlavního patra.

Při pouhém pomyšlení, že by mu měla sloužit, se jí rozbušilo srdce. Ještě nikdy nebyla tak blízko chlapovi, který měl v hlavě tolik děr. Ribby si byla jistá, že i ostatní mají zamaskované díry — citové rány ukryté hluboko uvnitř. Jako Vincent Van Gogh, který svou bolest používal k vyjádření emocí. Představa využití vlastního těla jako umění ji děsila a zároveň fascinovala.

Došla zpátky ke stolu a pozorovala ho. Stál ve vchodu jako malý ztracený chlapec. *Jaký má hlas,* napadlo ji?

Umístila se za akviziční oddělení, kde uklidila. Nepohnul se ani o píď. Odkašlala si a pak se postavila pod ceduli Pomoc/informace. Jejich oči se setkaly.

„Mohu vám pomoci?" Ribby se zeptal se zarudlými tvářemi a zpocenými dlaněmi.

„Ehm, jo, no, doufám, že jo," řekl hlasitě.

„Mluvte prosím tišeji," řekla.

„Aha, tak jo, promiň. Hledám nějakou knihu, ale nevím, jak se jmenuje." ‚Jak se jmenuje?' zeptal se.

„Víte, kdo ji napsal?"

„Ne."

„Můžete mi říct, o čem ta kniha je?"

„Jo, jo, to vím, to vím určitě. Je to o budoucnosti. No, když ji ten chlap psal, tak to byla *jeho* budoucnost. Pro nás je to naše minulost. Je v ní *Velký bratr*. Ne ten televizní seriál, pozor, jiný druh *Velkého bratra.*" Zasmál se nad tím, jak chytře propojil minulost i přítomnost. Ribby se zasmál také.

„Aha, myslíš *1984* od George Orwella?"

„Jo, to zní správně. Orwell. Výborně. Už je to tam?"

„Moment, prosím," řekla Ribby a zadala to do počítače. Bylo to tam a Ribby to šel najít. Mladík se za ní vlekl.

Když měla knihu v ruce, vrátili se k recepci. Ribby potvrdila, že má potřebný průkaz totožnosti, a vystavila mu průkaz do knihovny.

Transakce byla dokončena a on si kartu strčil do své chrastící peněženky. Poděkoval Ribby a odkráčel k východu. Jeho roztrhané modré džíny se prověšovaly - stejně jako Ribbyho duševní rozpoložení.

Směna konečně skončila a Ribby vyběhl z budovy. Každé pondělí pracoval Ribby jako dobrovolník v dětské nemocnici. Tančila a zpívala. Dělala vše, co mohla, aby jim zvedla náladu. Děti zbožňovala a zdálo se, že jí to oplácejí. Každý týden si vybrala jedno dítě, které bylo středem pozornosti. Dnes byl na řadě Mikey Landers a ona nesměla přijít pozdě.

V levé ruce nesla Ribby svou kouzelnou tašku. Děti byly vždycky nadšené, když jim dovolila ponořit do něj ruku. Předměty uvnitř obsahovaly: kostýmy, hudební nástroje, barvy na obličej, balónky, drobnosti a líčidla.

Když konečně dorazila na dětské oddělení, skočila do Mikeyho pokoje. Jeho rodiče seděli, každý z jedné strany postele, a svírali synovy ruce v hromádce prstů a dlaní. Volnýma rukama si otírali slzy. Mikey spal, a tak tiše odešla.

Ribby se snažil nemyslet na smutek, který visel ve vzduchu v Mikeyho pokoji. Mikey a jeho rodina toho tolik prožili.

Zatlačila ho pryč, do pozadí své mysli. Ribbyho úkolem bylo rozveselit děti a jejich rodiny. Budou na ni čekat. Nasadila svůj nejšťastnější výraz.

Billy a Janie Freemanovi spustili výkřik, když zahlédli Ribbyho přicházet po chodbě. „Už je tady! Je tady!" křičeli. Chodbu naplnila vlna radosti. Děti a jejich rodiny kolem ní ve společenské místnosti utvořily kruh.

Ribby zpívala číslo, které sama složila, s názvem *Jump Like A Caribou* a ve vhodných chvílích hrála na kazoo:

*JUMP JUMP JUMP*
*JAKO KARIBU!*

Ribby rozjela vláček a děti, které uměly chodit, se za ní zařadily.

*JUMP JUMP JUMP*
*LIKE A CARIBOU*

Starý vláček skončil a Ribby vytvořila řadu dětí, které byly na vozíčcích nebo o berlích. Děti zpívaly, mávaly nebo dupaly nohama. Jakoukoli činností si pomáhaly, aby se dostaly do písničky a udělaly nějaký hluk.

*JUMP JUMP JUMP*
*JAKO KARIBU!*

Když píseň skončila, volaly: „Zase! Znovu!"

Písnička byla dětem známá, protože Ribby ji často zpívala s použitím různých zvířat, například klokana, kakadu, kakadu, a dokonce měla i verzi, která zahrnovala návštěvu zoologické zahrady.

Ribby se uklonila a přešla rovnou k jiné melodii. Bavilo ji míchat věci dohromady. Nechávala je hádat. Když energie v místnosti ochabla, změnila směr a požádala o přání tvaru balónku. Zpívala, zatímco tahala a kroutila balónky do tvarů zvířat. Nejoblíbenějším požadavkem byla matka karibu a její mládě, což ji zaměstnalo, protože to byl obtížný úkol.

Děti, které chtěly balónky, je měly a nastal čas, aby Ribby odešla. Začala si balit tašku, zrovna když vešel Mikey Landers a drnkal na kolečka své židle. Jeho máma se vlekla za ním a měla problém ho dohnat. Mikey se zlobil, to poznala okamžitě. Došla k němu a s nataženou rukou mu nabídla zvířecí balonek.

„Já, málem jsem tě přehlédla, Ribby! Měl jsi mě vzbudit. Slíbil jsi, že tenhle týden budeš hrát své číslo z mého pokoje! Byl jsem na řadě!" Po tvářích mu stékaly slzy, když zkřížil ruce a odmítl její nabídku míru.

Sklopila ruku, poklekla, aby byla na jeho úrovni, a řekla: „Promiň, sportovče. Jsem tak ráda, že tě teď vidím na nohou," — podívala se na jeho rodiče — "ale když jsem šla kolem, tak jsi podřimoval, chlapče. Vím, jak moc potřebuješ spánek! Příští týden jsi na prvním místě, ano?"

„Slibuješ?" Rozpažil ruce.

„Křížek na srdci a doufám, že umřu." Ribby si přála vzít ta slova zpátky a spolknout je. Kdyby bylo možné vyměnit svůj život za jeho, bez váhání by to udělala tam a tehdy.

Mikey si toho faux-pas nevšiml, nakonec natáhl ruku a její dar přijal.

Poté, co mu ho předala, se s ním Ribby rozloučila. Cestou z místnosti řekla: „Uvidíme se příští týden, Rugrats!" A pak se rozloučila.

Ribby zadržovala slzy, dokud se nedostala ven z budovy. Protože neměla kapesníky, použila svůj rukáv. Než došla na autobusovou zastávku, podařilo se jí uklidnit.

Každý týden si slibovala, že nebude plakat. Děti by si měly hrát venku a bavit se. Neměly by se bát, že budou nemocné nebo že zemřou. Kdyby ji té bolesti mohla zbavit... Třeba jen na krátkou dobu, pak by stálo za to svézt se na emocionální horské dráze.

Autobus přijede až za patnáct minut. V reakci na kručící žaludek spěchala do obchodu na rohu. *Slaný nebo sladký?* pomyslela si. Za pultem zahlédla řadu cigaret. Ze zvědavosti si řekla o krabičku.

„Jaký druh, paní?"

Podívala se na jejich názvy. „Cools," řekla.

„Už máte zapalovač?" zeptal se prodavač. Aniž by čekal na odpověď, položil na Cools balíček zápalek. „Zápalky jsou na účet podniku," řekl, když mu Ribby předala peníze. Ten mu vrátil drobné.

Prodavačův náhlý úsměv, který připomínal grimasu, ji vyvedl z míry. Rychle odtamtud vypadla. Na zastávce roztrhla krabičku cigaret a jednu si zapálila. Zhluboka se nadechla jako herečka hrající roli. Ve filmech to vypadalo tak snadno. Ve skutečnosti bylo těžké se nepozvracet. Po prvním potáhnutí vyfoukla kouř a zaplavila ji relaxace.

Když přijel autobus, strčila si krabičku do kabelky a sedla si na své obvyklé místo vzadu. Přemýšlela o tom, jak nemravné by bylo zapálit si cigaretu v autobuse *Stana Muže* .

*Stan Muž* byl tak trochu nacista a vyhlášený rváč. Sama to viděla. Křičel na děti, že si dávají nohy na sedadla. Vyhazoval je v mrazu z autobusu, jako by spáchaly vraždu nebo něco podobného.

Jednou jedna stará paní zabrala sedadlo vedle sebe taškami. Požadoval, aby je odstranila, i když to místo nikdo nepotřeboval. Když mu nevyhověla, vyhodil ji z autobusu.

Ribby si ještě pamatoval její švestkovitý obličej, který zvedl oči, když se autobus začal rozjíždět. Žena zvedla prostředníček tak vysoko, jak jen to její malé tělo dokázalo, a vykřikla: „Jdi do prdele!".

Ribby byla tím incidentem tak šokovaná, že od toho dne seděla vždycky vzadu v autobuse. Mohla tam být neviditelná. Mohla se dívat jako moucha na zdi, aniž by na sebe upozornila. Nechtěla udělat nic, čím by *Stana Chlapa* naštvala .

Na druhou stranu, Stan nemohl vidět všechno. Třeba když se muž dloubal v nose a utíral si ho o sedadlo. Ona to viděla, ale Stan ne. Ribby se zasmál. Stan Muž se na ni podíval do zpětného zrcátka. Přestala se smát. Jak bezpečné byly Stanovy řidičské schopnosti? Byl posedlý svými pasažéry, div že se nedostal do nehody.

Ribby sáhla do kabelky. Uvažovala, že vytáhne cigaretu. *Všiml by si toho Stan? Vyhodil by ji z autobusu?* Byla tma a domů to bylo příliš daleko na to, aby šla pěšky. Zavřela kabelku. Soustředila se na hvězdy za oknem.

Doma otevřela dveře a z kuchyně se okamžitě ozval smích. Její matka měla často na návštěvě pány. Tento večer tomu nebylo jinak.

Tom Mitchell seděl naproti její matce u stolu. Ribby kývl Tomovým směrem. Cítila, jak ji Tomův pohled svléká. Vždycky se na ni takhle díval. Její matce to zřejmě nevadilo.

„Ahoj, Ribby," řekl Tom. „Rád tě zase vidím."

Ribby zavřela kohoutek, zhluboka se nadechla a postavila se čelem ke stolu.

Její matka čekala na odpověď.

Stejně jako Tom.

„Tak tedy," řekl Tom a vstal. „Měl bych už jít, Martho. Jako vždycky jsem tě moc ráda viděla." Odsunul židli a naklonil směrem k ní baseballovou čepici.

Tom udělal krok k Ribbymu. „A ty taky, Ribby, i když si myslíš, že jsi příliš vznešený na to, abys pozdravil máminého nápadníka, stejně se mi líbíš."

Ribbyho matka se zasmála, hlasitým a tichým břišním smíchem. „Ach, Tome, naše Ribby se bojí vlastního stínu. To je jedno. Určitě se jí taky líbíš." Otočila se k dceři. „Není to tak, Ribby? Ty máš vždycky ráda mé pány."

Ribby polkla sklenici vody. Sáhla do kabelky a dotkla se krabičky cigaret. Znalost tajemství jí dodávala pocit moci. Vešla do obývacího pokoje.

Tom a Martha si šeptali v předsíni, zatímco ona listovala časopisem. Skandální titulky ji brzy omrzely, vzala do ruky televizní ovladač a proklikávala kanály. Vchodové dveře se zabouchly.

„Kéž bys byla na moje kamarádky hodnější," řekla Martha, když se sesunula na pohovku. „Koneckonců, v tomhle životě potřebujeme přátele a Tom na nás byl vždycky hodný."

„Co je k večeři, mami?"

„Celé odpoledne jsem měla společnost. Na přípravu večeře není čas, dcero, a já mám hlad." Martha si olízla rty. „Naprosto, úplně a zatraceně hladová."

„Tak si objednáme," řekl Ribby. „Můžeme si dát speciální smaženou rýži, vaječné závitky a citronové kuře, o které se podělíme."

„Jo, to by mi nevadilo," řekla Martha a vytrhla Ribbymu z ruky televizní blikačku. Ukázala na něj a rychle a zběsile cvakla.

„Půjdu k paní Englové a zazvoním."

„To udělej ty, dcero, to udělej ty," řekla Martha a nalila si sklenku whisky. Nastříkala do ní trochu sody. Sáhla do miniledničky a vytáhla zásobník na kostky ledu. Vložila do ní dvě kostky, napila se a povzdechla si.

Když se Ribby vrátil, Martha řekla. „Většinou jsi hodná dcera." Martha se ještě jednou déle napila. „Bez tvého platu bychom byli bezdomovci, abychom mohli zaplatit hypotéku a dát jídlo na stůl." Martha zamíchala prstem svůj nápoj. Kostky ledu cinkaly o sklenici.

Ribby se trochu zavrtěl. Tenhle rozhovor v ní vždycky vyvolával nepříjemné pocity.

Když začaly reklamy, Martha se zeptala: „Už jsou nějaké známky po jídle? Ta whisky mě hryže v břiše."

„Říkal, že za třicet minut, mami.“

„Třicet minut, no, proboha, třicet minut je příliš dlouho na to, abychom čekali na trochu rýže!“ Marta udeřila levou pěstí do opěradla židle. Pravou ruku nechala zvednutou, aby uchránila nedotknutelnost své skleničky s whisky.

„Nemůžu to teď zrušit. Seď pevně a sleduj svůj program, a než se naděješ, bude to tady.“

Martha se zaměstnala u baru přidáváním další whisky a ledu. Zpátky na pohovce se smířila s tím, že bude čekat na večeři.

Aspoň že kvůli ní nemusela zpívat, pomyslel si Ribby s křivým úsměvem.

Marta přepnula kanály. Ribby čekal na doručovatele ve vchodu.

Sáhla do kabelky a vytáhla cigaretu. Dala si ji nezapálenou mezi rty a podívala se na svůj odraz v zrcadle. Kdyby její vlasy nebyly tak neutrální a pleť tak vymytá, měla potenciál vypadat sofistikovaně. Možná.

Lekla se, když zazvonil zvonek, a málem upustila cigaretu.

Martha zařvala: „Vezmi to, Ribby!"

Strčila cigaretu do kabelky.

Zase bing-bong.

„Dcero? Dcera! Jsi tam?"

„Ano, mami, jdu pro peníze." Otevřela dveře.

„Dobrý večer," řekl poslíček.

Nepoznal ji, ale ona ho znala. Chlapík z knihovny s piercingem a tetováním.

„Bude to 32,50 dolaru," řekl.

Ribby mu předala 35 dolarů. Vypadal jinak, když stál na její verandě. „Drobné si nechte," řekla, když zavírala dveře a stále na něj myslela.

„Musí ti být zima, Ribby!" Martha jí vytrhla tašku z ruky a zamířila do kuchyně.

Ribby položila kabelku zpátky na háček a v duchu si poznamenala, že až půjde spát, vezme si ji nahoru. Nebylo by dobré, kdyby Martha našla cigarety.

Zpátky v obývacím pokoji jedli večeři na televizních tácech. Začal oblíbený herní pořad *Jeopardy!*

Ribby a Martha spolu soupeřily, kdykoli se na ni dívaly. Kdo znal odpověď jako první, ten ji vykřikl.

„Co je New York," křičel Ribby.

„Co je L.A.!" Martha křičela. Mýlila se.

„Já ti to říkal," řekl Ribby. „ *To* ví každý, mami."

Martha se natáhla přes stůl a plácla dceru přes obličej. Rána byla tak silná, že televizní tác i s obsahem odletěl. Ribbyina židle se převrátila dozadu a její hlava s *žuchnutím* dopadla na konferenční stolek . Pak s *žuchnutím* dopadla na podlahu.

„To tě naučí," řekla Martha, "že jsi projevila neúctu. Tohle je můj dům. Kdo jsi, abys mi říkala, jestli se mýlím, nebo mám pravdu!"

„Ale mami," zašeptal Ribby. „Říkal..."

„Je mi úplně jedno, co řekl. Teď jdu spát. Udělej mi čaj - jako obvykle - a přines ho nahoru."

„Dobře, mami," řekl Ribby.

Ribby šel k baru. Vzala láhev, šla do kuchyně a dala vařit konvici. Vhodila do šálku sáček čaje a nalila horkou vodu do čtvrtiny. Když se čaj vylouhoval, přidala půl šálku Bourbonu a pak dvě lžičky cukru.

Cestou nahoru po schodech se rozhodla udělat něco poněkud neribbyovského.

Pohybovala jazykem v ústech, sbírala sliny a nechávala si je stříkat do tváří. Když toho měla dost, plivla do matčina hrnku.

Pozorovala ho na hladině, pak ho zamíchala a postavila na noční stolek. S úsměvem stáhla vrchní prostěradlo a pak přikrývky, jako to dělala každý večer.

Marta vyšla z koupelny. „Někdy jsi hodná dcera." ‚Dobře,' řekla.

Ribby neřekl nic. Pomohla matce z oblečení a do noční košile. Matka měla studené nohy. Ribby je namasírovala olejem, než jí na zestárlé tělo navlékla pantofle.

Cestou ven se Ribby ohlédla přes rameno. Martha se napila doktorovaného čaje a pak si povzdechla.

Ribby zadržovala smích, dokud nebyla ve svém pokoji.

Pak se rozesmála tak, že musela zvuk tlumit polštářem.

# KAPITOLA 2

Když se probudila, Ribby se posadila a přemýšlela o předešlé noci. Zasmála se a poslouchala, jak její matka dole podupává, jak bylo jejím obvyklým zvykem.

„Snídaně bude hotová za deset minut," zavolala Martha.

Ribby se podařilo většinu z nich zablokovat. Pořád to samé. Pořád to samé.

„Nemám hlad, mami," vykřikla Ribby a prohrábla si vlasy. „Kromě toho musím dneska brzy do práce."

Ribby poslouchala, jak ji matka proklíná. Prohrábla si vlasy kartáčem a náhle se zastavila, když se dole ozvalo zakdákání. Ten smích byl znepokojivý. Marta se po ránu smála jen zřídka, pokud u ní nebyl některý z jejích hostů.

„Měj se, mami!" Ribby obešla kuchyň a zamířila rovnou ke dveřím. Jakmile vyšla ven, všimla si dodávky, v níž seděl a čekal muž. Na boku vozu stálo jméno firmy: *Půda-R-Us*.

Slovo podkroví v ní vyvolalo vzpomínku na to, jak tam byla naposledy. Při pouhém pomyšlení na to se zachvěla a otřásla. Neutralizovala tu vzpomínku a zamkla ji klíčem v knihovně své představivosti.

Zamířila směrem k autobusové zastávce. Přišla tam právě včas. Nastoupila a zírala z okna, jak ji svět míjí v mlze. V žaludku jí kručelo. Měla čím dál větší hlad. Nevšímala si toho, protože chtěla ušetřit každou korunu na cestu do obchoďáku. Dnes byl den, kdy si chtěla dopřát.

Otevřela kabelku. Jen vůně tabáku utlumila její kručení v břiše.

V práci si pověsila kabát a upevnila kabelku.

Ačkoli její spolupracovníci byli na svých místech, nikdo nepomáhal frontě čekajících zákazníků.

Ribby byla nejstarší knihovnickou asistentkou, a přesto neměla žádnou autoritu.

Ribby se opět věnovala čekajícím patronům sama. Vedoucí knihovnice paní P. Wilkinsonová si toho zřejmě nevšimla.

Během polední přestávky se Ribbyová zeptala svých spolupracovníků, kde si kupují oblečení. Většina doporučila obchodní dům v nákupním centru, kde se prodávají kvalitní značkové věci za přijatelné ceny.

Ribby byla čím dál tím víc nadšená, když teď věděla, kde nakupuje. Nemohla se dočkat, až udělá něco, co ještě nikdy nedělala.

Ribby Balustrádová si hodlala koupit nové šaty.

U obchodního domu Ribby chvíli postával venku a nahlížel do výloh. Kolem budov se ozývaly zvuky aut, autobusů a tramvají. Kousek od vchodu začal brnkat a zpívat busker. Začal se shlukovat dav, který se strkal, někteří nesli horké nápoje a kouřili cigarety. Bylo tu tak hlučno a plno, že jediné, co chtěla, bylo dostat se dovnitř. Dovnitř do ticha.

Vstoupila do otáčivých dveří a na vteřinu bylo ticho. Pak se její kupé vcuclo a ona vystoupila do jiného chaosu. Zákazníci třímající tašky, přicházející a odcházející. A bylo to velké, mnoho pater. Několik lidí zaplnilo eskalátory jedoucí nahoru a dolů. Vzduch oslazovaly vůně smaženého jídla, popcornu a koblih, které způsobovaly smyslové přetížení.

„Mohu vám nějak pomoci?" zeptala se paní u informačního pultu.

„Ano, dámské oblečení, prosím."

„Třetí patro," řekla.

Na eskalátoru bylo ticho. Cestující se dívali do svých telefonů. Přidržela se zábradlí.

Když dorazila do třetího patra, spatřila je— šaty svých snů. Malé černé číslo, jak by je nazvaly časopisy v knihovně, ideální na večerní koktejly a výjimečné události. Prohlížela si je a myslela na slova z filmu, který se týkal baseballu. Usmála se a změnila slova na: „Když si je koupíš, příležitosti k jejich nošení se naskytnou." A pak se usmála.

„Mohu vám nějak pomoci?" zeptala se žena v elegantním kostýmku.

„Ano, ano, můžete. Chci si udělat radost. Napadlo mě, že by se mi hodily černé šaty, něco, co se snadno nosí a udržuje. Líbí se mi ty na figuríně tam nahoře. Jestli je máte v mé velikosti, ráda bych si je vyzkoušela."

„Výborná volba," řekla žena. „Teď se podívám, jakou máte velikost? Dvanáct? Čtrnáct?"

„Já, já nevím."

„Jsi dvanáctka. Obvykle jsem v odhadu docela dobrý, ale kdyby náhodou, vezměte si desítku, dvanáctku a čtrnáctku," navrhl úředník. „Jo, a budete potřebovat černé boty, abyste dotvořila vzhled. Máte velikost sedm?"

„Tyhle boty jsou velikost sedm," odpověděl překvapeně Ribby.

„Tak to je perfektní. Nebojte se přijít, až budete připravená. Vím, jak je to někdy těžké, když nakupuješ sama."

„Já, já půjdu, děkuji," řekla Ribby a zavřela dveře šatny.

Obklopená zrcadly se Ribby poprvé viděla ze všech úhlů, když jí na zem spadla fádní šatovka od Marthy.

Ribby si vyzkoušela šaty velikosti dvanáct. Díky výstřihu a záhybům na bocích a v pase skutečně zvýrazňovaly její postavu. Už věděla, že si je chce koupit, přesto si chtěla nechat poradit. Vyšla z převlékárny.

„Páni!" vykřikla prodavačka. „Vypadáte úžasně! Ale tady mi dovolte jednu věc."

Prodavač zmizel za rohem, ale za pár vteřin se vrátil. „Dovolte, abych vám do vlasů dala tohle a kolem krku tyhle umělé perly. Přísahám, že budete vypadat jako milion dolarů!"

„Vypadám tak skvěle!" Ribby se sotva poznala.

„Vypadáš senzačně!"

„Ráda bych si vyzkoušela ještě pár dalších šatů." Přešla ke stojanu a vybrala si dvoudílný červený kostýmek, halenku a kalhoty. Vrátila se do šatny. Oblek vypadal báječně, měl čistě střižené sako a sladěnou sukni a boty, které si k šatům vyzkoušela, se k němu skvěle hodily. Halenka vypadala lépe bez ní než na sobě a kalhoty příliš upozorňovaly na její zadek.

„Beru si oblek, šaty, boty a perly," řekl Ribby. „Kolik to stojí? Zapomněla jsem se podívat."

Prodavač všechno sečetl. „Celková cena před zdaněním je 760 dolarů. Bude to v hotovosti, nebo na účet?"

„Ach, to je víc, než jsem čekal," přiznal Ribby.

„Nebojte se, proč si šaty nevezmete ještě dnes a pak, přijďte později pro boty a doplňky. Nebo můžete požádat o kredit v obchodě. Ověřím, zda splňujete podmínky, a pak můžete získat okamžitý kredit."

„Mohla bych?" Zeptal se Ribby. „To by mi pomohlo!"

Prodavač položil Ribby několik otázek a ona se kvalifikovala pro kreditní kartu. Koupila si zboží. Prodavač všechno zabalil.

„Moc vám děkuji. Byla jste úžasná!"

„Není zač."

Ribby to oslavila šálkem kávy, a protože se stmívalo, zamířila na autobusovou zastávku. Cestou si zapálila cigaretu.

Když zahnula za roh, dodávka *Attics-R-Us* stále parkovala před jejím domem.

Jakmile vešla dovnitř, Ribby vešla do kuchyně. Za zavřenými dveřmi k jejím uším doléhaly známé zvuky milování. Nebylo to poprvé, co se vrátila domů a našla matku s jedním z jejích mužů. Ten chlap z Attics-R-Us tu byl celý den? Fuj. Ribby se stáhla nahoru.

Ve svém pokoji si Ribby incident v přízemí rozdělila na jednotlivé části. Nechtěla si tím nechat zkazit den.

Oblékla si nové šaty, boty a perlový náhrdelník. Sáhla do kabelky a vytáhla cigaretu. S ní v ruce vypadala ještě sofistikovaněji. Pohrála si s vlasy. Zkoušela, jak vypadají nahoře a pak dole.

Venku se otevřely a pak zavřely dveře vozidla. Ribby vykoukl z okna a sledoval, jak dodávka Attics-R-Us odjíždí.

O chvíli později se ozvaly matčiny kroky a ve vedlejším pokoji se spustila sprcha.

Ribby se převlékla zpátky do svého starého oblečení. Když se svlékala, vytěsnila z hlavy myšlenky na matku a jejího manžela. Když byla připravená, potichu sešla po špičkách dolů, vyšla ze dveří a zase se vrátila. Tento čin posílil její rozdělení pro tuto událost a pomohl by jí v budoucnu, kdyby došlo k podobnému incidentu. S řadou Martiných volajících pánů byla tato akce sebezáchovnou taktikou.

Nalila si šálek horkého čaje, zamíchala guláš v hrnci a pak se šla podívat do obývacího pokoje na televizi.

Krátce nato sešla dolů Marta a společně povečeřely. Jakmile matka usnula na gauči, Ribby odešla nahoru do svého pokoje.

Po chvíli čtení Ribby zavřela oči a nechala se unášet fantazií. Představovala si vlastní dům na nábřeží. Představovala si obývací pokoj s pohodlnou sedačkou s láskou a odpovídajícími křesly. Na stěně za nimi grafiky Van Gogha a Moneta. Květiny ve vázách. Představovala si, jak se vrací z práce domů a dává si nohy nahoru. Jak má pod kontrolou televizi.

Bublina splaskla a realita pronikla dovnitř.

Martha by to nikdy nedovolila.

Co nevěděla, jí však nemohlo ublížit.

Kromě nově získané kreditní karty se Ribby účastnila programu spoření zaměstnanců provinční knihovny, takže měla nějaké tajné úspory, ale až do dneška na ně nesáhla.

Ribby si vzpomněla na článek, který četla v novinách. Byl to skutečný příběh muže, který žil dva různé životy se dvěma různými ženami. Přemýšlela, jestli by ten nápad mohla převzít a udělat z něj svůj vlastní. Mohla by si vytvořit nový život?

Přišel spánek, ale Ribby nesnil. Místo toho se rozhodla.

Zítra totiž porodí novou verzi sebe sama. Imaginární kamarádku. Své alter ego.

Část sebe samé, která bude dělat věci, kterých se příliš bála.

Přítelkyni s krásným jménem: *Angela.*

# KAPITOLA 3

V sobotu ráno. Ribby vyskočil z postele a těšil se na nadcházející den. Složila si černé šaty a punčocháče a dala si je do kabelky. Podpatky by se jí tam nevešly. Pár sandálů jí bude muset stačit.

Martha seděla u kuchyňského stolu s hlavou v dlaních. Režim kocoviny. Perkolátor na kávu za ní šuměl a syčel. Když uviděla Ribbyho, zasténala. Ribby už u své matky mnohokrát viděla příznaky přílišné konzumace whisky. Nalila si kávu a dolila matce šálek. Martě se třásly ruce, když se napila.

Ribby pokračovala chodbou a vyšla na verandu, kde si vzala noviny. Vrátila se do kuchyně a při čtení usrkávala nyní již vychladlou kávu. Ukázalo se, že noviny nejsou žádnou překážkou pro Martino chrčení prokládané sténáním.

Ribby přelétla na rubriku Byty k pronájmu. Přejela prstem po seznamu a bylo z čeho vybírat v nábřežní oblasti, kde doufala, že bude bydlet. Zavřela noviny a vypláchla si šálek.

„Musím běžet, mami. Uvidíme se později.“

Marta bouchla pěstí do stolu. „Tak se nevracej, když nedokážeš sebrat ani špetku soucitu pro svou ubohou starou mámu.“

„Vezmi si pár tylenolů a budeš v pořádku,“ řekla Ribby, otevřela vchodové dveře a zabouchla je za sebou. Když odcházela, všimla si, že matka zatáhla přední žaluzie. Dnes žádní pánové nevolali.

Ribby chytila autobus a po příjezdu do hlavní půjčovny si koupila další noviny. Obešla několik možností a rozhodla se, že se zúčastní několika prohlídek v rámci dne otevřených dveří. Jedna se nacházela v nádherné oblasti nedaleko pláže a byla na jejím seznamu priorit na prvním místě.

Než si mohla nemovitosti prohlédnout, potřebovala se převléknout do vhodného oblečení. Stačila jí veřejná umývárna. Oblečená do nového oblečení si prohlédla okolí a věnovala čas pohledu na jezero Ontario. Poslouchala, jak jemné vlny šplouchají na břehu. Nad ní se o pozornost hlásili rackové. Za ní troubila auta, protože cestující čekali na změnu světel. Ozval se zvuk AC-DC se silnými basy a ona se otočila, aby viděla, že viníkem je černé auto se staženou střechou. Pokračovala dál po promenádě. Ústa se jí sevřela, když narazila na stánek s hotdogy, u kterého se smažila cibule. Podívala se na čas ve výloze a uvědomila si, že si musí pospíšit, aby si prohlédla první dům.

Zvenčí vypadala budova lákavě. Nebyl to mrakodrap jako některé jiné. Byl střední velikosti se soukromými balkony. Balkony ozdobenými osobními věcmi, jako jsou kola a rostliny. Balkony, kde si nájemníci vytvořili svůj vlastní kousek ráje. Kde byli na svůj majetek hrdí.

Nad sebou zahlédla ceduli *Pronajímá se.* Jak sliboval inzerát, měl výhled na vodu. Nemohla se dočkat, až se tam dostane a prohlédne si ho zblízka.

Jakmile vstoupila dovnitř, procházela se po vstupní hale a snažila se zorientovat. V prostoru pošty si přečetla jména zdobící schránky, skoro jako by doufala, že někoho pozná. Nepoznala. Stiskla tlačítko výtahu a zamířila nahoru.

Byt se dal snadno najít, protože cestu ukazovalo značení. Dveře byly otevřené. Přesto zaklepala a vešla dovnitř. Kolem se motali další lidé. Na první dojem věděla, že se do bytu musí dostat. Byl určen pro ni.

Agent v kuchyni mluvil s mladým párem. Jí řekl: „Hned jsem u vás. Neváhejte se tu porozhlédnout." Všichni se usmáli.

Interiér měl nevýrazný odstín magnolie. Kuchyň byla dobře vybavená nerezovými spotřebiči včetně myčky. Hlavní obytný prostor byl otevřený. Perfektní. Představila si, jak tam sedí a dívá se na úžasný výhled na vlny. Poslouchala vlny. Posunula balkonové dveře a vyšla ven. Nedaleko si hrály děti. Vrátila se dovnitř a prohlédla si ložnici. Byla větší než její pokoj doma, měla vlastní koupelnu a více než dostatečnou šatnu. Musela by si koupit spoustu nových bot a oblečení, aby ten prostor zaplnila. Bylo to nádherné. Všechno. Chtěla to tak moc, až to cítila.

„Ten výhled je úchvatný," řekl Ribby, když se agent uvolnil. „Tohle je přesně to, co hledám."

„Je to žádané. Když to chcete," řekl agent. „Budete muset ještě dnes vyplnit žádost. Už jste někdy předtím pronajímal?"

„Ne, dosud jsem bydlel doma."

Pohrával si s nějakými papíry. „Budete bydlet sám? Pracujete na plný úvazek?"

„Ano a ano. Pracuji v knihovně. Jsem asistentka knihovníka a pracuji tam už sedm let." ‚A co?' zeptala jsem se.

„Majitel dává přednost pronájmu svobodnému člověku nebo mladému páru... pokud všechno papírově sedí."

Ribby se rozzářily oči, když přijala žádost. Agentka jí nabídla pero. Zatímco ji vyplňovala, rozpovídal se.

„Jakmile bude vaše žádost přijata, budeme potřebovat šek na úhradu nájemného za první a poslední měsíc."

„Žádný problém." Dokončila formulář podpisem. „Kdy se dozvím, jestli je moje žádost úspěšná?"

„Zavolám vám. Měli bychom to vědět do úterý."

„Já, my nemáme telefon. Když mi dáte svou vizitku, zavolám vám. Je úterý ráno, dobře?"

„Perfektní," podíval se na žádost. „Ehm, paní Balustrádová, pak si promluvíme a hodně štěstí," řekl agent a odstranil ceduli s nápisem Open House. Doprovodil ji k výtahu a ven z budovy. Když došli na ulici, zeptal se: „Můžu vás někam svézt?" „Ano," odpověděla.

„Ne, děkuji, jdu se projít po nábřeží a pak chytím autobus domů."

Ribby se rozběhl k pláži. Zula si sandály a nechala písek prosáknout mezi prsty. Pak je ponořila do vody. Nasbírala několik mušlí, posadila se a zaposlouchala se do zvuků města a jezera Ontario.

Nedaleko přistál racek. Pak další.

„Co myslíte?" zeptala se ptáků. „Je tohle místo vhodné pro Angelu a pro mě?"

Racci se na ni podívali, ale jedinou odpovědí jim bylo skřehotání.

Bylo ještě brzy - příliš brzy na to, abychom šli domů. Ribby se rozhodl, že se půjde podívat na nějaký nábytek. V showroomu byl dobrý výběr. Bylo to ale všechno strašně drahé, protože potřebovala všechno.

Hlas v její hlavě jí řekl: *Second hand. Elegance. Sofistikovanost. Ošuntělý šik.*

Ribby se rozhlédla kolem. Mluvil na ni někdo? Byla sama. Přejela prsty po opěradle pohovky a pomyslela si: Shabby chic, co? Perfektní.

Hlas řekl: *Nezapomeň, že nový byt vyžaduje nový šatník.*

Ribby se zarazila. Zbláznila se? Vedla rozhovor sama se sebou, ale hlas byl jiný. Ten hlas byla Angela. Angela se narodila.

*Nemůžeš čekat, že se do tohoto života narodím ve starých hadrech po Martě.*

Ribby se usmál. Souhlasil. Ale popořadě. Byt. Nábytek. Potřebuješ krásné věci. Potřebujeme krásné věci. Musíme se ujistit, že to máma nikdy nezjistí. Měla by krávu.

*Ona je kráva.*

Ribby se smála, až se málem počůrala.

Jak jsem se bez tebe mohla obejít?

*To se nikdy nedozvíme. Hej, zapálíš si někdy cigaretu? Moje plíce po něm volají!*

Ribby sáhla do kabelky a vytáhla cigaretu. Vsunula si ji mezi rty, zapálila si a potáhla.

*Ahhhhh,* povzdechla si Angela, *to jsem potřebovala. Ribby, teď potřebujeme plán.*

Já vím. Když ten byt dostaneme, jak ho před matkou udržíme? Jak jí budu dál platit a zaplatím za nový byt, a navíc seženu všechno ostatní? Já vím, požádám o zvýšení platu.

*Nežádej o zvýšení platu, požaduj ho. A přiměj tu starou tašku, ať ti sníží nájem!*

Už mám zpoždění na zvýšení platu. V tom máš pravdu. Ale co se týče mámy, ta nikdy nebude souhlasit, i když by beze mě přišla o dům.

*To je její problém, ne tvůj, Ribe. Je to dospělá ženská, a když nebudeš poblíž, bude si moct pronajmout tvůj pokoj, ne?*

Ribby se cítila zvláštně, že má pro jednou někoho na své straně.

Nemám v úmyslu zůstat v bytě na plný úvazek. To by nikdy nešlo. Našla by si způsob, jak všechno zkazit. Ne, přes týden budu bydlet doma a o víkendech v bytě.

*Ale ona si projde tvou vkladní knížku, zase žebrota, a uvidí, že zůstatek klesá, klesá, a praští s ní o střechu. Víš, jaká je.*

Ribby udělal dvojí záběr. Jak o tom Angela věděla?

Máš pravdu, budu si muset dávat pozor, kde nechávám kabelku. S těmi cigaretami v ní jsem si ji brala rovnou do pokoje. Budu v tom pokračovat a ona o tom nebude vědět.

*A když po tobě bude chtít peníze, co uděláš?*

Řeknu jí, že ne.

*Pamatuješ, jak jsi jí nabídl, že jí odevzdáš každý vydělaný cent? Stačilo, aby přestala přijímat pány na zavolání?*

A jak o tom ví? Jako by byla celou dobu se mnou.

Ano, jak bych mohl zapomenout? Matka se smála tak, že jsem myslela, že se dusí. Snažila jsem se jí pomoct nadechnout tím, že jsem ji praštila do zad, a ona mě na oplátku praštila tak silně, až mi vypadl zub.

*Staré krávě budeš chybět, Ribby, ale zasloužíš si život a já jsem tu od toho, abych ti pomohl. Abych se postaral o to, že ho dostaneš. Teď bychom se měli vrátit, než ta stará kobyla pošle kavalerii!*

Štěstí bylo na dosah, ale někdy bylo třeba natáhnout ruku a vzít si ho.

# KAPITOLA 4

V pondělí ráno Ribby vstal a vyrazil velmi brzy. Nechtěla vidět Martu. Do práce si oblékla specialitu Martha-muumuu, v níž její ňadra bojovala s čelními výstřelky. Tento oděv byl v rámci šatníkové politiky knihovny. Spěchala na autobus a dorazila dříve než obvykle.

„Dobré ráno, Ribby," pozdravila ji paní Holubová, pravidelná návštěvnice knihovny. „Jestli hledáte něco výborného ke čtení, doporučuji vám tuhle knihu." Natáhla knihu a Ribby si ji vzal.

„*Můj život na talíři*," četl Ribby. „Je to o jídle?"

„Ne, v žádném případě!" Paní Holubová se zasmála. „Je to o životě, smíchu a slzách." Odmlčela se. „Nech toho, Billy! Jasone, vrať se sem." Děti se vrátily k pultu. „Omlouvám se, že se kniha vrací pozdě."

„Prodala jsi mi ji. Díky, paní Holubová." Usmála se, když dávala razítko na vrácenou knihu.

„Není zač, drahá. Až přijdu příště, můžete mi říct, co jste si myslela o Clare Huttové. Teď se rozlučte s Ribbym, chlapci. Jason přestane plivat na svého bratra. Až se vrátíš domů, budeš mít velké problémy!"

Paní Holubová se usmála, když vedla Jasona za ucho a Billyho za ruku. Trojice vyšla otáčivými dveřmi.

Ribby byl příliš vzrušený, než aby si četl. Kromě toho bylo zase pondělí a ona musela do nemocnice.

V pět hodin odpoledne si Ribby vzala ze skříňky své věci a chytila autobus. Cestou pocítila pokušení si zapálit, ale nechtěla, aby z ní děti cítily cigarety.

Zašla do obchodu se suvenýry, kde si vyžádala balonky naplněné heliem pro každé dítě na oddělení. Myšlenka to byla nádherná, jiná věc bylo jejich nošení.

Jak slíbila, Ribby začala u pokoje Mikeyho Landerse. Nebyl tam. Pokračovala chodbou a cestou nahlížela do pokojů. Za ní následovali ostatní a tvořili zpívající průvod. Vozíčkáři, berle, všichni byli vítáni. Dokonce i vrchní sestra Alice se přidala.

Ribby se podíval jejím směrem a jejich pohledy se setkaly. Něco se dělo, ale to mohlo počkat. Pokračovala v představení.

Ribby vstoupil do středu. Navázala oční kontakt s dětmi. Lucy May Monroeová potřebovala stuhu do vlasů, kterou Ribby vytáhla ze svého kouzelného pytlíku. Byla to fialová stuha, oblíbená barva Lucy May. Dítě vypísklo radostí. Lucyina maminka jí ji omotala kolem malého zacuchaného culíku.

Při minulé návštěvě si Benjamin Fish přál dračí plyšák, který teď měla Ribby schovaný v kouzelném pytlíku. Nechala Benjamina, aby do ní sáhl, a on ji vytáhl. Položil si ho na klín — hledal rodiče, ale ti nebyli poblíž. Nechtěl ji otevřít bez nich, a tak si dárek schoulil do klína na kolečkách.

Čekalo tam několik dalších dětí. Ribby jim jedno po druhém plnil přání. Znovu si zazpívala. Tentokrát tančila a předvedla své podání písně *Crocodile Rock* od Eltona Johna . Rozdala zbytek balónků. Zbýval už jen balónek Mikeyho Landerse.

Ribby se s dětmi rozloučila. Nesla Mikeyho červený balónek a procházela chodbou. Sestra Alice už čekala.

„Ribby, počkej, musím ti něco říct."

Ribby nechtěla tu novinu slyšet. Pokračovala v chůzi. Kdyby to nevěděla, tak by to nebyla pravda.

Sestra Alice chytila Ribby za ruku. „Ribby, Mikey měl velké bolesti a teď už má klid." Ribby se usmála.

Ribbymu se chtělo křičet. Pokračovala v chůzi a vyšla z budovy. Jakmile vyšla ven, pustila balonek a pak se dívala, dokud ho neviděla ani víc.

Neplakala.

# KAPITOLA 5

Ribby byla nadšená, když z telefonní budky zavolala realitnímu makléři a zjistila, že byt je její. Za něco málo přes týden se do něj měla nastěhovat. Spousta času na to, aby nakoupila nějaké nezbytnosti a vymyslela, jak se bude držet dál od Marty.

*Proč nevyužít mě? Koneckonců jsme přece kamarádky, ne?*

Jak to myslíš?

*Někdy jsi tlustá jako cihla. Řekni té staré bojové sekernici, že jsi na návštěvě u kamarádky, která žije ve městě a jmenuje se Angela.*

Co když se s tebou bude chtít setkat? Navíc nemůžu lhát, moje pleť by mě prozradila.

*Ty nelžeš. Budeš trávit čas se mnou. Máš dokonalé alibi— MĚ!*

Toho večera u večeře Ribby nadhodil toto téma. „Chtěl bych si v pátek večer vyjít s kamarádkou Angelou.“ ‚Cože?' zeptal jsem se.

„Řekni?!“ Marta řekla s údivem v hlase. „Ty máš kamarádku?“

„Čteme stejné knihy a rozumíme si." ‚Aha,' odpověděla Angela.

„Dcero, buď na tu novou kamarádku opatrná. Dávej pozor, aby tě nezneužívala, protože jsi velmi naivní, co se týče světských věcí."

„Budu v pořádku, mami. Jdeme se podívat na film a zajdeme si na kafe."

Dny ubíhaly rychleji, když se teď její život dostal z obvyklých kolejí, a brzy byl pátek.

„Měla bych se pohnout. Máme sraz před kinem."

„Než odejdeš, mohla bys dát své nebohé staré mámě pár dolarů, abys jí nahradila láhev Jacka Danielse?"

Ribby zaváhal. Kdyby matce nedala peníze, nemusela by se dostat z domu. Musela jí peníze předat, a tak to udělala.

„Přijdu pozdě, mami, nemá smysl na mě čekat."

„Měj se hezky," řekla Marta a nacpala si peníze do podprsenky.

Ribby kráčela po cestičce a několikrát se zhluboka nadechla. Nemohla tomu uvěřit. Pátek večer a ona se chystala do města do kina.

*Nezapomeň na mě.*

Jak bych mohla? Bez tebe bych tam pořád stála v předsíni!

*Udělal jsi dobře, Ribby, že jsi jí dnes večer dal peníze. Ale nic víc. Budeme potřebovat každou loonku!*

Během filmu se Angela neustále chichotala milostným scénám.

*To je taková nuda! Mluvíme o nerealističnosti. Pojďme odsud.*

Je to romantické. Dej tomu šanci.

Ribby si nacpala do pusy kousek čokolády.

*Kéž bychom tu mohli kouřit.*

Pššt.

Po filmu se Ribby cítila příliš otrávená na to, aby si dala kávu, a zamířila domů.

*Co řekneš, až se vrátíme, jestli je vy-víte-kdo vzhůru?*

Nebude vzhůru. Po Jacku Danielsovi bude mimo hru.

*Ráno jí pak můžeš říct, že v sobotu večer zůstaneš u své nové kamarádky Angely. Vrátíš se v neděli večer. Rozumíš?*

Poznala by, že lžu. Vždycky to pozná.

*Možná to ví, ale to bylo předtím, než sis pořídil vlastní byt. Dvojí život. Než jsi měl mě. Kromě toho je to jen formalita. Bydlíš u mě doma a já jsem tvůj přítel. Takže... opravdu říkáš pravdu.*

Když to řekneš takhle, zní to docela dobře.

*Jo, teď si zapal cigaretu a pojďme zpátky.*

# KAPITOLA 6

Nastal den stěhování a Ribby byl připraven vyrazit. Po špičkách sešla po schodech a doufala, že se jí podaří nepozorovaně proklouznout. Netrvalo dlouho a v kuchyni na ni čekala Martha.

„Šálek kávy?"

„Díky, mami," řekla Ribby, posadila se a podívala se na hodinky.

Jediné zvuky, které slyšela, bylo Martino polknutí a bzučení ledničky.

„S Angelou jsme se minulý pátek večer neuvěřitelně bavily, mami, a ona mě požádala, abych u ní zůstala přes víkend. Ráda bych šla."

Marta strčila nos do svého šálku. Jednou rukou se dotýkala ubrusu, zatímco druhou hladila Scampa pod stolem.

Matčino mlčení ji zneklidňovalo. Málokdy byla tak tichá. Ribby se cítila provinile a ruce se jí třásly, když usrkávala svůj nápoj. Přemýšlela, jestli to její matka ví.

Ribby přemýšlela, že něco řekne, to ticho bylo hrozné, ale bála se. Dopila kávu, vstala a vypláchla šálek. Položila ho do stojanu, aby uschl.

„Jsem ráda, že máš kamarádku, a doufám, že se ti bude líbit."

„Díky, mami," řekla Ribby, vyběhla nahoru pro kabelku a vyšla ven. Chytila autobus a přes celé město se dostala dřív než poslíčci.

„Pojď nahoru!" řekla a promluvila do interkomu. Muži přivezli na vozíku skromný nábytek a další věci, které nashromáždila během obědových hodin. Když odjeli, cítila se jako doma a poslouchala vlny z balkonu.

V poledne se Ribby vydal na procházku po nábřeží. Cestou si všimla několika barů a nočních klubů. Nikdy předtím v žádném nebyla, protože chodit tam sama jí nepřipadalo zajímavé, ale teď to bylo jiné. Vrátí se později.

S Angelou na světě si už nepřipadala tak sama.

Později večer čekal Ribby na chodníku před nočním klubem.

*Přestaň s tím chozením, Ribby. Napočítám do deseti a pak půjdeme dovnitř. Dobře, jdeme! Připraveni nebo ne, už jdeme!*

Mám strach.

*Kousek dortu, Ribby, kousek dortu! Pojď za mnou.*

Jako bych měl na výběr.

Schody byly úzké a slabě osvětlené. Ribby se v nových botách na vysokém podpatku chvěly kotníky, když scházela dolů. Když zahnula za roh do prostoru baru, stroboskopická světla blikala a pulzovala v rytmu hudby.

*Přestaň se trápit kvůli botám. Ráj už čeká! Tady. Posadím se na tuhle stoličku, abych mohla sledovat dění. A to nemluvím o tom, že oni si můžou prohlédnout nás!*

Já nevím. Nebudeme vypadat zoufale?

*Ne zoufale, ale dostupně. Podívej se na tohle místo. Je tu plno smíchu, hudby, budeme se skvěle bavit. A teď, proč nám nekoupíš pití?*

O co si mám říct? Ještě nikdy jsem si neobjednal pití.

*Tak se na to podíváme,* Angela si prohlédla nápojový lístek. *Jeden z těchto by byl dobrý. Ano, objednejte si vodku s tonikem, ať je velká!*

Ribby si odkašlala v naději, že upoutá barmanovu pozornost. Ten se zrovna bavil s mužem na druhém konci pásu. Odkašlala si, ale vzhledem k hlasité hudbě a blikajícím světlům si myslela, že si jí nikdo nevšimne.

*Musím dělat **všechno**?* Angela zasténala. „*Promiňte,*pane barmane, mohla bych si tady dát velkou V&T, až budete mít chvilku, prosím?" „Ano," řekla.

Barman se podíval na Ribbyho a usmál se. „Jistě."

Prošel podél baru a při míchání nápoje se podíval Ribbyho směrem. „Nevypadáš povědomě. Jste odsud?"

„Přistěhoval jsem se sem tenhle víkend. Říkala jsem si, že se podívám, jak to tu vypadá," řekla Angela.

„Vítej v sousedství. A tohle je na domě. Jsem uvítací výbor," řekl barman a mrkl na ni.

Angela na něj mrkla Ribbyho víčky. Naklonila se k němu, jako by mu chtěla něco pošeptat do ucha. Prsa jí v šatech spadla dopředu, takže barman měl plný výhled na Ribbyho výstřih. „Moc vám děkuju," řekla Angela. „Vždycky jsem se chtěla seznámit s uvítacím výborem."

„Teď se ti to podařilo, na vlastní kůži. Jmenuji se Jake, jak se jmenuješ ty?"

„Já jsem Angela, těší mě."

„Kdybyste ještě něco potřebovala, stačí hvízdnout. Pískat přece umíš, ne?"

„Jak kdysi řekla skvělá herečka Lauren Bacallová, stačí dát rty k sobě a fouknout." Jake se zasmál a Angela slabě zapískala.

Tato poznámka Ribbyho překvapila, protože ona nikdy umění pískání neovládala. Nemluvě o tom, že nikdy neviděla žádný film Lauren Bacallové.

Jake se přesunul podél baru a obsloužil dalšího zákazníka, který sledoval výměnu názorů.

„Jakeu, dědku," řekl muž a přistoupil blíž. „Co takhle pivo tady?"

„Nigel. Kámo. Neviděl jsem tě už týdny. Jak se sakra máš? Myslel jsem, že ses odstěhoval."

„Já? Odstěhovat se? Kam jinam by ses mohl přestěhovat, když jsi většinu života žil u pláže? Nikde jinde se to nedá srovnat! To by mě museli odvézt v dřevěné bedně," řekl Nigel a smál se, zatímco Jake naléval pivo.

„Co jsi dělal?"

„Práce, práce, práce, dost řečí," řekl Nigel. Přivolal Jakea blíž a zašeptal: „Kdo je ta kočka? Jdeš s ní ven, nebo si můžu dát taky?"

„Je nová. Dneska se sem přestěhovala. Jmenuje se Angela. Má skvělý prsa a taky nemá špatnej smysl pro humor."

*Vidíš, má nás rád!*

Vždyť nás ani nezná.

*Ale chce nás poznat.*

„Promiň, Jakeu," řekla Angela. „Ráda bych si objednala velké Martini, protřepat, nemíchat. Ať je to dvojité."

„Jedno dvojité Martini, už se nese," řekl Jake.

„Takže vy jste fanoušek Jamese Bonda, že?" Jake se zeptal, když před ni postavil Martini.

Angela si pohrávala s olivou, vířila ji ve sklenici a pak ji celou vyklopila zpátky.

Ribby se zavrtěl. Stejně jako předtím neviděla jediný film o Jamesi Bondovi, ani nečetla žádný z románů Iana Fleminga. Přemýšlela, jak může Angela vědět věci, které nezná.

Angela mluvila. „Sean Connery byl můj nejoblíbenější Bond. Měli přestat točit filmy, když skončil." „Ještě jedno dvojité Martini pro mě, prosím, Jaku." Posunula skleničku po baru.

„Páni, to je pěkně silná věc," odmlčel se Jake. „Jsi si jistá, že si dáš tak brzy další dvojité?"

„Já jsem zákazník, že jo, a ty jsi uvítací výbor, tak ať se cítím vítaná. Slibuju, že budu hodná," řekla Angela.

Jake se podíval dolů k baru na Nigela, který seděl sám. Po schodech sestupovalo deset chlapů a okukovali Ribbyho. „Rád bych vám představil jednoho svého kamaráda. Nigele, tohle je Angela. Možná by ocenila trochu společnosti. Nigel to tady dobře zná a je to dobrý chlap. Můžu se za něj zaručit."

„Moc mě těší," řekl Nigel a natáhl k ní ruku.

„Taky mě těší," řekla Angela a pohnula se, aby se vyhnula otupělému zadku. Máchla olivou v čerstvém Martini a zabodla ji do něj. Strčila si ji do úst a nalila si do chřtánu druhý drink.

„Slyšela jsem, že jsi v téhle oblasti nová?" Nigel se zeptal, když sledoval, jak Angele z koutku úst vytéká malinký kousek martini.

Ribby zvedl ubrousek a tekutinu odklepal. Pořád to chutnalo příšerně. Jako by si představovala, že chutná odlakovač na nehty. Jak si mohla Angela vychutnat něco, co jí samotné nechutnalo?

„Ano, pronajali jsme si byt. Je tu krásně," řekla Angela.

„My?"

Ribby se zhrozila.

Angela se zasmála. „My jako v královském slova smyslu. Bydlím sama."

„Chceš si zatančit?" Nigel se zeptal.

Ribby v životě netančila.

Angela se pokusila slézt ze stoličky. Ztratila rovnováhu a zakopla.

Nigel ji chytil za paži. „Hej, jsi v pořádku?"

„Jsem v pořádku," řekla Angela. „Nebo budu, až půjdu do holčičího pokoje. Nevíš, kde to je?"

„Je to přímo tam, na konci baru."

„Okie dokie," řekla Angela. Chytila Nigela za límec a podívala se mu do hlubokých modrých očí. „Ani se nehni. Za pár vteřin se vrátím a přijmu tvou nabídku na tanec."

Ribby se zhluboka nadechl, když Nigel přikývl a ustoupil.

Angela si poplácala šaty.

Jakmile se Ribby ocitla v kabince, opřela se o kovové dveře, které ji chladily na zádech. Než se posadila, utrhla svazek toaletního papíru a zakryla jím prkýnko.

Místnost se točila.

Myslím, že se mi udělá špatně.

*Ne, nebude nám špatně, Ribby. Ještě si tu chvilku nebo dvě posedíme. Pak půjdeme k umyvadlu a stříkneme si na obličej trochu vody. Budeme v pořádku. Slibuju.*

O několik okamžiků později se Angela připotácela k Nigelovi. Vypadal znepokojeně. Nevypadal dobře, ale nebyl ani ošklivý. Vypadal tak nějak normálně. Měl na sobě černé džíny, světle modré tričko a černé boty. Líbily se jí jeho malé vousy.

„Tak pojď," řekla Angela, vzala Nigela za ruku a vedla ho na parket.

Byla to pomalá písnička.

Ribby ani nevěděl, jak se má držet. Z dlaní jí kapal pot.

Nigel ji držel na délku paže.

„Blíž," zašeptala Angela a přitáhla si ho k sobě tím, že mu sevřela hýždě.

Zatímco Chris de Burgh skandoval *Lady in Red*, Angela si položila hlavu na Nigelovo rameno a uvolnila se. Ribby se uvolnil také. Cítila, jak jeho srdce bije proti jejímu. Na krku cítila jeho dech.

Angela ho chtěla vzít domů.

Ribby nechtěl.

Po tanci chytila Angela Nigela za ruku a táhla ho zpátky k baru. Sedli si na stoličky a koleny se dotýkali. Nigel mrkl dvěma prsty směrem k barmanovi a řekl: „Tequilu.“

„Snažíš se mě opít?“ Angela si zastrčila vlasy za ucho a naklonila se blíž.

„Ehm, ne. To není můj styl.“

Angela se dotkla jeho kolena, když přinesli nápoje.

Nigel do sebe hodil panáka. „Ehm, tak co děláš? Myslím tím, čím se živíš. Chci říct, myslím, že tady postupujeme trochu rychleji.“ ‚Cože?‘ zeptal se.

Souhlasím!

*Pššt Ribby. Jdi zase spát.* Pak Nigelovi, "Trochu toho a trochu onoho.“ Hodila do sebe panáka tequily a vložila limetku mezi zuby.

„Ach, záhadná žena, co?“ Zasmál se. „No, já dělám ve styku s veřejností.“

„Jak vzrušující! To jste vždycky pracovali pro stejnou firmu?“

„Ano. Jedna z deseti nejlepších společností mě přijala přímo z univerzity. Když začínáš pracovat pro ty nejlepší, jediná cesta je dolů."

„Já ti rozumím. Tak co tě baví dělat? Tedy kromě PR a vysedávání po barech."

„Obvykle se po barech nepoflakuju."

„Jasně, jasně," řekla Angela.

„Upřímně," řekl Nigel a rukou se jí otřel o koleno.

Ribby pocítil úzkost. Začínal být příliš důvěrný. Chtěla odejít.

Angele se to líbilo.

Nigel pokračoval: „Znám Jakea. Známe se už léta, takže sem do Kočičího oka občas zajdu, abych si odpočinul. Nemůžeš přece pořád sedět v bytě a koukat na Netflix nebo hrát hry na Xboxu. Je lepší vyrazit ven. Potkávat se s lidmi, a tahle oblast je takové živé místo!"

„To je, ale zrovna teď bych nejradši zavraždila šálek kávy. Nechtěla bys jít někam jinam, méně hlučně, a koupit holce kafe? Pozval bych tě ke mně, ale mám tam totální nepořádek, protože jsem se nastěhoval teprve dneska," řekl Ribby.

*Říkal jsem ti, ať to necháš na mně. Vypadni.*

„Kousek odtud je malá kavárna a pak tě doprovodím domů. Jestli ti to nevadí, Angelo?"

Jeden šálek kávy, to mi nevadí.

*Vezmi si prášek na uklidnění.*

Ribby a Nigel šli ruku v ruce do kavárny Noční sova, kde si objednali cappuccino. Neformálně si povídali až do jedné hodiny v noci, kdy Ribby řekla, že chce jít domů.

„Jsi takový gentleman, že jsi mě požádal o doprovod domů. Jsem ráda, že nás Jake představil."

Když dorazili k Ribbyho domu, Nigel se zeptal: „Můžu dostat tvoje telefonní číslo? Rád bych tě ještě někdy viděl."

„Telefon zatím nemám," řekla Angela a zašátrala v kabelce po klíčích. Když se ohlédla, Nigel se na ni vrhl, aby ji políbil. Když se jeho rty setkaly s Angelinými, polibek opětovala. Rukama mu přejížděla po ramenou a hrudi. Jeho ruce ji zase zkoumaly.

Když se Ribbymu začala podlamovat kolena, převzala vládu ona. Příliš zadýchaná, než aby mohla mluvit, se odtáhla. „Radši půjdu dovnitř." Dotkla se rtů. Stále ještě ji brněly.

„Doufám, že jsem nebyla příliš troufalá. Zdálo se, že se ti to líbilo."

„Líbilo," řekla Angela.

„Musím jít," řekl Ribby. „Byl to dlouhý den, to stěhování a tak." Otevřela dveře a vešla dovnitř.

Nigel ji následoval k otevřenému výtahu. „Kdy tě zase uvidím?"

Když se výtah začal zavírat, převzala řízení Angela. „Příští sobotu, ve stejný netopýří čas, na stejném netopýřím kanálu."

Když se dveře zavřely, Ribby se znovu dotkl jejích rtů. Byl to její první polibek a moc se jí líbil.

Angela chtěla víc. Jeho polibek ji rozpálil, rozžhavil.

Otevřela dveře na balkon. Nigel stál dole a díval se nahoru. Zamával jí.

„Dobrou noc, Nigele," řekl Ribby.

„Dobrou noc, Angelo," řekl Nigel.

Mohli jsme ho pozvat nahoru, víš?

Teprve teď jsem ho poznala a nic o něm nevím. Kromě toho mám divný pocit v hlavě a v žaludku.

*Je naprosto neškodný.*

Jestli je to pravda, tak se vrátí.

Ribby se vrátil dovnitř. Zavřela a zamkla balkonové dveře. Šla do své koupelny a dlouho se na sebe dívala do zrcadla v očekávání, že tam uvidí Angelu. Nenašla po ní ani stopu.

Po horké sprše Ribby padla do postele. Dveře do ložnice zavřela jako doma. Pak jí došlo, že už to dělat nemusí. Vstala, otevřela je dokořán a pak padla zpátky do postele. Měla na sobě flanelovou noční košili, protože noční vzduch ji prochladil. Jakmile padla zpátky na polštář, místnost se začala točit. Strop byl podlahou a podlaha byla stropem. Když zavřela oči, žaludek se jí zvedl ke krku. Držela se okrajů postele, jako by byla unášena na záchranném člunu, dokud už to víření nevydržela. Vběhla do koupelny a vyzvracela se. Ribby se s tím kusem porcelánu spřátelil, klečel u něj, jako by to byl bůh.

Když měla prázdný žaludek, dopotácela se zpátky do postele a snažila se usnout. Pokoj se už netočil. Hlas v její hlavě jí nebyl příjemný. Angela jako by věděla všechno. Že už něco zažila. Jiné, než zažila ona sama. Jak je to možné? Proč si objednala všechna ta martini?

Při pomyšlení na pití Martini a tequily se Ribbymu zvedl žaludek. Tentokrát to byly suché záchvaty; už neměla porcelánovému bohu co nabídnout.

Spala u božích nohou a tiskla čelo k chladnému porcelánu.

# KAPITOLA 7

Ribby otevřela oči. Byla v koupelně na podlaze. Zvedla se a jako kotvu použila záchodovou mísu. Nejistě položila víko a posadila se na něj. Otočila kohoutkem v umyvadle vedle sebe, nechala několik vteřin téct vodu, pak si naplnila sklenici a napila se. Ruce se jí třásly, jak jí voda stékala do žaludku.

Když se Ribby mohla postavit, přidržela se umyvadla, podívala se na svůj odraz v zrcadle a přísahala si, že už nikdy nebude pít alkohol.

*To je ale lehká váha.*

Ribby se osprchovala, oblékla a šla se projít, aby si vyčistila hlavu. Zastavila se v kavárně a objednala si silnou kávu. Jak tak seděla a popíjela, rozhodla se, že je připravená jít domů, a tak šla a chytila autobus.

Tedy k Martě domů.

*Opravdu se to včera stalo? Bylo to jako sen.*

Ta část se zvracením byla spíš noční můra!

*Nigelův polibek byl snový.*

Můj první polibek byl lepší než palačinky s máslem a sirupem.

*Pšt, mám po tobě hlad.*

Ribby vystoupila z autobusu a vydala se na cestu domů Když zahnula za roh, seděla tam Marta v noční košili a ve čtyři odpoledne upíjela z láhve piva.

„Tak jak se má moje dcera?" Martha se zeptala.

„Skvěle jsme se bavily, mami. S Angelou je hromada legrace. Pozvala mě na příští víkend zase k sobě."

„Dobře. Všichni říkají, že jsi příliš vážná. Potřebuješ kamarádku ve tvém věku, se kterou by ses mohla bavit."

„Kdo jsou všichni, mami?"

Marta vstala. Trochu klopýtla, když Ribby ustoupil. Závan piva v kombinaci s nemytým tělem ji přiměl k mělkému nádechu.

„Na tom nezáleží. Myslím, že taky potřebuješ mužskou společnost."

„Včera večer jsem jednoho potkala, jmenoval se Nigel. Doprovodil mě k Angele a..."

„Jednu noc jsi byla mimo domov a sehnala sis muže, který tě doprovodil domů! To vypadá, že jsi víc moje holka, než jsem si myslel!"

„Nic se nestalo."

„Tentokrát ne, dcero, ale v těch tvých žilách koluje moje krev a čas ukáže, že to, co říkám, je pravda. Jakmile se ti dostane do rukou muž, jakmile se tě začne dotýkat na místech, ach těch místech, pak ožiješ. Vezme tě tam, kam sis nikdy nepředstavovala, že by se tvé tělo mohlo dostat. To pro tebe může udělat každý muž, dcero, ať už ho miluješ, nebo ne. Každý muž to dokáže. Každý muž, který ví, tě to může naučit."

„Tohle nechci slyšet," řekla Ribby a spěchala po schodech do svého pokoje. Zabouchla dveře a zamkla. Napustila si vanu, přidala do ní spoustu bublinek a z bočního stolku si vybrala knihu. Namáčela se celé hodiny a snažila se nemyslet na to, co by ji Nigel mohl naučit.

# KAPITOLA 8

V pondělí ráno jsem zpátky v práci. Obvyklá fronta zákazníků. Ribby je obsluhuje, hlavní knihovnice si toho nevšímá. Později Ribby ve druhém patře vracel knihy do regálů. Podívala se z okna, jestli se neděje něco zajímavého, ale nedělo. Dokud se něco nestalo. Přes ulici jela limuzína. Vystoupil z ní šofér v čepici a otevřel dveře. Ribby sledovala, jak z něj vystupuje pár dlouhých nohou na pozoruhodně vysokých podpatcích připevněných k blonďaté ženě. Šofér zavřel dveře a žena odešla opačným směrem než knihovna.

*Chtěla bych vypadat jinak.*

Já taky. Co jste měla na mysli?

*Naše vlasy, ty bychom mohli změnit. Obarvit je. Blondýny to baví víc.*

Možná místo toho paruku? Méně trvalé.

*To zní jako plán. Nemůžu se dočkat!*

Když byly knihy zpátky na svých místech, Ribby se vrátila ke svému stolu. Vyhledala nedaleký obchod s parukami. Paruky-R-Us byly vzdálené několik bloků. Podívala se na hodiny a zjistila, že už je skoro čas oběda. Snadno by to zvládla tam i zpátky. Před obchodem si prohlédla paruky vystavené ve výloze.

*Tahle se mi líbí. A tahle.*

Vážně? Chtěla bys takhle krátkou?

*Ano, rozhodně kratší.*

Když vešla do obchodu, zazvonil zvonek. Bylo tu nápadné ticho, tišší než v knihovně.

„Haló?" Ozval se Ribby.

Zpoza pultu se vynořila žena s nataženou rukou: „Vítejte v mém obchodě. S čím vám dnes mohu pomoci?" I když stála, byla mnohem menší než Ribby.

Ribby otevřela ústa, aby promluvila, ale než něco řekla, žena promluvila znovu.

„Jestli se chcete posadit přímo sem, můžu vám přinést paruky. Stačí ukázat, které byste si chtěla vyzkoušet. Nasadím vám paruku a pak voilá, můžete se podívat do zrcadla na svou novou podobu."

Žena položila Ribby ruku na záda a vedla ji k židli. Ribby se posadila, zatímco žena klikou posouvala židli níž a níž. Ribby se ještě více sesunula, aby se přizpůsobila.

„Co děláš?" zeptala se žena a prohrábla Ribby vlasy. „Chci říct, jak si vyděláváte na živobytí? Opravdu chcete paruku, která by odpovídala vašemu životnímu stylu. Mimochodem, vaše vlasy jsou krásné."

„Ehm, děkuji. Pracuju v knihovně. Chtěla bych blond paruku. Krátkou, jako je ta ve výloze. Tady."

„Ach jo, to je zajímavá volba. Je to naše nejoblíbenější blond paruka. Znáte to rčení, že s blondýnkami je větší zábava."

Žena měla za pultem krabici plnou paruk přesně takových, jako byla ta ve výloze. Přinesla ji a začala Ribbyho pravé vlasy svazovat.

„Rozmyslela jsem si to," řekla Angela. Ukázala nahoru: „Tuhle bych si ráda vyzkoušela." „Aha," odpověděla.

Cože? Co to děláš?

*Ten druhý je obyčejný. Chci něco speciálního.*

To je fér.

Paruka měla ofinu přehozenou přes čelo a vzadu přehozenou pod sebe. Byla dlouhá po ramena a působila dost tuze.

Rozhodně ne.

*Souhlasím.*

A co tahle?

Byla nápadně krátká s rozčesanou částí na levé straně, ale byla rozložená. Ofinu měla zpeřenou, účes vrstvený po celé délce a vlasy končily těsně pod ušními lalůčky. Jakmile si ho žena nasadila, Ribby i Angela si ho zamilovaly. Byl to naprostý kontrast k Ribbyho každodennímu vzhledu.

*Nemůžu tomu uvěřit, vypadám nádherně.*

Samozřejmě, že ano, Angelo.

„Perfektní! Zabal to!" Řekl Ribby. „Musím se vrátit do práce."

*Teď už potřebujeme jen nové oblečení!*

Ribby strávil odpoledne prací na počítači. Nejdřív poslala e-maily delikventům, kteří se opozdili s vrácením knih. Opakovaní provinilci vyžadovali telefonát.

Po práci se vydaly do nákupního centra a nakoupily pár věcí. Bylo už pozdě, takže Ribby musela chytit Uber, aby se dostala do nemocnice včas.

Vrhla se na zábavu pro děti. Mikeyho nepřítomnost stále visela ve vzduchu, přesto se děti dokázaly usmívat a dokonce se i trochu smát.

Cestou domů autobusem vítr zachytil Ribbyinu bundu a tlačil ji.

*Proč nejedeme do našeho skutečného domova?*

Je teprve pondělí, nechceme, aby máma pojala podezření.

*Dobře, budu s touhle šarádou souhlasit.*

Pššt.

Ribby otočil klikou a otevřel vchodové dveře do Martina domu.

Mužský hlas se rozesmál.

Ribby chvíli poslouchal a slyšel, jak příbory cvakají o talíře. V žaludku jí zakručelo. Celý den nic nejedla.

V kuchyni si John MacGraw namáčel chleba do poloprázdné misky. Martha nabrala do Scampovy misky lžičku dušeného masa a on ho zhltnul.

Když Ribby vešla do kuchyně, podívala se na Marthu, která se usmívala. Když byl John nablízku, Martha někdy vypadala jako jiný člověk. Ze všech chlapů, které si její máma přivedla domů, byl John ten nejslušnější. Probudil to nejlepší v její matce, která jako by chtěla, aby si myslel, že jsou si blízcí.

„Ahoj, mami. Ahoj i tobě, Johne."

„Přidej se k nám," houkla Marta a poplácala po sedadle židle, která jí byla nejblíž. Než se Ribby stačil posadit, Martha vyskočila. „Počkej, nejdřív ti musím něco ukázat. Je to dárek od Johna."

„To může počkat až po večeři," řekl John a pevným hlasem je oba pobídl, aby se posadili.

„Rozhodně to krásně voní," řekla Ribby, když ji Martha vzala za ruku a táhla ji ven z kuchyně.

„Ta-dah!" Martha řekla. Byl to nový přenosný telefon s velmi dlouhou prodlužovačkou.

„Páni, to je úžasné."

„To teda je, a teď se vraťme do kuchyně. Nechceme nechat Johna čekat."

„Tvoje máma je skvělá kuchařka," řekl John, jakmile se posadili.

„Děkuji ti za telefon."

„Bez obav, už bylo na čase, abys ho tady měl. Usnadní mi to kontakt," řekl John.

Martha nalila Johnovi do mísy další guláš. „Nejsem si jistá, jestli jsem se ti o tom už zmínila, Johne. Ribby tráví pondělní večery tím, že baví nemocné děti v nemocnici." Nabrala trochu do Ribbyho misky. „Jak se dneska měl Mikey?" „Mikey je Ribbyho oblíbenec, on..." Nečekala na odpověď.

Ribby se rozplakal. Ještě nikdy pro Mikeyho neplakala. Teď nemohla přestat. Slzy jí tekly dál, kapaly jí po tvářích do misky s gulášem.

„Vzpamatuj se, děvče," řekla Marta zvýšeným hlasem. Podívala se na Johna, jestli si toho všiml. Spokojená, že si toho nevšiml, pohladila Ribbyho po ruce a zamručela. „Co se děje? My máme společnost a ty tady brečíš jako mimino. Vzpamatuj se.“ Zatlačila Ribbymu nehet do hřbetu ruky a zašeptala: „Ztrapňuješ Johna.“

„Au,“ řekla Ribby, odtáhla ruku a dál vzlykala.

„O mě se neboj,“ řekl John. „Pořádný pláč ještě nikomu neublížil. Tohle je tvůj domov, Ribby, a jestli chceš, můžeš plakat.“

Ribby se začala smát. Ne chechtat se, ale smát se. V hlavě jí hrála melodie: *Tohle je můj domov a já můžu plakat, když chci, plakat, když chci, plakat, když chci.* „Mikey je mrtvý.“

# KAPITOLA 9

„Angela mě pozvala na celý víkend," řekl Ribby druhý den ráno u snídaně.

„Je to dobré načasování, Ribby, dobré načasování. John a já trávíme víkend společně. Máme nějaké plány."

Ribby si úlevně povzdechl.

„Užijte si to a…" Chytila Ribbyho za zápěstí. „Chci ti říct, jak moc nás s Johnem včera večer mrzelo, když jsme se dozvěděli o malém Mikeym. Nechci, aby ses zase rozplývala, ale jsem na tebe pyšná. Doufám, že si tenhle víkend užiješ. Zasloužíš si to."

Ribby, zaskočená matčinými laskavými slovy, jí hodila ruce kolem krku.

„No tak dobře," řekla a poplácala dceru po zádech.

Rozdělily se a Ribby se vydala na autobusovou zastávku. Její den se stále méně podobal Hromnicím.

*To je ale blbost. Jak bys ji mohla obejmout po tom všem, co ti řekla a udělala? Jak bys mohla? Naskočila mi husí kůže.*

Byla upřímná.

*Jsi tak naivní!*

V nové paruce a tmavých slunečních brýlích se Angela odhodlala vyrazit na nákupy.

Ale to si nemůžeme dovolit.

*Od toho je tu úvěr.*

Pořád ho musím splácet.

*Klid, to bude v pořádku.*

Angela si vyzkoušela ty nejneoblíbenější outfity a vyčerpala kreditní kartu na maximum.

Upřímně, už žádné utrácení.

*Dobře, dobře, ale nevypadáme báječně?!*

Ribby přiznala, že už se nepoznává.

*Jsi tam. Ty jsi okno a já jsem rám.*

Když procházela po promenádě, otáčely se za ní hlavy. Ozývaly se kočičí výkřiky a pískání.

Odskočila si do jiného nočního klubu blíž k nábřeží. Vyhazovač zkontroloval Ribbyho průkaz a dvakrát si prohlédl její fotku.

„Jste si jistá, že jste to vy?" zeptal se.

„Samozřejmě, že je," odpověděla Ribby. „Je to paruka."

„Omlouvám se, nechtěl jsem se vás dotknout. Tady je kupón na pití zdarma.“

„Díky.“

Nelíbilo se mi, jak se na nás ten chlap díval.

*Jo, bylo to, jako by měl rentgenový zrak a viděl skrz šaty.*

To je ale úchyl.

*Prostě si vezmeme to pití zdarma a pak půjdeme do Kočičího oka.*

O něco později dorazila ke Kočičímu oku a spatřila Nigela, jak sedí sám.

*Myslím, že nás nepoznal.*

Proč by měl? Máme na sobě tmavé brýle a blonďatou paruku.

Angela si objednala Martini.

Při pouhém pomyšlení na alkohol se Ribbymu zvedl žaludek.

Nigel se podíval na Angelu. Ta ho kvitovala mrknutím a pak do sebe hodila Martini. Objednala si další.

„Chtěla byste si zatančit?“ zeptal se.

Nigel objal Angelu kolem pasu a přitiskl ji k sobě. Zadíval se do Angeliných tmavých slunečních brýlí.

Angela sklouzla rukou na Nigelovu pravou hýždě. Pohupovala jím proti sobě dopředu a dozadu. Oba se ve tmě pohupovali za pulzujícího zvuku diskotéky. Než píseň skončila, začali se líbat. Zapomněli, že jsou na veřejném místě. Nigel ji vzal za ruku a vedl ji ven z klubu.

Neměli slov, protože vášeň mezi nimi byla příliš velká. Ušli pár kroků a pak ho Angela přitlačila ke kamenné zdi a znovu ho políbila.

Šli dál a procházeli kolem obchodu 7-11. Drželi se jeden druhého, líbali se a Angela měla rtěnku na jeho límci a po celé tváři. Oba vypadali jako po bitvě.

Když dorazili k Ribbyho domu, Nigel si uvědomil, kdo je Angela. Vzala ho za ruku a vedla ho nahoru.

„Hm, počkejte chvilku," řekl Nigel. „Tohle je nějaká hra?"

„Samozřejmě že ne," řekla Angela, rozepnula mu knoflíky na košili a políbila ho na hruď. „Pojď."

„Nevím, co to s tebou je," řekl Nigel. „I..."

„Ale, mlč! A to se říká, že ženský moc mluví!" řekla, když ze sebe strhli oblečení a padli na postel.

Poté se Nigel sebral a vyklouzl ven, než se Angela probudila.

Ribby si na odchod z nočního klubu nepamatoval.

Angela si pamatovala každý detail.

# KAPITOLA 10

Dětství Ribbyho Balustrády nebylo šťastné. Byla osamělým jedináčkem, kterému by prospěla domácnost se dvěma rodiči. Protože svého otce nikdy nepoznala, musela si ho představovat. Viděla ho jako křížence mezi postavou Atticuse Finche z filmu *To Kill A Mockingbird* a skutečnou postavou Gregoryho Pecka.

Když se Ribby zeptal na jejího otce, Martha změnila téma.

Ribby se vrátil ke čtení knihy *To Kill A Mockingbird*. „Člověka nikdy doopravdy nepochopíte, dokud neuvažujete o věcech z jeho pohledu... dokud si nevlezete do jeho kůže a neprojdete se v ní.“

Po četných otázkách na otce, na které Ribby nedostala žádnou odpověď, vymyslela plán. Vyšplhá nahoru do místa, kterému její matka říkala „zóna zákazu vstupu“ —na *půdu*— a bude pátrat jako Nancy Drewová. Bohužel tam objevila jen samé strašidelné plazy ode zdi ke zdi, většinou pavouky.

A navíc odporný zápach starých zaprášených a zatuchlých zapomenutých krabic, které nesouvisely s jejím otcem.

Když se plížila zpátky dolů, uslyšela, jak na verandě klapou matčiny boty. Když si uvědomila, že zapomněla zavřít dveře na půdu, Ribby zpanikařila. Přesunula žebřík zpět na původní místo s tím, že ho opraví později. Doufala, že si toho matka nevšimne.

Když usedly k večeři, Ribby se znovu a znovu modlila, aby si toho matka nevšimla. Řekla Bohu, že do konce života neřekne ani neudělá žádnou špatnou věc. Slíbila si, že se vzdá své oblíbené hračky, blonďaté panenky se světlými tvářemi jménem Anna.

Marta si pověsila kabát a pak šla rovnou do kuchyně. Posadila se. Ribby postavila konvici k varu a podala matce šálek kávy. Martha se napila a dávala pozor, aby si nerozmazala rty.

Ribby si této nuance všiml. Zachování rtěnky znamenalo, že Martha jde zase ven. Poděkovala Bohu, že ji vyslyšel, a zpomalil se jí tep.

„Tak co jsi dneska stihla?" ‚Ne,' odpověděla. Martha se zeptala. „Dokončila jsi domácí úkoly?"

„Skoro, mami, skoro," odpověděla Ribby a sklonila se, aby matce dolila kávu.

„Mimochodem, co jsi dělala nahoře v Zóně zákazu vstupu, holčičko?" Martha se zeptala a při nalévání uklidňovala Ribbyinu třesoucí se ruku.

Ribby s matkou nenavázala oční kontakt. O několik vteřin později jí moč vystříkla na nohy, na boty, na podlahu a ona začala plakat.

„Do háje s tím, Ribby. Teď se podívej, co jsi udělala! Počůrala jsi mi celou podlahu. Vezmi mop a ukliď to. Nedělej si starosti s úklidem, ukliď to po sobě! Co má matka dělat s dcerou, která lže? Co má matka dělat s dcerou, která jí počůrá celou pěknou čistou podlahu?" ‚Ne,' odpověděl jsem.

Ribby zběsile vytírala. Šplouchání sem a tam jí dávalo čas na přemýšlení. Chladný pocit moči na její kůži ji rozechvíval. Když byla podlaha opět bez poskvrnky, vrátila Ribby mop na své místo a chystala se jít nahoru převléknout.

„Ne tak rychle, holčičko," řekla Martha, popadla dceru za vlasy a táhla ji k žebříku. „Nemůžeme to přece nechat otevřený celou noc, ne? Vždyť víš, že tam lezou strašidelné potvory. Teď vylez nahoru," řekla Martha a tlačila dceru pohybem vzhůru.

Ribby máchala rukama. Bála se jít nahoru. Bála se spadnout dolů.

Když dosáhla vrcholu, Marta se rozesmála. „Vlastně, když se ti tam nahoře tak líbí, měla bys tam přespat. Běž dovnitř, děvče." Marta vylezla po žebříku za ní. „Přemýšlej o tom, co znamená zóna zákazu vstupu," houkla Martha, když zavírala padací dveře. Žebřík se pod Martinou vahou zakymácel. Když se její vysoké podpatky dotkly podlahy, odcvakly a pak se zastavily. Ribby už brečel. „Zavřu zámek a zhasnu světlo. Posloucháš mě?"

Ribby vzlykla ještě hlasitěji.

„Jestli tě to zajímá, tak tam nahoře nejsou jenom pavouci. Jsou tam i malé chlupaté krysy!"

Ribby křičela a bušila na dveře a prosila matku, aby ji pustila ven. Prosebně. Přísahala, že už ji nikdy neposlechne. Nebyla žádná odpověď.

Venku bouchly dveře auta. Marta a jeden z jejích mužů odjeli.

Něco chlupatého se jí otřelo o nohu a ona se rozběhla, zakopla a udeřila se do hlavy. Znovu zavolala na matku. Stále žádná odpověď.

Když se Marta vrátila, řekla: „Už tam nechoď. Teda, nikdy.“

„Ano, mami,“ řekla Ribby a už tam nikdy nešla.

Vzpomínka na to, jak byla uvězněná na půdě. Ponížení, že se počůrala. Všechny pocity viny a hanby se vrátily s pomstou. Stejná traumatická vzpomínka. Donutila Ribby, aby ji prožívala znovu a znovu.

*Tvoje matka je naprostá kráva.*

Myslela to dobře. Byla to lekce.

*Moje noha to s ní myslí dobře, a jestli se o něco takového ještě někdy pokusí, tak jí ji strčím rovnou do zadku.*

Jsem ráda, že jsi teď na mé straně.

To, co Angela věděla, už Ribbyho nepřekvapilo ani nešokovalo.

*A ty na to nikdy nezapomeň!*

# KAPITOLA 11

Angela byla Ribbyho loajalitou vůči Martě naprosto zmatená. Žít v Ribbyho mysli s přímým svědectvím o Martině krutosti bylo nesnesitelné.

Angela využila sílu svého vnitřního dialogu, aby Ribbymu pomohla vyrovnat se s minulostí. Povzbuzovala Ribbyho, aby zatínal pěsti. To soustředilo její energii v daném okamžiku. Tato akce zpočátku fungovala, i když se Ribby zdál zlý sen nebo se jí vracely vzpomínky.

Později se Angela pokusila špatné vzpomínky shromáždit a zatlačit je zpět. Pryč. Tak hluboko do Ribbyho mysli, aby už nebyly dosažitelné. Teoreticky to byl dobrý nápad, ve skutečnosti je Angela zablokovat nedokázala.

Jediná cesta ven se zdála být zřejmá. Odvést Ribbyho z této situace jednou provždy. Někam daleko, kde by ji Martha nemohla zneužít ani jí už ublížit. Angela si myslela, že to musí být čistý rozchod. Čekala na okamžik, kdy nastane ta správná chvíle.

*Dobré věci přicházejí k těm, kteří čekají.*

Po dalším týdnu v Martině příbytku Angela s radostí vyrazila na večírek. Na hlavě měla blonďatou paruku, tmavé sluneční brýle a červené šaty bez rukávů. V novém oblečení si připadala silná, nepřemožitelná. Byla také odhodlaná nedovolit, aby jí cokoli stálo v cestě za zábavou.

Na cestě k nočnímu klubu na ni pískala skupinka dospívajících kluků a nadávala jí. Byli to obyčejní puberťáci, ale kluci, kteří by to měli vědět lépe.

Angela přitáhla nejbližšího z nich k sobě za přední díl trička. „Ještě jednou se ke mně přiblížíte, **kdokoli z vás,** a utrhnu vám koule a nakrmím vás jimi k snídani. Jasný?"

Kluci se rozběhli.

Angela se zasmála, uhladila si předek šatů a zkontrolovala, jestli si nezlomila nehet. Zapálila si cigaretu a pokračovala v chůzi po pláži do hospody.

Divoká.

Páni, co se děje? To bylo víc než jen trochu O.T.T.

*Z kluků se stávají muži. Měli by se naučit respektu.*

Utíkali, jako bys byla Bellatrix Lestrangeová!

*Ne v téhle paruce!*

Po příchodu do nočního klubu se Ribby přiblížil k baru a objednal si pití. Neochotně se napila. Angela se jí ujala a hodila Martini zpátky. Objednala si další, čímž upoutala pozornost velmi zdatného vyhazovače u vchodu.

*Počkáme ještě minutu nebo dvě na Nigela.*

Stejně si nás nebude pamatovat.

*Ale mě si pamatovat bude.*

O dvě martini později.

Pojďme, nic se tu neděje.

*Trpělivost, můj drahý příteli, trpělivost.*

Vyhazovač rozdělil mladíky sestupující po schodech cestou k místu, kde seděl Ribby.

„Jak se máš?" snažil se být až příliš sexy.

„Výborně, děkuju," řekl Ribby.

*Sklapni, Ribby, nechto na mně.* „Vlastně je to tady dneska večer jako v Boresville."

„Ano, je to tu trochu jako v Sezamové ulici, že?" řekl vyhazovač, než se představil jako ‚Ed; Ed vyhazovač'.

„Já jsem Angela."

„Rád tě poznávám, Angelo," řekl Ed a snažil se jí prohlédnout předek šatů. „Uh, jestli se chceš bavit, tak se tu zdrž do dvou. Já pak končím v práci. Můžeme si někam vyrazit?"

„Uh, díky za nabídku," řekl Ribby, ‚ale musíme....'.

„Můžu se vrátit kolem půl třetí," řekla Angela. „Kde se sejdeme?"

Ed byl ohledně odlehlého místa na pláži nesmírně konkrétní.

Angela doufala, že je tak dobrý, jak vypadá.

Nemůžu uvěřit, že sis s tím pitomcem dal rande. Rozhodně a naprosto NEjdeme.

*Ribe, nedělej si s tím starosti. Klídek. Zdřímni si. Zasvětím tě později. Tak běž, děvče, v noci v noční košili.*

V půl třetí čekala Angela na pláži. Převlékla se do černých šatů.

Vyhazovač Ed se objevil na dohled a ona na něj zavolala. Potácel se k ní.

„Jsi naštvaná."

„Trochu, ale ne dost." Srazil ji na zem, roztrhl jí šaty a padl na ni.

„Klid, chlapče, klid," snažila se Angela ovládnout.

„No tak, zlato. Slíbil jsem ti, že ti ukážu, jak se máš dobře." Přitiskl svá ústa na její.

„Au," řekla Angela, „ne tak drsně, zlato. Nemám to ráda drsně."

Ale Edovi to bylo zřejmě jedno. Jeho ruce trhaly a rvaly.

„To tě máma nenaučila žádným způsobům?" Angela ho odstrčila s roztaženými prsty. „Ženy jako já chtějí, aby byl chlap laskavý; něžný." Tloukla ho do hrudi.

Chytil její zápěstí do svých mohutných rukou a rozkročil se nad ní. „Některé ženy to tak mají a některé ne." Zasmál se. „Měl jsem tě prokouknutou od první chvíle, co jsem tě uviděl. Seděla jsi u baru v šatech do nebe. Očima jsi sledovala každého chlapa, který vešel do dveří. Zoufale po něm toužila. Dychtila po něm."

„Počkej," řekla Angela a snažila se vymanit. „Chci tě, ale ne tady. Chtěla bych, aby to bylo, víš, trochu romantičtější, když to dělám poprvé."

Ed ztuhl.

Pokračovala. „Viděl jsi někdy film *Odtud až na věčnost* s Burtem Lancasterem a Deborah Kerrovou? Víš, ten, kde to dělají, když přichází příboj?"

Naklonil se blíž. „Jasně, je to klasika." Sklonil se a políbil ji na krk. „Méně řečí, co, zlato?"

„Pojď blíž k vodě, jako v tom filmu, víš, co myslím?" Angela zašeptala. „Vezmi mě tam, chci tě tam."

Ed se zastavil. Odstrčila se a vstala.

Sáhla do kabelky, pak ji upustila a rozběhla se k vodě. Ohlédla se přes rameno. Sledoval ji.

Na okraji vody si nadzvedla lem šatů.

Ed ze sebe strhl košili a rozběhl se jejím směrem, přičemž cestou shodil džíny.

Když se na ni vrhl, klíč, který držela, mu vletěl přímo do oční jamky. Vykřikl a pak zavyl, když se jeho slabiny dotkly jejího kolena. Když mu vytáhla klíč z oka, zachvěla se při tom skřípavém zvuku. Jak mu po tváři stékala krev, vzlykal a převaloval se a držel se za třísla. Zabodla mu klíč do boku krku a spojila se s tepnou. Krev vystříkla jako voda z hasičské hadice.

Poodešla několik kroků od těla a ponořila prsty do vody. Každou chvíli se na něj ohlédla. Dokud se nepřestal hýbat. Vrátila se a poslouchala, jestli je mrtvý: byl. Konečně. Kutálela ho jako pytel brambor hlouběji a hlouběji do vody. S každým zatlačením se zdálo, že je mrtvola lehčí a lehčí.

*Archimedes měl pravdu.*

Když byl tak daleko, jak jen to dokázala, doplavala zpátky ke břehu, posbírala si šaty a převlékla se.

Jeho věci nechala tam, kde je upustil.

Když slunce nového dne zbarvilo oblohu do ohnivě rudé barvy, Angela se vrátila k vodě.

Prohlížela si břeh a neviděla po něm ani stopu. Ponořila klíč do vody, aby z něj smyla krev, a pak odskočila domů. Po dlouhé sprše spala jako miminko.

# KAPITOLA 12

Ribby otevřela oči. Sluneční paprsky ji přimrazily. Známý pocit déjà vu ji přiměl posadit se. Protáhla se, zívla a přemýšlela, proč se cítí tak hrozně. Po sezení v baru si nedokázala na nic vzpomenout.

Vylezla z postele a dala vařit kávu, zatímco se sprchovala a oblékala. Na podlaze zahlédla zmuchlané šaty. Zvedla ji a písek spadl na podlahu. Pokrčila rameny a hodila je do koše na prádlo.

Když si míchala cukr do kávy, přemýšlela o šatech a písku. Snažila se vzpomenout na předchozí noc, ale nic ji nenapadalo.

Zkontrolovala, jestli za dveřmi nenajde noviny. Když si brala kávu, podívala se na titulek. Zastrčila noviny pod paži, odsunula skleněné dveře a zaútočily na ni zvuky chaosu. Policejní auta. Sanitky. Hasičská auta. Tisk. Dav přihlížejících. Bedlam a nedaleko jejího domu. Policie zablokovala většinu oblasti pískovými zátarasy. Poblíž břehu vody byla další oblast ohraničena vlajkami.

Angela měla poměrně dobrou představu, proč je kolem toho všechen ten povyk.

Musím se podívat, co se děje.

*Možná je to uzavřená scéna pro nějaký reality show. Nebo film.*

To by bylo vzrušující. Jdu se tam podívat.

Ribby se oblékl a šel na pláž. Vloudila se do davu a zeptala se jedné starší paní, co se stalo.

„Mrtvý," řekla žena. „Našli ji mrtvou. Musely se k němu dostat želvy. To je pohled!" Otřela si čelo kapesníkem.

*Duuun dun duuun dun dun dun dun dun dun dun BOM BOM...*

Čelistní téma? Musíš to udělat ty? Říkala, že je to želva.

„Panebože, chudák."

*Udělal jsem to po svém.*

Ty, pššt. Prosím.

Policista měl megafon. Požádal všechny, aby se rozešli, pokud nemají důkazy, které by mohli předložit.

*Duuun dun duuun dun dun dun dun dun dun dun dun, BOM BOM...*

Chňapavá želva.

Ribby, vyděšená chaosem, který obklopoval její nový domov, se vrátila do svého starého domova.

*Proč se tam vracíš? Zůstaň tady a podívej se, co se děje.*

Ne, chci pryč od toho hluku.

*Co když je Marta a některý z jejích chlapů s hopsadly hlučnější?*

Fuj. Překročím ten most, až se k němu dostanu.

Roztáhla žaluzie v obývacím pokoji. Venku se nic nepohnulo, ani vánek. Hodiny za ní odtikávaly synchronizovaně s tlukotem jejího srdce. Bylo ticho, skoro až příliš ticho. Zatáhla žaluzie.

Sáhla po dálkovém ovladači a zapnula televizi. Klikala, ale nenašla nic, co by ji zaujalo. Prolistovala časopis a pak si z police vybrala knihu. Ani jedna ji nezaujala. Šla do kuchyně a uvařila si šálek čaje.

Když se vracela, zazvonil zvonek u vchodových dveří. Otevřela dveře a ocitla se tváří v tvář jejich sousedovi. Paní Engleová byla vyzbrojena dvěma zapékacími mísami.

„Ahoj, Ribby," řekla paní Engleová a tlačila se dovnitř. „Tvoje máma mi říkala, že na tohle máš místo v lednici." Paní Engleová položila kastrol na stůl, otevřela ledničku a naklonila se dovnitř, aby si vyhlédla místo.

„Celý víkend jsem byla pryč. Ani jsem neměla příležitost podívat se do lednice."

„Je tam spousta místa. Potřebuju..." Paní Engleová nedopověděla. Všechno přerovnala a pak do ní vložila své zboží. „Za pár dní se pro to vrátím, Ribe. Můj praprastrýc Phil zemřel. Všichni jdou ke mně. Hodně toho sní. Tvoje máma říkala, že cokoli se mi tam vejde, jí bude vyhovovat."

„To je mi líto, co se stalo tvému strýci. Samozřejmě jsi vždycky vítaná." Ribby začala odcházet ke vchodovým dveřím a doufala, že ji sousedka bude následovat.

„Jsi zlatá, Ribby." Paní Engleová zaváhala a zůstala stát na místě. „Stále ještě bavíte ty milé dětičky v nemocnici?"

„Určitě ano. Bezpodmínečně každé pondělí."

Přesunuly se ke vchodovým dveřím.

„Mimochodem, tvoje máma říkala, že bude pryč až do úterý nebo do středy. Odjela s Tomem nebo Jerrym, nevím přesně, s kým, na pár dní na pobřeží. Je astmatik, nevíš? Doktor mu doporučil, aby odjel z města. Tvoje máma jela s ním jako společnost a vzala s sebou i Scampa."

Ribby zkřížila ruce. „Máma odjela na prodlouženou dovolenou. Škoda jen, že jsem to nevěděla, mohla jsem zůstat u kamarádky Angely o něco déle."

Obočí paní Englové se zvedlo. „No, ale neměla telefonní číslo na tvou kamarádku.“

„Děkuji, že jste mi to řekla.“ Ribby otevřel dveře a vyšel za paní Engleovou na verandu.

Ve tmě bzučeli komáři a cvrlikali cvrčci. Zkřížené ruce se ukázaly jako slabá ochrana před chladem nočního vzduchu.

„Dobrou noc, Ribby, a ještě jednou díky.“

„Dobrou noc, paní Engleová.“ Ribby zavřel vchodové dveře a zamkl je.

*Je to stará bláznivá bota.*

Je to naše sousedka už od mého dětství.

*Ach, těch historek, co by mohla vyprávět.*

Není to drbna jako některé jiné sousedky.

*Život na předměstí.*

Ano, většinu času je velmi nudný.

*Je tu až příliš velký klid a já mám žízeň. Myslím na pití. Na opravdové pití.*

Máma má nejspíš nějakého Jacka Danielse, ale bude jí chybět, když si dáme kapku.

*No tak, žij nebezpečně.*

Ribby souhlasil, nalil si džbánek a hodil ho zpátky. Cestou dolů hořel. Bylo to dobré pálení.

*Víc, prosím.*

Měli bychom to vyměnit, než si toho máma všimne.

*Přemýšlej o tom... kdo to zaplatil? My.*

Jo, ale celou láhev. Bolí mě žaludek a točí se mi hlava.

*Je čas jít spát. Vyspat se z toho.*

Cestou nahoru se Ribby zavěsila na zábradlí, aby se udržela. V pokoji ze sebe shodila oblečení a padla do postele. Posadila se a vzpomněla si, že nezamkla dveře. Přehoupla se k nim, zamkla a padla zpátky do postele.

*Lepší být v bezpečí, než litovat.*

Zanedlouho Ribby tvrdě usnul. Zdálo se jí, že je Deborah Kerrová a miluje se s Burtem Lancasterem ve filmu *Odtud až na věčnost.*

Vlny se rozbíjely o jejich těla, když je odnášely na moře. Byli k sobě přivinutí v hlubokém objetí. Pak se na ni Lancaster podíval, jenže už to nebyl Burt Lancaster. Byl to cizinec. Z oka mu trčel klíč. Na rukou měla krev.

Ribby se s křikem probudil. Vyskočila z postele a běžela do koupelny, aby si umyla krev z rukou. Když otočila kohoutkem, podívala se na své prsty. Krev už tam nebyla. Angela snila dál.

# KAPITOLA 13

*Vezměte si den volna.*

Chceš po mně, abych zavolal, že jsem nemocný? Nebudu volat, že jsem nemocný.

*Aspoň se vykašli na to vystoupení v nemocnici. Nemůžu tam dneska jít.*

Budu o tom přemýšlet.

Jak den postupoval, měl Ribby nepříjemný pocit.

Poprvé v životě zavolala do nemocnice a zrušila své vystoupení. „Vymyslím si to a udělám dvě vystoupení příští týden," řekla, aby se cítila lépe.

*Díky, Ribby.*

Nedělám to, protože jsi mě o to požádal, zrušila jsem to, protože potřebuju domů.

*Proč? Myslíš k Martě? Vždyť tam ani není.*

Nevím proč. Jen vím, že musím jít.

*To je fuk!*

Po práci chytila autobus a brzy dorazila k jejímu domu. Tam na verandě seděla žena. Cizí žena. Když se přiblížila, uslyšela vzlyky a žena vzhlédla. Byla to sestra její matky, teta Tizzy, kterou už léta neviděla. Ribby nevěděla, co se mezi nimi stalo, ale věděla, že teta

Tizzy přísahala, že už nikdy nevstoupí na práh domu své sestry. A přesto tam byla.

*Co tady dělá?*

Neměla tušení. Určitě nám to řekne, až přijde její čas.

*To bude zajímavé. Ne.*

Ribby zavzpomínal na jejich poslední setkání. Bylo to v den jejích sedmých narozenin. Teta Tizzy jí upekla speciální dort s panenkou Barbie. Měl růžové šaty z polevy a kolem dokola mašle z maraschino třešní a kokosu. Uprostřed dortu bylo tělo panenky Barbie. Poté, co všichni snědli své kousky, dostala Ribby jako oslavenkyně možnost vytáhnout Barbie ven. Byla její a mohla si ji nechat. Teta Tizzy koupila pro Barbie několik oblečků. Jenže teta Tizzy zapomněla Barbie zabalit, než ji vložila do dortu. Celé týdny z panenky vypadávala poleva, kokos a dort.

„Pojď dál, teto Tizzy," řekla Ribby, když se vymanila z tetina sevření jako svěrák. „Co se stalo? Je máma v pořádku?"

„Tohle nemá s Martou nic společného," řekla a následoval další záchvat pláče.

*Tohle nemáme zapotřebí. Řekni jí, ať jde do hotelu.*

To nemůžu udělat, je to rodina.

*Je to královna dramatu.*

Jakmile jsme byli uvnitř, Ribby nabídl Tizzy šálek čaje. Odmítla.

„Pojďme se odreagovat a podívat se na televizi. Máš hlad? Můžu ti něco objednat nebo udělat?"

„Jestli ti to nevadí, ráda bych ti uvařila večeři,“ navrhla teta Tizzy. „Odvede mě to od všeho víc než sledování televize.“ Vešla do kuchyně. „Zástěru?“

Ribby otevřela zásuvku a vytáhla jednu z Martiných zástěr.

Teta Tizzy si ji kolem sebe připevnila. „Co ráda jíš?“

„Překvap mě,“ řekla Ribby. „Když něco nenajdeš, tak zakřič.“

„To udělám.“

I při zapnuté televizi Ribby slyšela, jak se teta v kuchyni mele a brouká si.

O něco později zaslechla, jak se na stůl pokládají talíře a příbory, a tak vešla dovnitř, aby se zeptala, jestli může pomoci.

„Ne, jen se posaď,“ řekla teta Tizzy. „Boloňské špagety a česnekový chléb se sýrem jsou na cestě. Co si dáte k pití? Máte nějaké víno?“

„Jen vodu. Podívám se po víně.“

„Ne, to je v pořádku. Nic nepotřebuju. Jen jsem si myslel, že by sis mohla dát.“

Povídali si a vychutnávali si skvělou večeři, pak uklidili.

„Jsem vyčerpaná,“ řekla teta Tizzy. „Gauč je v pořádku. Nechci dělat potíže.“

„Vůbec žádné potíže, můžeš spát v mámině pokoji. “

„Jsi si jistá, že jí to nebude vadit?“

„Ne, myslím, že bude ráda, že ses zastavil.“

*Byla by překvapená, kdyby ji viděla.*

O několik hodin později se Ribby převaloval v posteli. Přes chodbu se ozývaly tetiny občasné vzlyky.

*Na seznamu věcí ke koupi byl jeden pár sluchátek s* blokátorem hluku.

Dobrý nápad!

*Od toho jsem tady já.*

# KAPITOLA 14

Ve snu se Ribby vznášel vysoko na obláčku. Všechno bylo černobílé, až na její červené šaty. Připomínaly svatební šaty s dlouhou vlečkou, která splývala přes okraje mraku.

Vznášela se ve svém bytě a sledovala, jak se s někým miluje, a to ne jednou, ale hned dvakrát. Jakmile usnula, muž se oblékl a odešel z budovy.

Venku na ulici teď byla Angela. Kráčela bloky a bloky, pak do oceánu. Šla hlouběji a hlouběji, jak voda stoupala vzhůru a nad její hlavu.

Ribby se chtěla natáhnout a chytit ji, aby ji zachránila, ale nemohla. Volala na Angelu z oblak, házela dolů vlečku svých šatů a prosila Angelu, aby ji chytila. Ale Angela jako by ji neslyšela.

Angela byla zcela pod vodou. Na hladinu stoupaly jen bublinky.

Do vody se ze svého mraku vrhla Ribby.

Když Angelu našla, plavala obličejem dolů.

Ribby se stala Angelou, Angela se stala Ribby a společně prorazily hladinu.

# KAPITOLA 15

Když se Ribby probudil, hlasy z rádia šeptaly nahoru po schodech. Zajímalo ji, jestli se vrátila její matka.

Oblékla se a sešla dolů, kde teta Tizzy seděla jako smrtka rozehřátá u kuchyňského stolu.

V perkolátoru bublala káva. Teta Tizzy už prostřela stůl s miskami cereálií, toasty a marmeládou.

„Dobré ráno," řekla Ribby. „Vyspala ses dobře?"
Teta Tizzy beze slova přikývla.

Ribby se jí chtěl zeptat na důvod její návštěvy, ale rozhodl se to nedělat. Nechtěla, aby teta začala znovu naříkat. Svěří se jí, proč přišla, až bude připravená.

*Kéž by se do toho pustila. Nejela sem celou tu cestu jen tak pro nic za nic.*

Pššt. Nebuď hrubá.

Po chvíli ticha vyšel Ribby na verandu pro noviny. V titulku stálo: „Pitva dokončena - zavražděn!". Přelétla očima článek o Jasonu Edwardu Thompsonovi, totožnosti muže nalezeného mrtvého nedaleko jejího bytu. Zaměřila se na obrázek a poznala ho: byl to Ed Vyhazovač. Byl to urostlý chlap a ona se divila, jak se něco takového mohlo stát ve čtvrti, kde bydlela. Bylo smutné, že zemřel tak mladý, a i když ho neznala, bylo jí líto jeho rodiny.

Ribby položila noviny na kuchyňský stůl a nalila si šálek kávy. Obrátila pozornost k tetě. „Až si budeš chtít promluvit, jsem tady pro tebe."

„Neměla jsem kam jít," řekla teta Tizzy. „Manžel mě opustil kvůli jiné ženě. Moje dcera mě nenávidí. Říká, že její otec by si nehledal jinou, kdybych mu byla lepší ženou. Jenny je pětadvacet, nikdy nebyla mimo domov a je tam sama, možná dokonce žije na ulici. Musela jsem přijet a zjistit, jestli ji můžu najít a přivést domů. Její kamarádka říkala, že si je celkem jistá, že Jenny míří právě sem. Doufala jsem, že by se s vámi mohla spojit. Ozvala se ti?"

*Ach, bratře.*

„Je mi to líto, ale byl jsem celý víkend pryč a máma byla taky pryč. Má naši adresu?"

„Možná si ji vzala z mého telefonu. Nemá moc peněz, dokonce ani kreditní kartu. Manžel to dává za vinu mně. Má stejný strach jako já, ale má po straně svůj kousek, aby ho utěšil." Hlas se jí zachvěl.

*Znělo to jako epizoda seriálu Mladí a neklidní.*

Chovejte se slušně.

„Musíš mít hrozný strach. Promiň, ale musím se obléct a jít do práce. Jestli chceš, mohli bychom se sejít na oběd a popovídat si víc?" Ribby spěchal po schodech, když pokračovala. „Pracuji v knihovně. Mohla by se stavit, aby využila bezplatnou wi-fi. Hodně lidí to dělá. Taky by ses mohl vydat do města a hledat ji."

„Raději bych zůstala tady, ale má číslo na můj mobil."

„Kontaktoval jsi policii?"

„Volal jsem jim. Mají moje i Gordonovo číslo. Co jiného můžu dělat?"

„Máš nějakou aktuální fotku Jenny?" Přetáhla si šaty přes hlavu a pak dodala: „Udělám nějaké letáky a můžeme je rozvěsit po městě."

„Dobrý nápad. Jsem ráda, že jsem sem přišla," řekla teta Tizzy.

Ribby si prohrábla vlasy. Spěchala zpátky do kuchyně. Teta Tizzy prohrábla kabelku, vytáhla fotografii své dcery a podala jí ji. Řekla tetě, ať se chová jako doma, a vyšla ven, přičemž se na chvíli zastavila, aby se ohlédla na dům.

Teta jí zpoza otevřených žaluzií zamávala jako ztracenému dítěti.

# KAPITOLA 16

Ribby nešel do práce, protože Angela volala, že je nemocná.

Angela šla do bytu a převlékla se do plavek. Zatímco na balkon dopadaly přímé sluneční paprsky, chytila pár paprsků. Když se vzdálilo, přehodila přes plavky letní šaty, sbalila si tašku a vydala se k pláži. Angela měla ráda ruch, šum a zvuky města. Neustálé kvílení a naříkání tety Tizzy ji přivádělo k šílenství.

Když procházela kolem školního areálu, všimla si plačícího děvčátka. Dítě vzhlédlo a pak zase sklopilo zrak, jako by na sebe nechtělo upozornit.

„Co se děje?" Angela se zeptala.

„Nic," odpovědělo dítě.

Ozvalo se školní zvonění a holčička si utřela slzy a urovnala si šaty.

Angela se dívala a doufala, že svým zastavením nějak pomohla.

Dítě se k ní otočilo a vyplázlo jazyk.

*Drzá malá paní.*

Angela si koupila výtisk románu *Gone With The Wind*, aby si ho přečetla na pláži.

„Rozbrečí mě to," řekla paní za pokladnou.

„Rhett Butler by mi mohl kdykoli sníst sušenky v posteli," odpověděla Angela.

Písek byl rozpálený, jak se jí dral přes boky sandálů. Milovala pláž, ale to, že se písek dostával všude, už tolik ne.

Rozložila si deku, lehla si na břicho a otevřela knihu. Pozorovala páry, které se procházely ruku v ruce a omdlévaly jeden po druhém. Racci jí poletovali kolem hlavy a mířili na ni, jako by její blonďatá paruka byla terčem.

Angela usnula a poslouchala zvuky racků a vln narážejících na pobřeží. Když se probudila, bylo už skoro pět hodin odpoledne a ona sebrala sebe a své věci a uložila je do tašky. Slunce ji nijak nehřálo. Sukně se jí ve větru kroutila kolem nohou.

Nebyla to její obvyklá noc, kdy vystupovala v nemocnici. Tohle bylo vystoupení pro maskéry.

Ribby vytvořila leták a vytiskla několik kopií s úmyslem vyvěsit jich několik po cestě a na nemocniční nástěnku.

*Proč musíme pořád vystupovat pro ty spratky?*

#1. Nejsou to spratci. Jsou to malí andílci, kteří dostali špatný los. #2. Udělám cokoli, abych je rozesmál, abych je viděl se smát. Abych snížil břemeno jejich rodin. #3. Pokud se vám to nelíbí, můžete to hodit do koše.

To jsem řekl já.

Přesně tak.

*Prozatím.*

Po představení v nemocnici se Ribby vrátil domů. Před jejím domem stála bílá dodávka Attics-R-Us. Podívala se na okno, všimla si, že žaluzie jsou otevřené, a vyběhla po schodech nahoru. Ozval se krvelačný výkřik.

Ribby se rozbušilo srdce tak silně, že si myslela, že jí vyletí z hrudi. Běžela po chodbě do kuchyně, kde našla tetu Tizzy na podlaze, jak buší pěstmi do objemné postavy muže z Attics-R-Us.

Ribby neváhala, když sáhla do zásuvky s příbory a vyndala velký nůž. Vrhla se na něj a zabodla mu nůž do zad.

Padl dopředu a vydal příšerný žbluňkavý zvuk. Ribby nůž vytáhla a vytryskla krev.

Teta Tizzy, uvězněná pod mohutným mužovým špehem, do něj strčila.

Ribby jí pomohl vstát a oba se postavili na zadní, zatímco se louže krve rozšiřovala.

Teta Tizzy vykřikla.

Ribby křičel.

Jako dvě bezhlavá kuřata pobíhali po kuchyni, křičeli a pištěli.

*STOP.*

Ribby poslechl a zůstal stát.

Teta Tizzy se dál proháněla kolem.

*STOP. Z tebe se mi točí hlava, teto Tizzy.*

Zastavila se. Podívala se na tělo, na kaluž krve. Zvedla si šaty. Další krev. Pokusila se ji setřít.

„Musím…" Teta Tizzy došla k umyvadlu a vyzvracela se do něj.

Ribby poslouchal zvuky zvracení a tikání hodin. Bubnovala prsty na kuchyňský stůl.

Klid. Teď už jsem klidná.

*Ježíši, Ribby.*

Musela jsem zachránit tetu Tizzy. Musela jsem. Možná není mrtvý. Možná bych měl zavolat sanitku?

*Žádnou sanitku. Zkontroluj puls.*

Ribby mu zvedl zápěstí.

*Nepotřebuješ na to hodinky?*

Angela to převzala.

*Mrtvá jako hřebík.*

Někoho jsem zabil, někoho jsem zabil!

*Ano, zabil. Překvapil jsi mě. Teď potřebujeme plán.*

Nejdřív si musím promluvit s tetou.

*Ne, potřebujeme plán. Teta Tizzy může počkat.*

Teta Tizzy se pokusila posadit, ale místo toho vykřikla a vyběhla nahoru.

*Musíme ho převrátit.*

A co ten nůž?

*Pod umyvadlo, vezmi gumové rukavice. Pak najdi něco, do čeho ho můžeš položit, třeba noviny, deku nebo ručník. Něco, co nebude chybět.*

Ribby našel rukavice a nasadil si je. Z odpadkového koše vzala noviny, do kterých nůž zabalila, a navíc deku a ručník ze skříně s prádlem.

Teď se vrátila k tělu, sehnula se a strčila do něj. Znovu se odrazilo zpátky. Udělala další pokus, tentokrát do těla pohybem strčila a přidržela ho nohou. Zvracela, ale podařilo se jí udržet obsah žaludku dole. Zbytek cesty ho převrátila. Jeho penis se rozplácl a hlava s tupým žuchnutím narazila na nohu stolu. Přehodila přes něj přikrývku, přesvědčená, že už je mrtvý.

Z horního patra se ozvala teta Tizzy: „Kdo to sakra vůbec byl, ten S.O.B.?" „To je v pořádku," odpověděla.

Teta Tizzy se vrátila do kuchyně. „Měli bychom zavolat policii," řekla.

*V žádném případě.*

Měla pravdu, měli bychom zavolat policii.

*Chceš jít do vězení za zabití toho násilnického parchanta?*

Vysvětlím ti to. Zachraňoval jsem tetu Tizzy.

*Ale jak mi vysvětlíš, proč tu vůbec byl?*

"Uh, teta Tizzy. Jak se dostal dovnitř? Proč jsi ho pustila dovnitř?" Ribby se zeptal.

„Zaklepal na dveře a hned vešel, jako by ho někdo čekal. Došlo mi, že je to Martin přítel, tak jsem mu nabídla šálek kávy. Jakmile jsem se k němu otočila zády, strhl mě na podlahu a… a…" Zakryla si rukama obličej a vzlykla.

Ribby ji utěšoval: „To bude v pořádku. Slibuju. Nějak to vyřešíme."

*Musíme se zbavit těla.*

Zbavit se ho! Jak? Proč?

*Protože jsi ho zabil a protože jeho dodávka pořád stojí před domem.*

Ta dodávka. Na dodávku jsem zapomněl.

*Musíme ho odsud dostat.*

Je příliš těžký na to, abychom ho zvedli. Máme trakař.

*Dobrý nápad. Dáme ho na trakař.*

„Teto Tizzy," poplácal ji Ribby po ruce. „Proč nám neuděláš šálek dobrého čaje? Jdu na chvilku ven... můžeš nám udělat šálek čaje, ano?"

„Ty mě s tím necháš o samotě?"

„Budu tu jen pár minut. Udělej si čaj, ať na to nemusíš myslet. Teď už ti nemůže ublížit."

Jakmile vyšel ven, Ribby odemkl kůlnu a vytáhl z ní trakař. Tlačila ho, kola skřípala po trávníku. Pokusila se ho zvednout po schodech, ale i prázdný byl příliš těžký. Otočila sebe i vozík. Kráčela pozpátku a táhla, dokud nenarazila na schody na verandě. Vyčerpaně otevřela vstupní dveře a pokračovala v tlačení trakaře po chodbě až do kuchyně.

*Požádala ji, aby vám pomohla. Tedy dostat ho do něj.*

Já to udělám. Musíme se zbavit jeho těla, než vyjde slunce. „A co jeho dodávka?"

„Jaká dodávka?" Zeptala se teta Tizzy.

Ups. Vlastně jsem to řekla, že?

Jupí.

„Nechal venku dodávku," řekl Ribby. Zavřela za sebou vchodové dveře.

„Zbavíme se těla i dodávky najednou," navrhla teta Tizzy.

*Teď už se dostala do nálady.*

Ach, bratře.

Zrovna když se chystali přeložit tělo na trakař, vyrušilo je zaklepání na vchodové dveře.

„Kdo to může být?" Zašeptala teta Tizzy.

Ribby po špičkách přistoupil ke dveřím a nahlédl do klíčové dírky. Byla to paní Engleová vyzbrojená velkými tácy s jídlem v každé ruce. Musela zaklepat loktem. Ribby se podívala dolů; na oblečení měla krvavé skvrny.

„Juchůůů, Ribby. To jsem já, paní Engleová. Jen mám ještě pár věcí do ledničky. Doufám, že vám to nevadí."

Ribby sebrala z háčku kabát, hodila si ho na sebe a otevřela dveře. Nabídla se, že tácy vloží do lednice. Pokusila se nohou zavřít vstupní dveře.

„Proč děkuji, drahá," řekla paní Engelová. „A mimochodem, na pár dní odjíždím pryč a pak se vrátím na pohřeb. Jestli tu nejste, pustím se dovnitř sama náhradním klíčem." Než zašeptala, naklonila se k němu. „Po pohřbu se sem všichni přijdou najíst. Nikdy jsem nepochopila, proč mají příbuzní po pohřbech takový hlad. Asi je to přirozená reakce tváří v tvář smrtelnosti milovaného člověka. Na mě to má vždycky opačný účinek."

„Doufám, že všechno, ehm, pro vás a vaši rodinu dopadne dobře," řekl Ribby a snažil se znovu zavřít dveře.

„Děkuji, drahá." Paní Engelová sešla po schodech dolů a vyšla na trávník.

Ribby si oddechl, ale dál se díval,

„Mimochodem, ozvala se vám Marta?" otočila se paní Engelová.

„Ne, ne, neslyšeli," přiznal Ribby.

„Aha, já myslela..." Paní Engelová se podívala na bílou dodávku.

„Radši vám to dám do ledničky, paní Engelová," řekl Ribby. „Tak krásně voní a já mám takový hlad, že bych je hned snědla sama!"

„Po setkání si můžete dát zbytky u mě. Byl by hřích, kdyby vám došlo jídlo." Otočila se a zamířila domů.

„Uf!" Ribby řekl. Kopla do vchodových dveří a šla do kuchyně. Teta Tizzy se krčila v koutě a mnula si ruce jako lady Macbeth.

Ribby uklidila kastroly, strhla ze sebe kabát a hodila ho do předsíně, pak se věnovala tetě.

„Co budeme dělat, Ribby?" Teta Tizzy se zeptala. „Musíme ho odsud dostat. Co budeme dělat? Co? Co? Co?"

Ribby plácl Tizzy. Po počátečním šoku se sblížili a objali se.

„Mám plán, teto Tizzy. Neboj se. Ale nejdřív si musím vzít pár věcí z kůlny venku. Hned se vrátím, slibuju."

Když paní Engleová a její sestra zmizely z dohledu, Ribby vyšel ven a nechal tetu Tizzy zhroucenou na pohovce.

Teta Tizzy zkontrolovala na telefonu aktuální informace. Zazvonila na něm SMS od jejího manžela. Jenny byla s ním. Byla v bezpečí a v pořádku.

Tizzy zavřela oči a nechala se unášet úlevou, že je její dcera v bezpečí. Byl to docela náročný den.

Přemíra emocí z posledních dní v ní narůstala jako obrovská vlna. Všechny emoce vyplavaly na povrch. Bolest, úleva, bolest, lítost.

Tizzy se pokusila vstát, ale kolena se pod ní podlomila. Třásla se a třásla, jak se snažila skrýt před pravdou a zároveň se s ní smířit.

# KAPITOLA 17

Ribby se vrátil do kuchyně. Měla s sebou několik nástrojů: lopatu, sekeru, plachtu, kombinézu, zahradnické rukavice a nůžky. Zhodnotila situaci.

*K čemu to všechno sakra je?*

Vzal jsem jen náhodné věci, o kterých jsem si myslel, že by mohly pomoci.

*To určitě.*

Ribby si dala ruce v bok. „Teď ho naložíme do trakaře."

„Jsi si jistá, že se tam vejde?" Teta Tizzy se zeptala.

*Ano, vejde se tam.*

Musí, nemáme žádný plán B.

„Použijeme deku a přetáhneme ho na ni," navrhl Ribby. „Nemusíme ho zvedat, jako takového. Přetočíme ho na deku a můžeme ho upravit, jak bude potřeba. Stačí, když ho dostaneme do trakaře, a dál už to bude snadné."

„Ribby, ty mě děsíš! Jako bys to už někdy dělal," řekla teta Tizzy. „Ehm, nedělala, že ne?"

„Bože ne, teto Tizzy, ale četl jsem knížky a viděl jsem filmy. Teď se dáme do pohybu. Chytni se druhého konce deky, a až napočítám do tří, oba ho posuneme. Dobře?“

Jakmile získali trochu hybnosti, bylo snadné ho na deku přetočit. Teď přišla ta těžší část.

„A ještě jednou. Po třech.“

„Dobře, Ribe, jak myslíš.“

„1, 2, 3 - heave ho!“ Řebíček řekl. Hlava mrtvého muže vydala dutý řinčivý zvuk, když se spojila s kovovou nádobou.

„Ještě jednou!“ „1, 2, 3, ano!“ přikázal Ribby. Ribby řekl, když tělo uložili do tří čtvrtin cesty na trakař.

„Teď ho postavím do svislé polohy,“ řekl Ribby, “a ty zastrč nohy a ... jeho části.“

„Tohle v žádném případě nikam nezastrčím!“ Řekla teta Tizzy. „Může to viset až do Království!“

Ribby se navzdory sama sobě rozesmála a teta Tizzy brzy propadla záchvatům smíchu také.

Obě ženy byly hysterické.

*Amatéři.*

Angela zvedla zabalený nůž a odnesla ho nahoru. Než ho znovu zabalila, otřela z něj krev a otisky prstů. Nůž schovala úplně vzadu v Martině zásuvce na ponožky.

Angela se vrátila dolů, kde v kuchyni vytřela krvavý nepořádek.

Než skončila, byli Ribby i Tiz dostatečně klidní.

*Tak se do toho dej, Ribe.*

„Pojď, teto Tiz. Jdeme na to.“

„Jdu s tebou.“

*Aleluja! Odstartovali jsme.*

Dobře, teď musíme najít jeho klíče od auta. Sáhni mu do kapes, Tizzy.“

„To neudělám!“

„Jdi mi z cesty,“ řekla Angela. Našla klíče v kapse jeho kabátu.

„Teď ho odvezeme zpátky do dodávky a pak...“

„Chceš říct, že ho vyvezeme ven, v tomhle?“ Zeptala se teta Tizzy.

„Jo, jasně. Nemáme na výběr, Tiz. Musíme to udělat, dokud je venku tma. Musíme ho dostat do jeho dodávky.“

„Jak ho do ní zvedneme, Ribe? To je nemožné.“

„Musíme. Nemáme na vybranou,“ řekl Ribby.

Ribby přehodil přes tělo plachtu.

Vidíš, říkal jsem ti, že se to bude hodit.

*Chytrák.*

Ribby a teta Tizzy se museli přetlačovat, aby mrtvé tělo dostali do dodávky. Ribby odemkl dveře řidiče a otevřel zadní část dodávky. Stiskla modré tlačítko těsně u nákladového prostoru a hydraulický výtah zasténal směrem dolů. Oběma ženám se společně podařilo navést trakař na výtah a za chvíli už bylo tělo v zadní části dodávky.

Ribby se vrátila dovnitř, převlékla se ze zakrvácených šatů a schovala je vzadu ve skříni do igelitové tašky.

A co ten nůž?

*Je v pořádku, zvládla jsem to.*

Když jsme byli zase venku, Ribby řekla: „Musíš řídit ty, teto Tizzy, protože já to neumím." „To je v pořádku," odpověděl jsem.

„Ale já se bojím řídit v tak velkém městě! Já nemůžu! Nebudu!"

„Hele, na tyhle kecy nemáme čas," vložila se do toho Angela. „Bojíš se řídit, když tu máme velkého tlustého mrtvého chlapa, kterého se musíme zbavit! A to nemluvím o zvědavých sousedech! Musíme se zbavit jeho dodávky i těla, dokud je tma." ,Cože?' zeptala se.

„Pokud ovšem nechceš, abych zavolala na policii a řekla jim, že jsme ho zavraždili, teto Tizzy?"

Tetě Tizzy poklesla čelist.

*Technicky vzato jsi ho Ribe zavraždila. To jen tak na okraj.*

Já vím.

*Teta Tizzy zavři, nebo ti tam vletí můra.*

„Pojedeme dál do The Bluffs, kde se můžeme zbavit těla i dodávky, teto Tizzy, ale ty se z toho musíš vzpamatovat. Musíš nás tam dostat! Co říkáš?"

Teta Tizzy přikývla.

„Dobře, tak jdeme!" Ribby vložila klíče od mrtvého do dlaně tetiny třesoucí se ruky.

106    CATHY MCGOUGH

„Dobře, tak jdeme!" Ribby vložila klíče od mrtvého do dlaně tetiny třesoucí se ruky.

# KAPITOLA 18

Přesto všechno byla teta Tizzy dobrá řidička, i když nervózní.

Cestou se zastavili na benzinové pumpě nedaleko The Bluffs, kde si Ribby objednal taxík, který je měl za hodinu vyzvednout.

Když vjížděli na samotu, Ribby řekl: „Zapni dálková světla, teto Tizzy." Teta Tizzy se usmála. Postupovali vpřed, protože měsíc na obzoru je pobízel, aby se přiblížili.

„Stůj!" Ribby řekl. Když se vozidlo úplně zastavilo, vystoupily s tetou Tizzy.

„Woo-ee!" Teta Tizzy vykřikla. „To je ale dlouhá cesta dolů!"

„Nepřibližujte se moc," řekl Ribby, "sráz se drolí."

Udělali pár kroků zpět, právě když se mraky rozestoupily a zablesklo se světlo hvězd. Stáli vedle sebe, třásli se a kolem nich šlehal vítr. Teta Tizzy se objala.

„Je to určitě krásné," řekla teta Tizzy.

„Budu tě sem muset vzít ve dne, abys tu krásu poznala v plné šíři."

„To bych moc ráda, Ribby. Mimochodem, zapomněla jsem ti říct, že Jenny je se svým otcem. Před chvílí mi poslala esemesku.“

„To je skvělá zpráva.“

*OMG! Co to je, Mladí a neklidní? Dělej, Ribe!*

Dobře, dobře. „Teto Tizzy, stačí, když zařadíš rychlost, a jakmile se vůz rozjede, vyskočíš. Sjede z útesu a chňapavci si ho dají k snídani. Sbohem, tlustý bastarde. Sbohem, dodávko tlustého bastarda. Sbohem, potíže. Konec příběhu! Pak se můžeme vrátit ke svým životům. Bude to naše malé tajemství.“

„Bůh se to dozví,“ řekla teta Tizzy.

*A já taky.*

„Bůh to pochopí, protože to byla sebeobrana. On tě znásilňoval, teto Tizzy!“

*Začíná jí být zima, Ribby. Udělej to hned.*

„Bůh vždycky ví,“ řekla teta Tizzy, otočila se a odešla. Ohlédla se přes rameno, pak otevřela dveře dodávky a nastoupila dovnitř. Zavřela dveře a motor naskočil. Jednou, dvakrát, třikrát ho vytočila. Pak zamířila k okraji útesu.

„Skoč, teto Tizzy!“

Bylo pozdě. Dodávka jela dál. Přepínám.

Ribby se rozběhl k okraji a doběhl tam právě včas, aby viděl, jak dodávka dopadla do vody.

Snažila se křičet, ale nic z ní nevycházelo.

Nic. Dokud nezačala zvracet. Padla na kolena.

*Hloupá ženská.*

Tohle nemusela dělat. Nemusela umřít.

*Bylo to její rozhodnutí. Její volba.*

Pořád vzpomínám na dort pro panenku Barbie, který mi upekla k narozeninám.

*Tu vzpomínku mi nikdo nevezme. Teď odsud vypadneme.*

Nešlo to podle plánu. Ale to se nikdy nepovede, ani ve filmech. Člověk si myslí, že Cary Grant zůstane kvůli holce, ale on nezůstane. Myslíte si, že Humphrey Bogart zabrání Ingrid Bergmanové nastoupit do letadla, ale on to neudělá. I když si to přejete, nestane se to tak, jak byste chtěli.

# KAPITOLA 19

Ribby pověsila kabát ve vchodu a zavolala: „Jsem doma, mami." Zamířila do kuchyně, kde Marta seděla shrbená nad stolem a v ruce držela vražednou zbraň.

„Zabíjela jsi prasata, Ribby?" zeptala se a držela nůž v ruce. Marta se postavila.

„Zabila jsem toho tlustého parchanta," řekla Angela. „Ubodala jsem ho, mrtvého."

Marta otevřela ústa, ale nevyšla z nich žádná slova ani zvuky, a tak Angela pokračovala. „Bylo to odporné zvíře, prostě prase, kterému visel pták z kalhot."

„Musel jsem k Ma," vložil se do toho Ribby. „Znásilňoval tetu Tizzy!"

*Nikdy se nepoučí. Zvládala jsem to.*

Martha si položila levou ruku na bok. Pravá ruka držící nůž zůstala na délku paže. „O čem to proboha mluvíš? Tlustej parchant? Teta Tizzy?"

„Ten chlap v bílé dodávce Attics-R-Us. To je ten tlustý bastard," řekla Angela. „A co se týče tvé sestry Tizzy, tak ta byla bezbranná jako kotě, když ji znásilnil."

„Zachránil jsem ji před ním," řekl Ribby.

Martha se otočila, jako by chtěla položit nůž. Pak si to zřejmě rozmyslela a ustoupila. „A kde jsou teď? Jestli jsi ho zabil, kde je jeho tělo?"

Ribby se zadíval na nůž. „Sbalili jsme ho do jeho dodávky a odvezli ho přes útes."

„Byl to dokonalý plán," řekla Angela. „Dokud ta tvoje bláznivá sestra neodmítla vystoupit z dodávky a nesjela z vrcholu taky." Angela obešla Martu a rozčileně se svalila na židli.

Ribby začala mluvit, ale rozmyslela si to, když konvice zapískala. Martha odložila nůž na kuchyňský stůl. Z lednice vytáhla mléko a ze skříňky dva hrnky. Lžičky už byly na stole, seřazené jako vojáčci na hraní. Když nalévala, řekla: „Tak se podívám, jestli to chápu správně, Ribe. Přišla sem moje sestra. Carl Wheeler si myslel, že mám otevřeno, a zkusil to s Tiz. Bodl si ho a pak se ho zbavil. Čekáš, že tomu budu věřit? Byl to mimořádně velký muž."

„To si piš, že byl," řekla Angela. „Žebro - chci říct my - ho naložilo do trakaře. Tak jsme ho dostali ven."

„Aha, chápu," cekla Marta. „A pak jste měli v plánu zbavit se těla, ale Tiz vám plán překazila, když tam šla taky? A co tu Tiz vůbec dělala? Už léta jsem o ní neslyšela ani slovo."

„Její manžel ji opustil kvůli jiné ženě, mladší," řekla Angela. „Pak jí utekla dcera. Byla z ní troska."

Marta se posadila a několikrát si lokla čaje. „No, s tím nožem musíme něco udělat. Nemůže zůstat tady v mém domě." Marta zvedla nůž a podívala se na Ribbyho, který pravou rukou pil čaj. Levou ruku měla položenou dlaní dolů na stole. Martha zvedla nůž a přitáhla ho dolů, čímž oddělila Ribbyinu ruku od jejího přítele, zápěstí.

Šálek s čajem dopadl na stůl a odrazil se. Ribby vykřikl. Martha uchopila její pravou ruku a přitiskla ji dlaní dolů na stůl. „Řekni mi, co se tady děje a kdo sakra jsi," dožadovala se. „Protože já vím, že nejsi moje dcera." Martha zvedla nůž nahoru, takže se jeho špička téměř dotkla Ribbyho nosu. „Vypadni od mé dcery, ať už jsi kdokoli. Jinak ji roztrhám končetinu po končetině."

„Mami, ne. Nedělej to, prosím. Ne!"

„Já jsem Ribby. Prostě Ribby," broukla Angela Ribbyho nejslabším hláskem.

Na vteřinu si myslela, že jí Marta věří. Další CHOP, druhá ruka se oddělila a proměnila Ribbyho v dvouhlavou fontánu.

„Chcípni. Všichni umřeme," zpívala Angela, zatímco Ribby plakal a křičel v agónii. Angela necítila žádnou bolest, ani skutečnou rozkoš. Všechno, co dělala, všechno, co se snažila dělat— vždycky to byl Ribby, kdo sklízel ovoce. Tentokrát však ne. „Chudák Ribby," řekla Angela. „Jak se teď bude starat o nemocné děti v nemocnici?"

Ribby se ve svém bytě probudila s výkřikem. Zkontrolovala si pravou ruku. Pak levou. Obě tam stále měla. Byla příliš vyděšená, než aby vstala z postele, držela se za ruce a sledovala, jak sluneční světlo kreslí na stropě obrazce.

Když se plně probudila, Ribby se osprchovala a oblékla. Rozhodla se, že se půjde projít a vyčistit si hlavu.Byla vděčná, že je neděle. Dnes se nemohla postavit práci ani dětem.

Jakmile vyšla ven, zlý sen se jí odsunul do pozadí. Vyhýbala se pláži a šumění vln, protože to v ní vyvolávalo vzpomínky na tetu Tizzy.

Než se vrátila, zastavila se v kavárně a objednala si cappuccino. Chutnalo jí tak dobře, že si okamžitě chtěla dát další. Zatímco čekala na další objednávku, prošel kolem Nigel. Neviděla ho už několik týdnů. Ani si nebyla jistá, jestli si na ni vzpomene.

„Hej! Nigel," zavolala Angela a poklepala na okno.

Usmál se a vstoupil do kavárny. Políbil Ribbyho na tvář. Připadalo jí to příliš důvěrné.

„Jak ses sakra měla?" Nigel se zeptal.

„Zaneprázdněný prací," řekla Angela. „A potřebuju trochu odpočívat. Nechceš dneska něco podniknout?"

Nigel se podíval na své nohy. „Mám teď přítelkyni, takže když někam jdu, jde s námi."

„Chudák Nigel," škádlila ho Angela, "ještě ani není ženatý a už je z něj bič!"

Nigel zaklonil hlavu a zasmál se. Chytil Angelu za ruku a bratrsky ji poplácal.

„Tak jak se tedy jmenuje?" Angela se zeptala. „Nebo je to tajemství?"

„Ne, panebože ne," řekl Nigel a ustoupil, aby si osoba, která se připojila k frontě, mohla objednat. „Jmenuje se Anne-Marie."

Angela si objednávku rozmyslela a vydala se ke dveřím. „Jednou nás budeš muset představit."

Nigel se posunul ve frontě dopředu.

Angela se celou cestu domů rozplývala.

# KAPITOLA 20

Následujícího večera po návratu z nemocnice Ribby nasedl na autobus domů. Když dorazila, byla už skoro tma. Vchodové dveře stály dokořán. Zevnitř se linula hudba tak hlasitá, že mohla konkurovat pouličnímu ruchu. Opatrně se vydala po předních schodech, když se k ní přiblížily Scampovy tlapky. Vyskočil a srazil ji na zem. Martha šla s ním a smála se, když pes olizoval Ribbyho obličej.

„Okamžitě slez, Scampe," řekla Martha a odstrčila ho nohou od zadku. Natáhla ruku, aby Ribbymu pomohla. Jakmile se postavila na nohy, Ribby se otřela.

„Jsi skoro kost a kůže," řekla Martha. „Copak jsi nejedla?"

Ribby popadla matku a vrhla se jí kolem krku. Martha objetí opětovala a pak ji pustila s otázkou: „Šálek?"

„Vypadáš skvěle, mami!" Ribby řekla, když spolu kráčely do kuchyně. „Jsi úžasně opálená."

Martha se zasmála. „Báječně jsme se bavili. Kdybych měla peníze, hned bych tam bydlela. Tom byl skvělý hostitel." Pohybovala se po kuchyni, dávala vařit konvici a připravovala hrnky. „Co jste dělali? A čí jsou ty věci v mém pokoji?"

„Tety Tizzy."

Marta málem upustila hrnek. „Moje sestra je tady? Asi se fláká. Kde tedy je? Na nákupech?"

„Ehm, ne, ani ne," řekl Ribby. „Přišla sem hledat Jenny." Ribby měl zvláštní pocit déjà vu. Zachvěla se a zastrčila si obě ruce do kapes.

„No, je to určitě zvláštní, že sem jela takovou dálku. Určitě toho máme hodně co dohánět."

„Nevím, jestli se vrátí," zarazil se Ribby. „Myslím, že možná musela jet domů. Myslím tím náhle."

Marta zamíchala trochu cukru. „Bez svých zavazadel?" Napila se. „Viděla jsi ji dneska?"

„Ne, byla jsem u své kamarádky Angely." Nedopila čaj, ani se o to nepokusila. Ruce měla stále pevně zastrčené v kapsách.

Marta vypila svůj šálek čaje. Odsunula židli a zívla s ústy tak širokými, že by jimi mohl projet autobus. „Jdu si lehnout."

„Tak dobrou, mami," řekl Ribby. Uklidila hrnek a pohybovala se po kuchyni, dokud nezaslechla, jak se z horní části schodiště ozývá Marta.

„Mimochodem, Rib, našla jsem tohle," zvedla nůž. „Byl zabalený v mém šuplíku s ponožkami."

„Možná s ním teta Tizzy někoho zavraždila," řekla Angela a vyšla po schodech nahoru.

Marta jí nůž podala a vyprskla řvavým smíchem. „Ty máš ale představivost. Ráno ho pořádně umyjeme. Dobrou noc."

Angela přijala od Marty nůž v novém ručníku.

Proč jsi použila nový ručník?

*To musím vědět já a ty to musíš zjistit.*

Ribby schovala nůž vzadu ve skříni u zakrvácených šatů.

Dobře, tak jdi spát.

*Přestaň na mě mluvit a já budu.*

*Dobrou, Ribby.*

Dobrou, Angelo.

# KAPITOLA 21

Ribby upadl do hlubokého spánku. Zdálo se jí, že je vysoko v oblacích, kde sedí a pozoruje, jak kolem ní procházejí další mraky. Někdy se na těch mracích vezli lidé. Tu a tam někoho poznala. Slavnou osobu, která jako by se rozhlížela, jestli ji někdo nepoznává.

Vidět Caryho Granta, jak se usmívá a mává na ni, když jeho mrak proplouvá kolem, bylo velmi zvláštní.

Ribby vykřikla: „Pane Grante, ach, pane Grante, vy jste můj úplně nejoblíbenější herec!" „To je pravda," odpověděla.

„Jste moc milá," řekl Cary, zatímco jeho oblak pokračoval dál.

Ribby ho sledovala očima, dokud ho už neviděla, protože většina mraků se odvalila. Zmizel.

S výjimkou jednoho obrovského černého mraku, který se k ní bouřlivě blížil.

Nebyla si jistá, co má dělat, jak se pohnout dál. Máchla rukama, ale to nepomohlo. Pořádně se nadechla a vydechla do mraku, ale ani to nepomohlo. Tentokrát se jí nedařilo být na mraku. Dříve se pohnul, když si to přála, ale tentokrát se nechtěl pohnout.

Velký černý mrak se vznášel blíž. Ribby se posadila a pak objala kolena. Chystal se déšť, a proto ostatní jezdci na mracích odešli hledat úkryt. Cítila se velmi osamělá. Kdyby jen skočila na mrak Caryho Granta, alespoň by nebyla úplně sama.

BUM! Dopadla bokem do náruče nadýchaného mraku. Prázdnou oblohou se ozývalo hřmění.

PRÁSK.

Z útočícího černého mraku vyšlehl blesk a vrazil do Ribbyho mraku. Vykřikla. Bylo to velmi blízko. Chlupy na rukou jí vstávaly statickou elektřinou. Kůže se jí rozžhavila, byla teplejší a teplejší.

„Přestaň!"

„NEPŘESTANU!" křičel rozzlobený ženský hlas.

Blesk znovu udeřil do Ribbyho mraku a tentokrát ho rozťal napůl. Svezla se na bok a zaujala polohu plodu. Vzhlédla a spatřila ženu, která se nápadně podobala tetě Tizzy. Měla na sobě volné černé šaty, ne zrovna šaty nebo plášť, které se jí bičovaly nahoru a všude kolem ní.

„Provedla jsi mi něco špatného a zaplatíš za to. Nemůžeš se schovávat věčně. Využij své šance a teď skoč!"

„Ale, teto Tizzy," zasténal Ribby, „já jsem ti zachránil život!"

„Vzal jsi mi život a poslal mě do pekla! Ty hloupá, hloupá holka! Teď se vzdej toho svého a SKOČ!"

„Ale já, já nechci umřít."

„Já taky ne! Teď se mi vyhýbají v nebi. Od Boha. Určen k tomu, aby se tu vznášel celou věčnost."

Další blesk roztrhl Ribbyho mrak na čtvrtiny.

Mrak se rozplynul v mlhu a pak už nebylo vůbec nic. Ribby se držela za nos, jako by měla skočit do řeky, místo aby padla na smrt. Vykřikla „Shiiiiiiiiittt!" jako Redford a Newman ve filmu *Butch Cassidy a Sundance Kid* , když skočili ze skály.

Pádem do otevřené náruče nicoty Ribby vypadla z postele a s žuchnutím přistála na podlaze.

# KAPITOLA 22

Marta dole bouchala do hrnců a pánví. Ribby odposlouchával a slyšel dva hlasy. Její matka měla společnost.

Byl pátek ráno a Ribby si vyžádala pozdější začátek práce. Chtěla si vyslechnout, jak se její matka vypravila na výlet, než odjede na víkend k sobě domů.

„Dobré ráno, mami," řekla Ribby a zahnula za roh. Zahlédla Johna MacGrawa, jak si čte noviny.

Martha stála za ním a četla mu přes rameno.

„Dobré ráno, Johne," řekla Ribby, když si nalila šálek kávy a pak se postavila vedle ledničky.

„Nemůžu to nikde najít. Vzal sis ji, Ribby? Moji láhev Jacka Danielse? Byla tady a byla plná."

„Teta Tizzy ji vypila," řekla Angela. „Byla ve stavu a vypila to, aby se uklidnila. Určitě ji chtěla vyměnit. Později ti přinesu novou."

„Potřebovala jsem ho, abychom si mohli udělat vajíčka, Žebro."

„Ano, není nad to nalít do vajec trochu Jacka Danielse. Perfektní lék na kocovinu," řekl John.

„No, dnes ráno se budeme muset obejít bez něj," řekla Martha.

„Tak pro mě žádná vajíčka, lásko," řekl John. „Jen další šálek kávy."

Martha přinesla konvici na stůl. „Posaď se, dcero. Musíme si s tebou o něčem důležitém promluvit."

*Bože, o co tady jde?*

Ribby studoval Martu a Johna, jak si vyměňují pohledy. Posadila se naproti matce a čekala, až jí to vysvětlí.

*Ach jo, oni se přece NEBUDOU brát. Opravdu? Gros.*

„Zítra večer za vámi přijede vzácná návštěva. Jmenuje se pan Edward Anglofon," řekla Marta.

„Já mám? Ale... kdo to je?"

„Nechte mě dokončit vysvětlení. Vím, že musíte brzy vyrazit do práce. Tohle by nemělo trvat dlouho."

Ribby přikývl a Marta pokračovala.

„Když jsme byli na nábřeží, bydleli jsme v jednom krásném malém penzionu a seznámili se s Edwardem. Jeho přátelé mu říkají Teddy. Má tam vlastní knihovnu. Seznámili jsme se s ním a rozuměli jsme si. Pozval nás na skleničku. Zmínil se o své knihovně, o tom, že potřebuje nového hlavního knihovníka." "Aha.

„Věděl o tobě Ribby," připustil John.

„O mně?"

„Zná lidi v knihovnách po celém světě," dodala Martha. „A knihovníky."

„Drží prst na tepu, protože sám chce najmout novou," řekl John.

„Ano," dodala Martha. „Jeho knihovna je zavřená. Proto se s tebou chce setkat."

„Abych převzal jeho knihovnu?"

„Potenciálně," řekl John.

„Hlavní knihovník? Já?" Ribby vykřikl. „Na funkci hlavního knihovníka nemám kvalifikaci. Na to potřebuješ titul!"

*Rozhodně bychom mohli být hlavním knihovníkem.*

„No, já vím, Ribe, že když má někdo vlastní knihovnu, může si na místo hlavního knihovníka najmout, koho chce. Je to malá Řebíčková, ne jako torontská knihovna, ale je to životní příležitost. Takže tu bude v osm. Musíš si koupit něco nového na sebe. Vyšňoř se, abys udělala dobrý dojem." "Dobře. Marta se napila kávy. „Nemluvě o tom, že je úplně nabitý."

*Teď nás zaháčkovala, ven?*

To určitě ne.

*Mně to tak připadá.*

„Ano, má hromadu peněz. A žádnou rodinu. Ani žádné příbuzné," řekl John.

„Nechci se s ním setkat. Moje práce je v pohodě. Kromě toho se nechci stěhovat daleko. Líbí se mi tady."

*Nechceme být pasáci! Ty, hloupý starý netopýre!*

„Promiň, mami, ale tahle příležitost není pro mě."

„Dcero, ty se s ním setkáš a basta!"

„Prostě se s ním seznam," řekl John. „Co můžeš ztratit?"

Ribby odsunul židli. Angela se otočila ke schodům.

„Až peklo zamrzne," řekla Angela.

Martina židle zaškrábala o podlahu.

Ribby vyběhl po schodech a zamkl dveře.

Angela otevřela Ribbyho skříň a popadla zabalený nůž. Čekala.

*Jestli se ta mrcha pokusí dostat do tohoto pokoje, bude toho litovat.*

Kroky. Dupání. Dup, dup, dup. Dvě série. Běží. Smích.

Ribby zatajila dech.

O několik minut později už bylo zcela jasné, o co jim jde. Marta vykřikla: „Ano!", když čelo postele bušilo do zdi.

*Naprosto nechutné.*

Pojďme odsud pryč!

# KAPITOLA 23

Když Ribby dorazil, v knihovně zavládl chaos.

Paní P. Wilkinsonová, hlavní knihovnice, plánovala autogramiádu už několik měsíců. Bylo to její dítě, protože se osobně přátelila s autorkou dětských bestsellerů P. K. Schmidlapovou.

Když se Ribby blížila ke vchodu, dvě děti vykřikly: „Hej, kam si myslíte, že jdete, paní? Už jsme tady několik hodin. Nemůžete sem vlézt!"

„Já tady pracuju," řekla a ukázala odznak zaměstnance knihovny.

Jakmile vešla dovnitř, šla najít paní Wilkinsonovou.

„Venku je chaos," vykřikl Ribby. „Kde je paní Wilkinsonová?"

„Volal její manžel. Je v nemocnici s prasklým slepým střevem. Neznáme její heslo, takže nemůžeme získat rozpis z jejího počítače. Čekali jsme pár set dětí, ne tisíce!" Monika s třesoucím se hlasem řekla: „Nevím, co mám dělat. P.K. je tu už jen na šedesát minut, protože má jiné povinnosti." ‚Cože?' zeptala se. Rozplakala se.

„Ach jo, měla jsi mi zavolat. Nebojte se, promluvím s P.K. a uvidíme, jestli se nám podaří něco vyřešit." ‚Dobře,' řekla.

„Nemůžeš se dostat přes jeho opatrovníka, nebo spíš přes jeho ženu," řekla Monica. „Tamhle je vysoká, blonďatá a plná sebe sama."

Paní Schmidlapová měla na sobě drahý značkový kostýmek a šestipalcové podpatky. Několikrát se podívala na hodinky, když k ní Ribby zamířila.

„Promiňte, paní Schmidlapová?"

„Jéééééééééé."

„Mohla bych s vámi mluvit? Máme problém."

„MY nemáme problém! Problém máte VY!" Paní Schmidlapová vykřikla, až její manžel upustil pero a děti vyskočily.

Kolem Ribbyho se vytvořilo napětí.

„To je v pořádku, miláčkové," řekla paní Schmidlapová, chytila Ribbyho za levou ruku a odtáhla ji stranou. „Vy lidé nejste organizovaní. Můj manžel se podepíše ještě na hodinu a pak, zip, ve jsou pryč. Ze děti nesmí být zklamané, ale on nemůže zůstat. Má jiné závazky. Ve má jiné závazky," zašeptala rozzlobeným hlasem.

Ribby musel najít řešení. Venku bylo nejméně tisíc dětí a uvnitř dalších padesát až sto. Musela přesvědčit P. K., aby podepsal knihy dětem, které čekaly nejdéle. Mohl by to udělat, kdyby to urychlil.

„A co kompromis?" Paní Schmidlapová se zeptala.

„Ano, dobrý nápad.“

„Musíme jít ve dvanáct, přesně, žádné kdyby a nebo ale. My, P.K., nemůžeme podepsat za všechny, ne dnes. Co když si zeeze childrens koupí výtisk knihy dnes, nebo si ji objednají ve řekněme dnes? P.K. podepíše všechny objednávky a ty sem budou doručeny do konce týdne, šlo by to?“

„Můžeme to jen zkusit. Díky za návrh. Uvidím, co se dá dělat.“

Ribby se vrátil ven. Zavřela za sebou dveře.

„Hej, co to děláte, dámo? P.K. jsme ještě neviděli! P.K.! P.K.! P.K.!“ křičeli a hrnuli se dopředu.

„Přestaňte všichni mluvit! Prosím, buďte zticha a já vám to vysvětlím!“

Děti ztichly.

„Dobře, to je lepší!“ Řebíček řekl. Všimla si, že pro jistotu přijela policie. „P. K. odsud musí odejít přesně ve dvanáct hodin v poledne, aby splnil předchozí závazek.“

Dav vypískl a zahučel. Policie se přesunula dovnitř.

„P. K. vám podepíše všechny knihy. Máme tady vaše rozkazy. Pokud dojde k nějakým změnám v našich informacích, dejte nám to prosím písemně vědět do dnešních pěti hodin odpoledne. Můžete si je tady vyzvednout příští týden,“ navrhl Ribby.

„Za týden!? Všichni už budou mít své výtisky dočtené. Řeknou nám konec. Zkazí nám ho.“ „To je pravda.

„Můžeš si knihu vzít dneska a přečíst si ji nepodepsanou, nebo ji tu nechat P. K. k podpisu, to je na tobě."

Ozvalo se nějaké reptání a Ribby věděl, že to může dopadnout tak i tak.

Paní Schmidlapová jí vyšla ven na pomoc a pošeptala jí do ucha nějaký návrh.

Ribby její vzkaz vyřídila dětem. „Když dnes necháte podepsat svou knihu, dostanete od P. K. exkluzivní dárek zdarma — záložku do knihy z limitované edice —".

Děti zajásaly. Ribby a paní Schmidlapová se objaly. Policisté smekli klobouky. Přesně ve dvanáct hodin odjel P.K. v limuzíně.

Když bylo po všem, Ribby si uvolnila ramena a napětí se rozplynulo. Zbytek dne byl díkybohu bezproblémový.

Cestou do jejich bytu Ribby přemýšlela o nepolapitelném panu Anglofonovi.

Možná bych ho měla navštívit?

*Být hlavní knihovnicí by bylo super a po dnešku si to zaslouží.*

Ano, když jsem se dnes ujala vedení, měla jsem pocit, že to zvládnu. Být hlavním knihovníkem, a kdy budu mít další šanci?

*Musí být opravdu nabitý, když má vlastní knihovnu.*

Ano. Ale proč já? Mohl by se zeptat kohokoli.

*Nikdy jsem si nemyslela, že to řeknu, ale za jeho zájem musí být zodpovědná Marta.*

A to nemluvím o tom, že mě do té role zvažuje.

*Takže souhlasím. Sejdeme se s ním.*
Ano, souhlasím.

# KAPITOLA 24

Následujícího večera bylo 20:34, když Ribby dorazil domů. Měla na sobě černé šaty a boty na vysokém podpatku.

U obrubníku parkovala limuzína.

Řidič sklonil klobouk. „Hezký večer," řekl.

„Ano, určitě je krásný," odpověděla Ribby.

„Ty taky," řekl řidič a mrkl na ni.

To Ribbyho zaskočilo.

Angela mu mrknutí oplatila.

Ribby uvnitř zafuněl, ale brzy nasadil úsměv, když vešla do obývacího pokoje. „Dobrý večer," řekla.

Anglofon se postavil a natáhl se, aby jí políbil ruku. Byl vysoký asi metr devadesát a bylo mu kolem osmdesáti let. Stál o holi a měl na sobě drahý oblek na míru s modrým proužkem a červeným kravatou.

„Dá si někdo něco k pití?" Martha se zeptala.

„Rád bych," řekl pan Anglofon, "vzal Ribbyho na projížďku svým autem. Tedy pokud jí to nevadí?"

Podíval se jejím směrem a pak se podíval na hodinky. „Na devátou máme rezervaci v restauraci Revolving.“

„Omlouvám se, že jdu pozdě.“

*Panebože! Nejspíš ani nevydrží do večeře! Je naprosto a totálně geriatrický!*

„Ach ano, chápu, že krása potřebuje čas,“ řekl Anglofon, vstal a natáhl k Ribbymu ruku.

Ribby ji přijal.

Ribby a Anglofon zamířili ke dveřím.

„Nedělej si starosti s tím, že ji dostaneš domů dřív, Teddy. Víme, že se o ni postaráš.“

*Panebože! S tímhle rozhodně domů nepůjdeme.*

Ribby se na matku zadívala přes rameno, když se blížili k autu. Jakmile nastoupili dovnitř, Anglofon řekl: „Pane řidiči, můžete jet na místo určení. Předpokládám, že jste se podívala do mapy, kde to je?“

„Ano, pane Anglofone, pane, GPS je nastavená.“

„Dobře, dobře. Tak to se učíte,“ řekl pan Anglofon. „Teď zavřete přepážku, abychom měli s dámou trochu soukromí.“

*Starý špinavý hajzl.*

Řidič limuzíny se ve zpětném zrcátku dotkl Ribbyho očí, když stiskl tlačítko. Skleněná přepážka se mezi nimi zvedla. Přes ni se vznášely červené sametové závěsy, které ze zadního sedadla udělaly soukromý pokoj. Pan Anglofon stiskl tlačítko a odhalil bar s vychlazeným šampaňským.

„Ribby, drahá, těšil jsem se na setkání s tebou.“

Ribby, který nevěděl, co jiného říct, řekl: „Děkuji, pane Anglofone.“

„Můžete mi říkat Teddy, protože se jmenuji Edward. Ale řekněte mi, kde jste přišel ke svému jménu, Ribby? Je to nějaká zkratka? Je to poněkud zvláštní, ale krásné jméno."

Ribby se zasmál. „Zvláštní. Na to se mě ještě nikdo nezeptal."

„Jestli je to tajemství, o které se nechceš podělit, tak to naprosto chápu, drahá."

*Je to starý koktejl. Okouzlující. To se mu musí nechat!*

„Když jsem byla malá, neuměla jsem vyslovit své křestní jméno. Píše se jako Rebecca, ale vyslovuje se Reee-becca. Víte, s tím strašně přehnaným dlouhým „e". Vždycky jsem ho vyslovovala jako Rib-ecca." Zasmála se. "Máma to nerada zkracovala na *Becky*. Myslela si, že to zní moc obyčejně, tak mi začala říkat Ribby. To se mi vžilo a od té doby se tak jmenuju."

„Tak já ti budu říkat Rebeka, jestli si to přeješ, ale raději bych ti dala zvláštní jméno."

„Jméno, které mám ráda, je Angela. Chtěla bys mi říkat Angela?"

*OMG! Proč mi to děláš?*

„Angela," řekl Teddy, jak mu to šlo z jazyka. „Tak dobře, Angela." Teddy se otřel rukou o Ribbyho koleno.

Ribby usoudil, že to kartáčování byla nehoda.

Angela si tím nebyla tak jistá.

V restauraci řidič otevřel dveře nejprve Teddymu a pak Ribbymu.

„Budeme tu nejméně dvě hodiny," řekl Teddy. „Napíšu ti, až budeme připraveni k odjezdu."

„Ano, pane."

„Většinu času je to zatracený hlupák," řekl Anglofon s odkazem na svého řidiče, "ale je loajální, jak se patří."

# KAPITOLA 25

V restauraci byla fronta, ale přítomnost pana Theodora Anglofona a hosta jim uvolnila cestu.

Jako gentleman nabídl Ribby rámě a doprovodil ji rušnou restaurací.

Bylo to pro ni jako mimotělní zážitek. Hosté se otáčeli, zdravili je, dokonce na ně zvedali sklenice k přípitku. Připadala si jako celebrita.

Pár pokračoval do soukromého pokoje. Strop byl vysoký, nad jejich stolem visel třpytivý lustr. Samotný stůl byl prostřený krásnými talíři, příbory a třpytivými křišťálovými flétnami. Ve stojanu se chladila láhev šampaňského.

Jakmile se usadili, objednal Anglofon pro oba.

Ribby si připadal jako Bella ve Velkém tanečním sále ve filmu Kráska a zvíře.

*Je sice starý, ale není to žádná šelma.*

Pššt.

Anglofon dost mluvil o svých podnicích a o svých penězích.

Ribby se ho zeptal, jestli byl někdy ženatý.

„Málem jsem se dvakrát oženil. Ženy nebyly takové, jak se zdálo. Zlatokopky, víte." Odmlčel se a přistoupil k Ribbymu blíž. „Obě jsem nechal zabít."

„Cože?" Ribby málem vylila sklenku šampaňského.

„Takový malý vtípek, abych zjistil, jestli posloucháš," řekl Teddy. Zasmál se a poplácal ji po hřbetu ruky. „Málokdo by měl dneska chuť na takového starého troubu, jako jsem já!"

Ribby se znovu napil šampaňského. Už se jí točila hlava.

„Tak dobře. Pojďme najít toho mého líného a neschopného řidiče."

„Začínám být velmi unavená," řekla Ribby. „Mohla bys mě odvézt domů?"

„Samozřejmě, že mi to nevadí, Ribby, tedy milá Angelo. Noc je ještě mladá a my jsme ještě neprobrali roli v mé knihovně."

„Tenhle večer jsem si užila, ale nemyslím si, že jsem kvalifikovaná na to, abych se té funkce ujala. Lichotí mi to, ale..."

„Nesmysl! O tom nerozhoduješ ty! Mám z tebe dobrý pocit a to mi stačí."

Když se vrátili do limuzíny, Ribby požádal Teddyho, aby vysvětlil svůj poslední výrok.

„Mám peníze. Díky penězům je snadné mít oči všude. Vím o tobě. Například o tom, jak pomáháš matce s hypotékou a jak taky pronajímáš byt na nábřeží."

Ribby zalapal po dechu.

Pokračoval: „Jak nezištně bavíš chudáky nemocné děti a jak jsi sám zabránil tlačenici na autogramiádě P. K.. Jeho žena, paní Schmidlapová, nemá moc lidí ráda, ale tebe si oblíbila. Když dokážeš pracovat s ní, zvládneš cokoli. Ta práce je tvoje, jestli ji chceš."

Ribby se zatočila hlava, když Teddy stiskl tlačítko interkomu a řekl řidiči, aby se vrátil k ní domů.

*Buď nás sledoval sám, nebo si na to někoho najal.*

„Ještě si to musím rozmyslet."

„Tak ať se stane. Máš sedm dní na rozhodnutí. Tady je moje vizitka, můžete mě zastihnout kdykoli ve dne i v noci." Po odmlce řekl: „Počkejte! Proč se nepřijdete podívat do knihovny na vlastní oči? Není lepší čas než teď. Mohli bychom jet zpátky spolu hned teď!"

„Uh, já nevím."

*Nabídl ti místo vedoucího knihovníka. Můžeš ji vzít. Vím, že teď působí strašidelně, ale říká nám to na rovinu. Nic neskrývá ani o tom nelže. To je něco. Je to náš lístek ven. Můžeme ho pozorovat, zjistit, jaký opravdu je, aniž bychom se k něčemu zavázali. No tak, Ribby, zkus to. Kromě toho je ten řidič strašně roztomilý. Podívej se na ty blonďaté kudrny, co se mu rozlévají zpod čepice.*

A to nemluvím o jeho modrých očích.

*Já vím. Já vím. Kromě toho by to mohla být zábava!*

„Byli bychom tam brzy ráno. Můžeš se ubytovat ve stejném penzionu, kde trávili dovolenou Martha a John. Všechno bude připraveno na váš příjezd. Pomůže ti to v rozhodování.“

„Ale já nemám žádné jiné oblečení — kromě toho, co mám na sobě.“

„Ach, s tím si nedělej starosti.“

Ribby otevřela ústa.

Předvídal její další námitku. „Zavolám tvé matce a vysvětlím jí to.“

Ribby si už nebyla ničím jistá. V duchu se vracela sem a tam. Měla bych, nebo neměla?

„Bude mi potěšením,“ řekla Angela a vzala Teddyho ruku do své.

*Rozhodování trvalo příliš dlouho.*

Ribby, kterou rozptyloval pohled řidiče do zpětného zrcátka, se zhrozila.

Teddy nařídil řidiči, aby je odvezl domů.

Ribby cestou zpátky předstíral, že spí.

Angela doufala, že si Teddy zdřímne, aby mohla jít nahoru a sednout si k řidiči.

Teddy vytáhl notebook a začal psát.

*Z toho příliš horlivého klikání mi jde hlava kolem.*

Určitě tam budeme brzy.

O pár vteřin později: *Už jsme tam?*

# KAPITOLA 26

Do přístavu Dover dorazili v ranních hodinách.

Řidič Teddymu otevřel dveře. „Odvezte slečnu Angelu k paní Pomfrereové. Nevracejte se, dokud ji nepředstaví.“

„Ano, pane Anglofon.“

„Požádejte paní Pomfrérovou, aby se postarala o to, že slečna Angela bude za čtyři hodiny vzhůru a připravená na snídani. Dejte jí vědět, že si pro slečnu Ribbyovou přijdete co nejdříve.“

„Ano, pane,“ odpověděl řidič, nasedl zpátky do auta a odjel.

Ribby, která předtím přikývla, teď otevřela oči. Podívala se z okna a snažila se zjistit, jak vypadá Anglofónův dům, ale byla příliš velká tma.

O několik okamžiků později dorazili k penzionu. Paní Pomfrereová je vyběhla přivítat. Řidič se jí představil, pak ji nenápadně zasvětil do snídaně na anglofonním panství a odjel.

„Nesmírně mě těší, že vás poznávám, slečno Angelo. Pan anglofon mi o vás tolik vyprávěl.“

Ribby si nemohl nevšimnout oblečení paní Pomfrereové. Ačkoli bylo mimořádně brzy ráno, měla na sobě večerní šaty. „Děkuji vám, paní Pomfrereová. Jestli někam spěcháte, nenechte se prosím zdržovat. Ukažte mi směr k mému pokoji a určitě to zvládnu.“ ‚Ano,‘ odpověděla.

„Zvládnout? Zvládnout? Proč jsem se takhle oblékl, abych vás přivítal. Teď mě prosím následujte a zařídíme, abyste se tu všichni zabydleli!“ Vešli dovnitř, kde se jako vichřice pohybovala po chodbě a po schodech nahoru k Ribbyho pokoji.

„Jsi ještě sladší, než jsem si představovala. Teddy je do tebe určitě zamilovaný a já chápu proč. Panečku, ty tvoje nohy jsou opravdu nekonečné, že?“ Paní Pomfrereová to řekla až příliš důvěrným tónem.

„Ehm, no,“ vykoktal Ribby.

„Tohle je tvůj pokoj,“ otevřela paní Pomfrereová dveře.

Místnost zaplnily růže všech druhů a barev. Vonělo to tu božsky. Dveře skříně stály dokořán a přetékaly značkovým oblečením.

„Doufám, že velikosti jsou správné. Teddy odhadoval. Najdeš tam všechno, co potřebuješ. Kdybyste potřebovala cokoli dalšího, jsem vám k dispozici čtyřiadvacet hodin denně.“

„Chceš říct, že tohle všechno je pro mě?“

„Ach ano, ano, to oblečení a mnoho dalšího. Jsi šťastná dívka, to jsi. Mít pana anglofonního na své straně. On dokáže všechno. Je jako kouzelník.“

„Ehm, ano, to jsem,“ řekla Ribby a následovalo slabé: ‚Děkuji,‘ když za sebou paní Pomfrereová zavřela dveře.

*Páni! To je teda chlap.*

Udělal to pro mě.

*Asi proto celou cestuklikal na notebooku .*

Ribby se najednou rozesmál. Připadala si jako dítě v cukrárně. Teď, když měla druhý dech, pobíhala z jedné strany místnosti na druhou a v každém rohu nacházela drobnosti a dárky. V koupelně na její příchod čekala lázeňská vana plná bublinek.

Položila loket pod bublinky a pak rozčeřila hladinu vody. Z hrdla se jí vydral slastný sten. Teplota byla dokonalá. Svlékla se a spustila se dovnitř. Bublinky ji šimraly na kůži. Lehla si, zhluboka se nadechla a zavřela oči. Znovu je otevřela, aby se ujistila, že se jí to nezdá. Připadala si jako Šípková Růženka a po probuzení zjistila, že je v ráji!

*Mohlo by se mi to líbit.*

Mně taky!

Uvolněná a v pohodlném nočním úboru se zachumlala pod peřinu a usnula.

„Jste vzhůru, slečno Angelo?" Paní Pomfrere se zeptala přes zavřené dveře. Aniž by dal Ribbymu čas na odpověď, zaklepal ten člověk znovu.

Další hlas, šeptající. Teddyho.

Ribby se přikryla a čekala, že vtrhnou dovnitř.

„No tak sežeň klíč a vzbuď ji!" Řekla. Teddy se dožadoval. „Musíme jít na nějaké místo a na něco se podívat."

*Pusťte mě dovnitř! Pusťte mě dovnitř! Starý špinavý hajzl.*

„Měl jsi ji vzbudit, když přišla maskérka," vykřikl Teddy.

*Maskérka. Zajímavé...*

„Snažil jsem se, pane Anglofon, ale spala tak tvrdě, že jsem ji nerad rušil."

„Za pět minut jsem venku, Teddy."

„Budu na tebe čekat u sebe doma. Můj řidič vás ke mně přiveze, až budete připraven. Prosím, nenech mě čekat."

*Bezva. Volný čas s řidičem.*

Máme pět minut na přípravu.

Rychle se osprchovala, prohlédla si komodu a objevila řadu hedvábného spodního prádla.

*Ta stará bába má pozoruhodný vkus.*

A oči má taky docela dobré. Tyhle velikosti jsou na místě*!*

*Dostal by infarkt, kdybychom vyšly ven jen v těch hedvábných. Vsadím se, že řidiči by taky vypadly oči z důlků.*

Nebuď nechutný. Ribby si zapnula hedvábnou halenku a zapnula sukni.

Pak se ozvalo další důraznější zaklepání. „Promiňte, přišla jsem madam nalíčit." "To je v pořádku.

*Myslí na všechno.*

Drobná žena, zhruba v Martině věku, dokončila Ribbyho líčení v mžiku.

"Já jsem Angela!" Ribby se usmála na svůj odraz.

„Samozřejmě, že jsi," odpověděla žena nonšalantně.

*Ne, to rozhodně nejsi.*

Žárlíš?

„Děkuji vám. Nabídla bych vám spropitné, ale nemám u sebe žádné peníze." "To je v pořádku.

„Ach, nemusíte mi dávat spropitné, pan anglofon to má zajištěné."

Ribby zakručelo v břiše, když si obula boty se špičatými podpatky.

Cestou k limuzíně šla jako opilá. Řidič se usmál, když se málem převrátila. Pokud se mu líbila, nedal to najevo. Beze slova jí otevřel dveře.

Cesta k domu byla docela příjemná. B&B paní Pomferové stál uprostřed malé vesnice. Když auto kličkovalo po venkovské silnici, Ribby zahlédl Erijské jezero.

„Tamhle je přístav a maják,“ vysvětlil řidič. „V zimě je tam velmi oblíbený závod v potápění ledních medvědů.“

„Ach, vzpomínám si, že jsem o tom něco viděl ve zprávách. Vzhledem k tomu, že se ponořují pro charitu, obdivuji, jakou to musí mít odvahu.“ Zachvěla se.

„Můj kamarád se toho loni zúčastnil, málem mu umrzla,“ odmlčel se, "jeho, ehm, nářadí.“

Ribby se zasmál.

*Myslí si, že jsi příliš primadona na to, abys před ním říkala koule.*

No, já jsem hostem jeho šéfa.

„Za chvíli tam budeme,“ řekl šofér.

Projeli několika vesničkami, dost malými na to, aby si jich člověk všiml, ale v mžiku zmizely.

„Jsme tady,“ řekl řidič.

Ribby se posadil zpříma. Teď, když přijížděla k hlavnímu domu, chtěla si všechno pořádně prohlédnout.

Angela si pobrukovala znělku televizního seriálu *Dallas*.

Příjezdová cesta vedoucí k anglofonnímu domu byla příliš dlouhá. Bulvár lemovaly stromy, které se ohýbaly podle vůle větru. Zachvěla se.

Natáhla krk a snažila se zahlédnout dům. Když se jí to podařilo, nadechla se a zadržela dech. Nebyl to krásný dům. Se svými úzkými okny a tmavou cihlovou stavbou působil chladně, nepřívětivě. Naprostý kontrast k druhému domu, v němž přenocovala.

*Vyloženě jako od Bronteových.*

Ale podívejte se, růžové keře.

*Doufejme, že uvnitř je hezky.*

Určitě bude.

Řidič zastavil auto a obešel ho, aby otevřel dveře. Ribby se zavrtěla, když klopýtala po asfaltu.

Než stačila zaklepat na vchodové dveře, otevřel je nějaký muž. Byl vysoký, štíhlý žilnatý a od hlavy až k patě oblečený v černém. Měl výraz, jaký by měl člověk po cucání citronu.

„Dobrý den," řekla Ribby.

Vysokým hlasem řekl: „Madam, pan Anglofon očekává vaši přítomnost. Nechala jste ho čekat příliš dlouho!"

„Omlouvám se."

*Neomlouvejte se, je to pomocník. Tlačte se, jako by vám ten podnik patřil. Jste hostem Theodora Anglofona. Zasloužíš si tu být.*

Což přesně udělala.

Žvanivého muže to nepotěšilo, ale byl to profesionál. Oznámil Ribbyho příchod.

Teddy se okamžitě postavil a mávnutím ruky řekl: „Vítejte v mém domě." „Ahoj," odpověděl.

Ribby si pozorně prohlédl místnost, v níž Teddy stál. Ačkoli nebyl vysoký, v tomto prostředí si připadal vysoký. Dokonce i plášť v brnění na druhé straně místnosti byl nižší než on.

*Rytíři byli mnohem menší, než si představoval.*

Ribby se usmál. „Děkuji ti, Teddy. To je úžasná místnost!"

*Jackpot!*

„Drahoušku," řekl Teddy, "vypadáš v něm jako obrázek. Vlastně musím nechat namalovat tvůj portrét tak, jak jsi teď."

*Teddy jako by zapomněl, že byl na nás naštvaný.*

Ribby se začervenal. „Moc ti děkuju — za všechno."

„Je mi potěšením, drahá Angelo. Teď pojď sem a sedni si naproti mně, abych tě mohl pozorovat, když za tebou dopadá ranní světlo." Teddy luskl prsty a jeho sluha přisunul Ribbymu židli. „Doufám, že v B&B bylo všechno v pořádku?"

„Ano, je to báječné, pane, ehm, Teddy."

„Nebyl jsem si jistý, co máte rád k snídani, tak jsem nechal svého kuchaře připravit od všeho dva kousky." Znovu luskl prsty a přehlídka jídel začala.

„Ach jo!" řekla. K nosním dírkám jí doléhaly závany slaniny, javorového sirupu, borůvkových muffinů a klobás.

*Mluvíme o švédském stole! Jídla, které by nasytilo celou armádu!*

Sluha nařídil svým podřízeným, aby nejprve obsloužili pana Anglofona.

Anglofon zatleskal rukama.

Obsluha se rovnou pustila do obsluhování Ribbyho.

Anglofon opět zatleskal. „Tibblesi, musíme si dát mimózu!"

Číšník okamžitě rozkrojil dva pomeranče napůl a vymačkal z nich šťávu. Další číšník otevřel láhev šampaňského. První číšník oba nápoje spojil. Ribby pozorně sledoval, jak číšník s velkou přesností nalévá jednotlivé látky.

Podal plnou sklenici Teddymu, aby ji vyzkoušel. Teddy přikývl, že je to uspokojivé. Naplnil druhou sklenici a podal ji Ribbymu. Připili si na příjemný pobyt a pustili se do jídla.

„Doufám, že ti to nevadí, ale zaplatil jsem hypotéku tvé matky." ‚To je v pořádku,' řekl.

Ribby se zarazil.

Teddy požádal o další kávu a ta byla nalita. Když míchal, dodal: „Taky jsem koupil budovu, ve které je tvůj byt."

Ribby zalapal po dechu. Ubrouskem si otřela koutky úst.

*To byl nečekaný zvrat událostí.*

„Samozřejmě už nemusíš platit nájem. Když se sem nepřestěhuješ, ušetříš peníze. Cestuj. Poznej svět!"

*Řekni něco, cokoli.*

„Jo, a taky jsem ti splatila kreditní kartu." Napil se mimózy.

"Uh, děkuju. Moc děkuju. To je od vás velmi milé."

Ribby se po Teddyho oznámení cítil nesvůj a bylo to na něm vidět.

„Řekni mi, Angelo, po čem touží tvé srdce?"

„Touha mého srdce?" Ribby se začervenal. „Já nevím."

„Musíš vědět, po čem toužíš. Chytrá dívka jako ty. Něco, co bylo vždycky příliš daleko od tvého dosahu, a přesto po tom tvé srdce toužilo. Přemýšlej o tom. V pravý čas se tě zeptám znovu."

Ribby poslouchal, jak Teddy vypráví o svých cestách po světě.

„Mohli bychom tady sedět a povídat si déle, ale já ti chci moc ukázat knihovnu."

„Ach ano. Už se nemůžu dočkat, až ji uvidím," řekl Ribby. Mimóza jí stoupla přímo do hlavy. „Ale ráda bych se trochu provětrala. Nejsem zvyklá na šampaňské takhle brzy. Je to moc daleko na procházku?"

Teddy se zasmál. „Pro mladou šprtku, jako jsi ty, není, ale máš na sobě ty nevhodné boty." Luskl prsty. Žena vstoupila dovnitř. „Přineste prosím mému hostu pár vhodných bot." Žena se uklonila, vyšla z místnosti a za chvíli se vrátila s párem běžeckých bot. „Převlékněte se do nich. Vaše podpatky si vezmu s sebou do auta." Pak se obrátil ke svému sluhovi: „Tibblesi, nakresli našemu hostu mapu."

„Cestou přemýšlej o tom, po čem touží tvé srdce. Nezapomeň, že chci, abys ho pojmenoval."

Vzduch byl svěží a čistý. Pročistil jí hlavu.

Je tak laskavý, jemný a obětavý.

*Možná není tím, čím nebo kým předstírá, že je. Držme se ve střehu, dokud nezjistíme, co chce. Pamatuj, že nic není zadarmo.*

Ribby pokračovala v chůzi a její mysl byla pohlcena hledáním odpovědi na jeho otázku.

*Nechat ho hádat. Zatím neodhaluj naše karty.*

Zašla za roh; uviděla limuzínu a pak knihovnu.

Stephen otevřel dveře Teddymu, který vystoupil a držel Ribbyho boty. Sedla si do limuzíny a vyměnila si boty, přičemž placaté nechala vzadu v autě.

„Tady to je, má drahá," řekl Teddy. Na ceduli nade dveřmi stálo: *E. P. Anglophone: Soukromá knihovna.* Pod cedulí byla tabulka: Hlavní knihovník: prázdné místo.

*Překvapilo mě, že tam ještě není naše jméno. Zdá se, že si je docela jistý sám sebou.*

Chovejte se slušně.

„Pojďte se mnou," řekl.

Velké dřevěné oblouky ji přivítaly uvnitř. Anglofon ji vzal za ruku.

Ribbyho srdce poskočilo. Knihovna byla kulatá. Kruhové police. Knihy, knihy a další knihy, kam až oko dohlédlo. Tisíce a tisíce. A připravené žebříky, po kterých se dalo dostat na horní polici. Až do výšky stropu, vitráže do výšky asi dvaceti stop. Když vzhlédla a otočila se, zatočila se jí hlava.

Teddy ji dovedl k židli, do které s povzdechem padla.

„Spokojená?"

„Ach, bože, ano!" Ribby se snažila ovládnout své emoce. „Je to jako z nějakého snu."

*Je to hezké, Ribby, ale něco mi na tom nesedí.*

„Řekni mi to hned. Po čem touží tvé srdce?"

„To je ono!"

*Takový malý blázen!*

„Neboj se," řekl Teddy. „Může to být a bude to tvoje. Když..."

Tady se Teddy zastavil, protože jeho řidič upoutal jeho pozornost. „Moment, prosím, Angelo. Chovejte se jako doma.“

Ribby se postavil a zavrávoral. Vylezla po jednom žebříku, slezla dolů a vylezla po dalším. Byl tu každý autor, na kterého si vzpomněla. Když si uvědomila, že se řidič vrátil a stojí pod ní, upravila si sukni.

„To jste mě vyděsil.“

*Já ne! Pojď ke mně.*

„Je mi to moc líto, ale pan anglofon byl odvolán. Požádal mě, abych vás doprovodila zpátky na panství, až budete připravena.“

„Já, já jsem...“ Ribby ustoupil, aniž by mi věnoval plnou pozornost. Špatně došlápla a zakopla.

Řidič, jehož jméno ani neznala, ji zachytil.

Ribby zrudla jasnou červení. Jejich oči se spojily. Položil ji na zem a odešel.

„Děkuji.“

Neodpověděl.

Myslí si, že jsem to udělala schválně. Že se mi líbí.

Angela se ušklíbla.

Prošla za ním dveřmi na parkoviště a pak se rozhodla, že si auto nevezme.

„Raději půjdu pěšky,“ řekla.

„Jsi si jistá?“ Podíval se na její boty.

Zvedla bradu, a aniž by odpověděla, dala se do chůze.

„Jak si madam přeje.“

*Měla si ho požádat o běžce.*

Já vím! Já vím!

Zpátky v domě s bolavýma a puchýřovýma nohama Ribby zahlédl řidiče sedět před domem.

Naklonil klobouk jejím směrem, pak si zakryl oči a znovu usnul.

*Bože, ten je tak roztomilý.*

Ha! Teddy by ho vyhodil, kdybych se zmínila, že mi nedal moje druhé boty.

Neopovažuj se!

Ribby si nakonec boty sundala a zbytek cesty ušla v punčochách.

Pohled, který jí Tibbles věnoval, když vešla do domu s botami v ruce, byl něco mezi úšklebkem a šklebem.

K čertu s ním!

„Promiňte, slečno," řekl Tibbles. „Pan anglofon se zdržel. Byl by rád, kdybyste se vrátila do penzionu. Poradím řidiči, aby vás odvezl."

No, nemůžu jít celou cestu pěšky.

*Kdepak, spolkni svou hrdost a nasedni do auta.*

Celou cestu k paní Pomfrereové panovalo trapné ticho, které ani jeden z cestujících nechtěl přerušit.

*Chováš se jako rozmazlený fracek!*

To je mi jedno.

Auto se rozjelo a Ribby se zavrtěl dovnitř.

# KAPITOLA 27

Když se Ribby vrátila do svého apartmá, zabouchla za sebou dveře. Odhodila boty na druhou stranu pokoje, pak se vrhla na postel a vzlyky utlumila do polštáře.

*Je tak snový!*

Věděl, že potřebuju boty, a přesto mi je nedal.

*Vždyť si o ně ani neřekl.*

Přesto pracuje pro Teddyho. Jsem Teddyho host. Měl by se snažit, abych byla šťastná.

*Přeháníš. Umyj si obličej, uleví se ti a zapomeň na to.*

Problém je, že nemůžu. Cítím se jako blázen. Padám mu do náruče jako, jako Jane Eyrová.

*Koho to zajímá? Jestli si to myslel, tak mu to nejspíš lichotilo. Přerušit. Knihovna.*

Je krásná, je tam všechno. Ale proč Teddy chce, abych mu knihovnu vedla já, nekvalifikovaná osoba?

*Proto jsem říkal, že bys neměla vyložit všechny karty na stůl. Teď už ví, že to místo je tvoje srdeční záležitost. Hraje si na pohádkového kmotra a má nás v hrsti.*

Moje srdce říká, že je na úrovni. Že nemá postranní úmysly. Ale moje hlava, ach, moje hlava.

Ribby popadla kabelku a vytáhla krabičku cigaret. Jednu si vsunula mezi rty. I když si ji nezapálila, vůně ji uklidnila. Když si ji držela u rtů, usnula.

„Musíme si promluvit," zašeptal Teddy přes dveře.

Ribby se posadila s cigaretou stále visící na rtech. Vrátila ji zpátky do krabičky. Přes zavřené dveře promluvila: „Promiň, asi jsem usnula."

„Připrav se. Musím tě hned odvézt domů. Sbal si věci a sejdeme se dole v autě."

Poslouchala, jak odchází, pak se sesunula na podlahu a bojovala se vzlykem.

*Anglofon dává a anglofon bere.*

Ale proč? Co jsem udělala? Je to kvůli Stephenovi? *Nebuď směšná.*

*Na tom nezáleží. Všechno je to tak nejlepší. Převlékni se z jeho šatů. Odejdi odsud se vztyčenou hlavou.*

Ale do knihovny. Moje srdeční záležitost. Teď, když jsem mu to řekla, mě přece jen nechce.

Ribby se převlékla do šatů, ve kterých přišla.

*Je to jeho ztráta, Ribby. Nezapomeň, hlavu vztyčenou. Navíc všechno, co teď vyděláme, je naše. Žádný nájem, žádná hypotéka, žádná kreditní karta. Jsme v podstatě bez dluhů! Představ si, kolik zábavy si můžeme užít!*

Na odchodu dala paní Pomfrere polibek na tvář.

„S našimi hosty se nikdy neloučíme. Doufáme, že se ještě uvidíme."

„Děkuji."

Řidič stál vedle dveří a čekal na Ribbyho. Jakmile nastoupila do auta, zapnula si bezpečnostní pás. Otočila hlavu a zadívala se z okénka, aby vnímala vše, co už nikdy neuvidí, a aby zamaskovala své zklamání.

„Angelo, tohle je čistě pracovní záležitost. Nemá to nic společného s tebou ani s naší dohodou.“

„Chceš říct, že mě pořád chceš?“ Ribby se zeptala roztřeseným hlasem a srdce jí málem vyskočilo z hrudi.

„Samozřejmě, chci, abys byla mou novou knihovnicí,“ řekl a rukou se jí dotkl stehna.

*Ten úchyl. Hraje si s tebou. Odflákni mu ruku.*

Ribby se začervenala. Byla to nehoda. Nic to nebylo.

*Drzost toho starého úchyla. Říkal jsem ti to. Dej mu centimetr...*

„Řidiči, prosím, postavte závoru. Chtěli bychom s dámou trochu soukromí.“

Ribby vzhlédl a zachytil řidičův pohled ve zpětném zrcátku. Zkřížila ruce kolem sebe.

Anglofon otevřel láhev s vodou a podal ji Ribby s požadavkem, aby rozpažila ruce. Vzala si ji a napila se.

„Ribby, chci říct, Angelo, jestli je knihovna tvou srdeční záležitostí, pak je tvoje. Co mám já, je tvoje.“

Seděla vzpřímeně a poslouchala, ale Anglofon mlčel. Udělala ještě několik doušků vody a čekala.

*Čeká snad, až něco řeknu?*

*Hraje nějakou hru. Mlč. My jsme vyložili karty na stůl, ať udělá totéž. Mezitím zachovej klid. Užívej si výhled.*

*Je tu určitě hezky, ale srdce mi buší.*

*Uklidni se. Několikrát se zhluboka nadechni. V. Výdech. Nádech. Výdech.*

Její dechová cvičení byla přerušena.

„Co mi dáš na oplátku za touhu svého srdce?"

*A je to tady. Nechte mě to zvládnout.*

„Já, já ti nemám co dát, Teddy. Jen sebe."

*Vážně, Ribe, prosím tě, sklapni!*

„Jenom sebe? Ty se necítíš hoden?"

Ribby se pokusila promluvit, ale slova jí uvázla v hrdle.

*Chce víc, Rib; chce sex.*

Ribby zrudla do červena.

„Panečku, panečku," řekl Teddy a poplácal ji po hřbetu ruky. „Vypadáš velmi ustaraně, a to jsem tě nechtěl znepokojovat. Jsem starý muž. Žil jsem bez lásky, bez doteků, strašně dlouho. Nikdy jsem nemohl čekat, že budeš milovat někoho, jako jsem já. I kdyby to bylo z touhy tvého srdce."

„Já," řekl Ribby.

„Pšt, nech mě domluvit. Chtěl bych tě mít ve svém životě. Pro společnost. Přátelství. Kdyby ses do mě zamiloval— kdybys mě dokázal milovat, to by byla touha mého srdce. Snad mi ji jednoho dne splníš."

*Páni, to byl ale nářez. Obrácená psychologie? Buďte opatrní.*

V autě teď bylo ticho a dva krajně nesví cestující. Ribby si dal ještě pár doušků vody a Anglofon zkontroloval svůj telefon.

„Vezmeš si mě?" vyhrkl.

*OMG ten druhý oblouk byl tak mimo, že jsem ztratil řeč, Žebráku.*

Já taky, vždyť co mám říct. Chci knihovnu, ale nemiluju ho.

*Jsme mladí a plní života. On je no, tak daleko za kopcem, že už je skoro na druhé straně. Počkej, teď...*

Ale ne, nemyslíš si to, co si myslím, že si myslíš?

*Prostředek k dosažení cíle. Chce, abys byl jeho přítel, abys vedl jeho knihovnu. Nežádá o sex, ale o společnost a lásku. Je to tak? Pokud tedy plníš touhu jeho srdce a on plní tu tvou, kde je tedy škoda?*

Proč tedy navrhovat manželství? I já vím, že by to nebylo legální manželství, pokud by nebylo konzumováno. Už jen ta myšlenka na mě a na něj...

*Já vím, já vím.*

Teddy se věnoval svému telefonu.

Ribby a Angela debatovali o aktuálních problémech.

Znovu zabubnoval prsty. Tak otravné! Teď cvaká perem - cvak cvak, cvak cvak, cvak.

*Čeká na odpověď.*

Nevím, jak to mám přijmout. Řekněte mi jediný důvod, proč bych měl říct ano. Jak mám říct ano?

*Snadno. Jedno slovo: knihovna. Další dvě slova: Hlavní knihovník.*

Hlavní knihovník čeho? Nemám žádné zaměstnance, žádné spolupracovníky a momentálně ani žádné návštěvníky.

*Ale ty budeš šéfem knih.*

Nepomáháte.

*Snažím se!*

Já vím, ale pro něj náš vztah není nic víc než obchodní dohoda. Byli bychom muž a žena, ale jen podle jména. Chci muže, kterého mohu milovat a který bude na oplátku milovat mě. Tohle je vyrovnávání se.

*Uspořádání? Tomu říkáš usadit se? Je ti pětatřicet a šestatřicet je za rohem. Nemáš žádné vyhlídky, žádnou budoucnost. Tohle ti dá budoucnost. Teddy ti může otevřít svět, nám. Láska není všechno, co se na ní skrývá. Pokud s tím nebudeš souhlasit, budeš toho litovat do konce života.*

Ribby se podíval Teddyho směrem.

*Řekni něco. Cokoliv.*

„Potřebuju jen čas, Teddy, abych si to promyslel.“

Teddy se zadíval do dálky.

Brzy, ale ne dost brzy, řidič zastavil u obrubníku před Martiným domem.

Ve tmě na zadním sedadle Ribby zatínala a roztahovala pěsti. Rychlé pohyby, otevírání a zavírání ji přivedly k rozhodnutí. „Teddy, jsem si jistá, že se můžeme dohodnout na vhodném řešení.“

Teddy ji objal kolem ramen a rozzářil se úsměvem. „Ach, děkuji ti, že jsi ze mě udělala nejšťastnějšího starého muže na světě.“

*Výborně, Ribe! Bravo! Pracuj s ním. Vyřeš to. Nezapomeňte, že to tu máme pod kontrolou my.*

Ribby se zachvěl hlas, ale podařilo se jí lehce usmát, když se vymanila z jeho objetí. „Budeš mi muset dát pár dní na to, abych si urovnal nevyřízené účty.“

„Můžu na tebe počkat, Angelo, ale prosím, nenech mě čekat příliš dlouho. Na tebe už jsem čekal celý život,“ řekl Teddy a políbil jí ruku.

*Panebože, on je zamilovaný!*

Vyměnili si polibky na tvář.

Řidič otevřel Ribbyho dveře a podržel ji, zatímco ona vstoupila na chodník.

„Zavolám ti za čtyřiadvacet hodin,“ řekl Teddy.

Ribby přikývl. Za ní na verandě Martha vykřikla: „Jsi to ty, Ribby? Ahoj, Teddy.“ Zamávala mu.

Teddy jí zamával zpátky, když řidič zavřel dveře a vrátil se k přední části vozu. Odjeli.

„Ano, mami, to jsem já.“

„Jsi zpátky dřív, než jsem si myslela. Pojď dovnitř a všechno mi pověz.“

Ribby klopýtala po schodech na verandu.

# KAPITOLA 28

Ribby pozdravil Scampa poplácáním po hlavě a trojice se vydala do kuchyně.

„Ribby, posaď se. Mám na tebe milion otázek. Jak to šlo?" Marta blábolila a nepustila Ribbyho ke slovu. „Šálek, ano, udělám ti kafe a pak… Panečku, vypadáš vyčerpaně."

„Mami, ano, jsem unavená. Je to dlouhá cesta. Pan anglofon, Teddy, je zajímavý."

„Myslela jsem, že si vy dva padnete do oka. Položil otázku?"

*Věděla, že se chystá položit otázku? Ona to věděla? Co to má znamenat?*

„Ty jsi věděla, že to udělá?"

*Je to součást nějakého plánu? Tak tohle je vážně znepokojivé.*

„Miluje knihovnu a nenechal by ji vést jen tak někoho."

*Ha, ha, aha, ona myslí knihovnu. Moje chyba.*

„Samozřejmě, že ne. Je velmi velkorysý, že mi nabídl tuhle příležitost."

„Pan Anglofon se ujistil - ještě než tě poznal - že jsi ta pravá."

*Co to má znamenat? Vracíme se snad ke konceptu hlavního plánu?*

Ribby zadržovala vztek. „Ty jsi to věděl?"

*Nejdražší maminka se opět sklonila níž než nízko.*

„Teď se Rib, nestarej se o své kalhotky. Myslel to dobře. Chtěl si být jistý. S tolika penězi musí být neuvěřitelně opatrný."

Ribby tiše seděla a míchala šálek kávy.

Martha vstala a zaměstnala se úklidem. Podívala se na Ribbyho. „Jsi vyčerpaný, nechceš, abych ti napustila vanu?"

*Napustit ti vanu? Dobře, sundej si masku. Kdo je ta žena?*

„To by bylo milé."

Později ve vaně Ribby usnul a zdál se mu sen.

Vznášela se, úplně nahá, uvnitř růžové bubliny v anglofonní knihovně.

Anglofon se objevil na obzoru. Rozkročil se, zrudlý a se zaťatými pěstmi, zatímco ho stínoval jeho šofér.

Anglofon řekl: „Chci, aby ty nové knihy okamžitě nahradily ty staré. Dejte je do úrovně očí, aby je moje dívka našla."

„To nemám v popisu práce," odpověděl řidič a pak se otočil zády.

Anglofon ho popadl za paži, stáhl ho k zemi a udeřil ho do tváře. Facka byla sice tvrdá, ale řidič na ni byl připraven a ani se nehnul.

„Tvoje práce je taková, jakou ti řeknu, chlapče!"

„Pane Anglofon, samozřejmě udělám všechno, co po mně budete chtít, jen a jen kvůli ní. Jsem váš a můžete si se mnou dělat, co chcete," řekl řidič.

Anglofon pustil jeho ruku. Řidič se narovnal v zádech.

Jaký vliv na něj má Anglophon?

*Tohle je sen. To se nám jen zdá. Probuď se, Ribby! Probuď se!*

Pššt, tohle je zajímavé. Zkus si přiblížit knihy, které chce, abychom viděli.

*Snažím se, ale... sakra.*

„Jsem k tobě velkorysý, Stephene, a velkorysý jsem i k ní. Moc toho po tobě nechci. Jsem starý muž. Jsem tvůj zaměstnavatel. V budoucnu nebuď drzý."

„Omlouvám se," řekl Stephen a s kloboukem v ruce se uklonil až k zemi. „Mohu vás ujistit, že se to už nestane. Předpokládám, že mi to zabere většinu dne."

„Dobrá tedy. Tak začni znovu vyplňovat knihy. Až to dokončíte, informujte Tibblse."

„Co mám dělat se starými knihami?" Stephen se zeptal.

„Vzadu jsou prázdné krabice. Zatím je ulož," řekl Teddy. „Nic neznamenají. V budoucnu je můžeme rozdat. Zatím je dejte stranou."

Teddy vyšel ven.

Stephen pokračoval v práci. Podíval se přes rameno, kde seděla nahá Ribby ve své imaginární bublině.

„Stephene," zašeptala.

*Tohle je ale divný sen.*

Teddy je na něj opravdu tvrdý.

*Ano, očekává dokonalost.*

Tak co se mnou dělá?

„Probuď se, Ribby!"

Ribbyho bublina praskla, když do pokoje vešla Marta.

„Už klepu celou věčnost."

„Promiň, mami, usnul jsem."

„Dobře. To znamená, že odpočíváš. Tady máš něco k popíjení."

Ribby se z větší části schovala pod bublinky.

„Ne že bych to všechno ještě neviděla, dcero." Marta se zasmála.

Ribby se zavrtěla a pak sáhla po sklenici šampaňského. Martha se posadila na okraj vany.

„Na tebe," řekla Martha, když cvakly skleničkami.

*Tohle je hodně divné. Tahle žena nemůže být tvoje máma. Dělá si z tebe máslo, jako by věděla, že ten starý chlap vyhrkl otázku a ona má v úmyslu se k vám dvěma nastěhovat.*

Mýdlo stékalo Ribbymu po ruce a na stopku sklenice. „Mami, jak jsi se seznámila s panem Anglofonem?"

„To už jsem ti přece říkala, ne?"

„To si nemyslím. Jestli ano, tak si to nepamatuju."

„No, byli jsme na večeři a Anglofon přišel," vzpomněla si Marta. „Byl velmi hlučný a náročný na personál a zdálo se, že má nějakou důležitost. Byli jsme zvědaví, kdo mohl způsobit takovou scénu. Když jsem ho poprvé uviděla, připadal mi povědomý. Mysleli jsme si, že je to nějaká politická postava, nebo jsme ho viděli v televizi. Vypadal rozrušeně a nadával svému řidiči limuzíny, který mu byl v patách. Všichni na něj zírali."

„Všiml si toho?" Ribby se zeptal. „Myslím tím, že na něj všichni v restauraci zírali?"

„Zpočátku si ostatních hostů vůbec nevšímal. Když si uvědomil, že dělá scény, omluvil se nám, ne svému zaměstnanci. Pak všem koupil šampaňské."

*Zněl jako tyran.*

Souhlasím. „A to bylo všechno?" Ribby se zeptal.

„Ne, ne, děvče moje. Potom jsme ho požádali, aby se k nám přidal, a on přijal. Pohostil nás a my jedli a jedli. Byl to nádherný večer. Pozval nás, abychom zůstali u paní Pomfrereové jako jeho hosté. Proto jsme si prodloužili dovolenou, protože nás to nic nestálo."

„Ale jak jsem se tedy do toho rozhovoru zapletla já?" ,Nevím,' odpověděla jsem.

„Při večeři, ani nevím, o čem jsme se bavili, ale řekla jsem mu o tobě. O tvé roli v knihovně a dobrovolnické práci s dětmi v nemocnici. Teddyho to dobře zaujalo. Chtěl se s tebou seznámit. Zmínil se o své knihovně. Říkal, že je zavřená, dokud nenajde toho správného člověka, který by ji vedl. Ptal se na vás."

*Povězte nám o stalkerovi Teddym víc.*

„Je v tom všem velmi ostýchavý, když vidí, že už o mně věděl.“

„Vědět o někom není totéž jako poznat ho, dcero.“

„Ano, ale vypadá to, že už se rozhodl.“

„To nevím.“

„On, Teddy, mě sice požádal, abych vedla jeho knihovnu Ma, ale mělo to jiné podmínky. Komplikace.“

„Takové komplikace?“

„Jako třeba, že musím dát výpověď. Přestěhovat se někam jinam. Musím opustit děti.“

„Převezme je někdo jiný. Musíš být aspoň jednou v životě sobecká.“

Ribby se trochu uvolnil a znovu se napil šampaňského.

„Podle toho, co jsem o panu Anglofonovi viděla, byl velmi štědrý. Nebyl to žádný penzista.“

*Zajímalo by mě, jestli ví o hypotéce.*

Nepřísluší mi jí to říkat.

„To je pravda.“ Ribby se zavrtěl. „Musím o téhle mámě víc přemýšlet a vypadnout odsud, než se mi tělo promění ve švestku.“

Martha vstala a vzala Ribbyho sklenku se šampaňským. „Dcero, takovou příležitost už asi nikdy nedostaneš. Vím, že jsem nebyla vždycky ta nejlepší matka. Vím, že se rozhodneš správně.“

„Díky,“ řekla Ribby. Jakmile se zavřely dveře, vylezla z vany, osušila se a oblékla si noční košili.

*To byl naprosto a úplně čas pro matku a dceru ve stylu „zacpi mi pusu lžičkou“.*

Máma se snažila být jí oporou.

*Ano, to určitě byla. V jejích očích jsem viděla dolarová znaménka. Ale změňme téma. Pojďme probrat ten divný sen.*

Ano, v mém snu se jmenoval Stephen.

*Vždycky jsem si myslela, že mi připomíná Stephena Moyera z True Blood.*

Ten seriál jsem neviděla, ale vím, koho myslíš.

*Bylo to ale divné, anglofonní nahrazování knih novými. Nechápu to.*

Pryč se starým a dovnitř s novým. To je dvojí účel. Nové knihy s novým Knihovníkem. Mně to dává smysl.

*Spíš mi to připadalo jako předtucha.*

Ribby se zasmál. Nejsem tak chytrý, abych měl předtuchy.

*Ale já ano.*

Ty jsi tak vtipný.

# KAPITOLA 29

Po spěšném ránu, protože zaspala, dorazila Ribby do práce a zamířila do budovy.

Okamžitě se objevil transparent s nápisem: „GRATULUJEME RIBBY!" upoutal její pozornost.

*Ro-ro. Vypadá to, že někdo vypustil kočku z pytle.*

Kdo? Mámě? Já...já...já....

Lavina výkřiků a potlesku.

Ale ne, musím odsud pryč!

*Ne, nemusíš. Na to už je pozdě. Vidí tě. Usměj se!*

Ribby se usmála, když se kolem ní shromáždili kolegové.

„Výborně, Ribby!"

„Věděli jsme, že to dokážeš!"

„Jsme na tebe nesmírně hrdí! Hlavní knihovnice! Páni!"

Na nástěnce byl následující vzkaz:

*„Gratulujeme našemu Ribby Balustrádovi!*

*Hlavní knihovník, Soukromá knihovna E. P. Anglophone.*

*Podepsána paní P. Wilkinsonová, vedoucí knihovnice."*

Ribby si nevěřícně protřela oči. Znovu je otevřela a zamumlala si pod nosem. Jak jí to mohl oznámit, aniž by se jí předtím zeptal? Zatnula pěsti, jak jí do tváří stoupalo horko. Už neměla kontrolu nad svým životem, nad svým osudem. Zašla za pult a položila si hlavu na stůl.

*Vzpamatuj se, Ribe. Kazíš jim radost. Jsou na tebe tak pyšní a je to tvůj poslední den tady. Vezmi to s nadhledem. Drž hlavu vztyčenou.*

Ale on to slíbil! Řekl, že si můžu vzít čas. Teď je to můj poslední den. MŮJ POSLEDNÍ DEN!

*Co se stalo, stalo se. Můžeš mu to vyřídit později. Zatím si užijte tento okamžik. Buďte inspirací.*

Paní Wilkinsonová přešla ke stolu. „Nejdřív ti chci poděkovat, že jsi mě zastoupil, když jsem byla v nemocnici. Za druhé, jsem na tebe tak pyšná, Ribby! Když mi zavolal pan Anglofon, myslím tím Theodora Anglofona , cítila jsem se na tebe tak pyšná. Rozbrečel jsem se. Opravdu jsem se rozplakala. Vždycky jsi pro mě byla jako dcera.“

„Děkuji, paní Wilkinsonová.“

„Chci říct, takový mocný muž. Že si tě ve tvém věku vybral za hlavní knihovnici. Ty to dotáhneš daleko.“

„Slyšela jste už někdy o panu Anglofonovi?“

„Osobně ho neznám, ale vím o něm. Kromě toho se o architektuře jeho knihovny psalo v několika časopisech. Stejně jako jeho dům.“

„Ano, knihovna je docela krásná, stejně jako jeho dům, ale o těch časopisech jsem nevěděla."

„Na vaši počest pořádáme oběd. S plným pohoštěním, díky panu Anglofonovi, který trval na úhradě všech nákladů."

„To tedy ano, že?" Ribby řekl.

*Ten starý mazaný žebrák.*

„Mezitím," pokračovala, "si užijte svůj poslední den."

„Děkuji, paní Wilkinsonová."

Ribby se podívala směrem ke svým spolupracovníkům, kteří se vrátili ke svým úkolům. Ze zvědavosti se přihlásila do počítače a *vygooglila si* Theodora Anglofona.

Nejvyhledávanější položkou byl novinový článek v místních novinách. Titulek zněl: „Podezřelé úmrtí v místní knihovně".

Cože?

Ribby četla dál.

Zemřel hlavní knihovník?

*Proto ji zavřel. Zní to, jako by ta žena byla blázen.*

Teddy našel její tělo. To pro něj muselo být hrozné.

*Ne, podívej se sem. Píše se tu, že zavolal policii, ale reportéři přijeli první.*

Reportéři vždycky přijedou první. Mají fotky té ženy. Vypadá šíleně. Kde jsou její šaty? A vypadá, že na reportéry plive.

*Mnozí by chtěli na reportéry plivat.*

Souhlasím, ale podívejte se na její oči. Vypadá zoufale. Bojí se.

*Hystericky. Píše se tam, že Teddy potom knihovnu zavřel a přísahal, že už ji nikdy neotevře.*

Až do teď. Musím se odsud dostat na čerstvý vzduch, než začne ten oběd. Přistoupila k paní Wilkinsonové a požádala ji o svolení k odchodu.

„No, těžko vás teď můžu vyhodit, že?" ‚Ano,' odpověděla. Paní Wilkinsonová zařvala. „Vždyť je to váš poslední den!"

„Ano, ó pravda," řekl Ribby. Když procházela kolem, jásali další příznivci. Jakmile vyšla ven, vytáhla z tašky cigaretu a zapálila si.

Možná jsme se trochu unáhlili.
*Trochu!*

Ribby se vrátil do knihovny včas na oběd. Nabídka jídel v bufetu byla pro všechny více než dostatečná. Všichni chroupali, mísili se a povídali si.

Paní Wilkinsonová začala zpívat: „Vždyť je to veselá dobrák." A tak se najednou začalo zpívat. Ribbymu se rozpálily tváře. Paní Wilkinsonová pronesla krátký proslov a pak předala Ribbymu dárek.

„Otevři to! Otevři to!" zpívali její kolegové.

Roztrhla balíček. Byl to mobilní telefon.

„Už jsme do něj přidali všechny kontaktní údaje, abychom mohli zůstat v kontaktu," řekla paní Wilkinsonová.

*Jako bychom s touhle partou chtěli být v kontaktu!*

„Děkuji, moc vám děkuji," řekl Ribby.

„Řeč! Řeč!" volali.

Ribby nebyl zvyklý mluvit na veřejnosti a zamumlal několik nesouvislých vět.

*Začínám mít verklempt.*

Říkala, že jí budou všichni chybět.

*Dokázala jsi to, Ribby. Teď odsud vypadneme.*

Zatleskali. Paní Wilkinsonová všechny upozornila tím, že si odkašlala. „Dávám Ribbymu na zbytek dne volno! Děkuji ti, Ribby, za léta vynikající služby v torontské knihovně. Prosím, zůstaňte s námi v kontaktu."

Zaměstnanci utvořili průvod.

Jako na svatbě.

*Nebo pohřeb.*

Venku u obrubníku čekala limuzína.

Ribby zaťala pěsti.

*Páni, zhluboka se nadechni.*

Řidič vystoupil.

Stephen.

Sklopil klobouk a pak se pustil do otevírání zadních dveří. Uvnitř čekal Teddy s obrovským úsměvem na tváři. Poplácal po sedadle a pobídl Ribbyho, aby nastoupil.

*Než něco řekneš, tak nejdřív nasedni a vychladni.*

Dobře. Roztáhla pěsti. Posadila se a zapnula si bezpečnostní pás. Zhluboka se nadechla. „Ahoj, Teddy."

„Zavři dveře, Stephene!" Teddy vyštěkl.

Stephen. Opravdu se jmenuje Stephen.

*Trochu jako ze Zóny soumraku, že?*

„Kupředu," nařídil Anglofon. Závora se zvedla a řidič jel dál.

„Doufám, že jsi měla příjemný den, Angelo."

„Byl poněkud zvláštní," řekl Ribby. „Přece jen to byl můj poslední den." Zhluboka se nadechla. „Nevěděla jsem, že se chystáš informovat paní Wilkinsonovou o naší dohodě. Chtěla jsem rezignovat sama. Byla to pro mě důležitá věc." Tváře jí zrudly a hlas se jí chvěl, jak se snažila zachovat klid.

„Proč bys měla dělat to, co pro tebe mohu udělat já?" Teddy zašeptal. Položil jí ruku na nohu.

Tentokrát o jeho záměrech nebylo pochyb. Nechal ji tam. Neodstranila ji.

„Vím, že tihle lidé v Knihovně na tebe nebyli vždycky hodní. Vím, že tě využívali a nevážili si tě. Chci, abys je opustila. Chci, aby věděli, že jsi lepší než oni. Ty vyhraješ a oni prohrají."

*Co se děje? Věděli jsme, že nás sleduje, ale tohle je... extrémní...*

Pravda. Zajímalo by mě, co ještě ví?

Ribby se zhluboka nadechl.

„Vím o tobě spoustu, spoustu věcí. O světě," přiznal Teddy. „Uštěpačných hlupáků je jako šafránu. Nehodí se ani k tomu, aby ti lízali boty. Jestli ti někdo ublížil, ukaž mi na něj a já si to s ním vyřídím."

*A nájemný vrah! Ribe, tohle se úplně ubírá šíleným směrem.*

Ribby zaryla nehty do kliky dveří. Pustila ji. „Ne, ne, nikdo takový neexistuje. Vedu docela prostý život. Pracuju, chodím do nemocnice, vracím se domů a vůbec nemám moc společenský život." ‚To je v pořádku,' odvětila.

*Zachovejte klid. Zachovejte klid.*

„Budete." Zvedl ruku s otevřenou dlaní, jako by si s ní chtěl plácnout. Sledovala jeho ruku, jak se zvedá a jak ji zase pokládá k boku. „Až budeme spolu, svět se ti bude klanět a všichni tě budou milovat a přát si tě potěšit."

*Popis královny nebo princezny.*

Podíval se Ribbymu do očí. Žaludek se jí zvedl. Políbila ho.

*Ach bože, Ribby... cože?*

„Promiň," řekla Ribby, znechucená jejím jednáním. Je to tvoje chyba. Viděla jsem se jako královna nebo princezna.

*Já taky, ale byli jsme zavření ve věži ze slonoviny.*

„Bylo to milé gesto," řekl Teddy. „A ještě lepší proto, že jsi měla impuls udělat to sama a následovala jsi ho. Ano, vidím, že spolu budeme šťastní. Vrať se teď se mnou. Pojď k nám domů. Začněme náš společný život ještě dnes."

„Počkej, Teddy, počkej. Ještě si musím dát pár věcí do pořádku."

„Pojďme dnes večer společně povečeřet. Oslavme to!"

„Jsem vyčerpaná, Teddy, a chci strávit nějaký čas s dětmi v nemocnici. Potřebuju se rozloučit a dotáhnout některé věci do konce."

Teddy na vteřinu odvrátil pohled, když se odmlčela.

*On to ví.*

Možná, ale políbila jsem ho.

*Jo, to určitě. Proč?*

Upřímně nevím.

*Divné.*

„Ano, vidím, že to je něco, co musíš dělat. Ale přitahuje mě to k tobě. Chci být v tvé blízkosti. Chci, abychom byli spolu. Dovol mi, abych tě vzal domů, Angelo,“ prosil Teddy.

„Vlastně si té nabídky vážím, ale raději bych chytla autobus.“

Dotkla se hřbetu jeho ruky.

„Kde chceš, abychom tě vysadili?“

„Tady, přímo tady.“

Stephen zastavil auto. Než stačil vystoupit a otevřít dveře, Ribby je otevřela a vystoupila.

„Dokud se zase nesetkáme,“ řekl Teddy, vmetl jí do tváře polibek a nepřerušil kontakt s jejíma očima.

Ribby se přistihla, že ho chytá a přikládá si prsty ke rtům.

*Blech, Rib. Zacházíš příliš daleko.*

Jako bych byla posedlá nebo co.

*To byl výkon na Oscara. Něco jsem řekla a něco udělala, ale ty, Ribby, jsi to vyhrála.*

Kousni mě!

# KAPITOLA 30

Ribby se vrátila domů a uslyšela, jak matka vzlyká.

„Co se děje, mami?“

„To je tvoje teta Tizzy. Je mrtvá.“

„Tomu nevěřím.“

*Dobré herectví, Ribby.*

„Ano, sám jsem tomu nemohl uvěřit, ale našli její tělo. Byla v dodávce Attics-R-Us s jedním z mých chlapů.“

„Aha.“

„Byl to zvláštní člověk,“ řekla Martha.

*Můžeš to zopakovat.*

„To je strašné. Chudák teta Tizzy.“

„Právě jsem se vrátila z identifikace jejího těla. Teď volají jejímu manželovi a dceři. Neměli by ji vidět, pokud se z toho dostanou. Měli by si ji pamatovat, jaká byla. Ne takovou, jakou jsem ji viděla já. Celá nafouklá a....“ Šla k baru a nalila si džbánek čisté whisky. Zapila ji.

„Jak, jak se to stalo?"

*Ribby, tohle je další oscarový výkon. V klidu. Udržuj svůj hlas v klidu.*

„Myslí si, že sjela z útesu v jeho dodávce poté, co ho pobodala, protože měl bodnou ránu v zádech. Zavolali mi forenzní tým, prý ji znásilnili." "To je pravda.

„Znásilněná? Panebože, to je hrozné."

„Počkejte chvíli. Pamatuješ si na ten nůž, co jsem nedávno našel? Kde je ten nůž? Mohla by to být vražedná zbraň. Co jsme s ním udělali?" zatřásla Ribby. Pak se zarazila a zbledla víc než bledá. „A pane Anglofon... ach, tenhle skandál by vám mohl všechno zničit!"

„Co s tím má společného on?"

„Myslím tím o mně. O mých kavalírech. Jestli se to provalí, zničí to vaše šance."

Ribby dal Martě pořádnou facku.

*Znovu. Znovu.*

„Musíš se dát dohromady, mami. Nic z toho nemá nic společného s tebou, s námi, a panu anglofonovi bude všechno jedno. Kromě toho mu skandály nejsou cizí."

„Takže to víš?" Marta se zeptala.

„Ano, vím o bývalém knihovníkovi, který zemřel v Anglophonově knihovně. Všechno to zní velmi bizarně."

„Ti muži," řekla Marta. „Muži to můžou říct a jejich ženy to můžou říct a všichni budou vědět, že tvoje matka je děvka."

„Prosím tě, matko, přestaň blábolit. Děláš mi z toho těžkou hlavu."

„Něco mi slib, Ribby. Slib mi, že zavoláš Teddymu a řekneš mu, že se k němu chceš hned připojit. Vypadni odsud a odjeď z města. Dřív, než vypukne skandál."

„Ale mami, anglofonní panství není daleko od města. Teddy by to zjistil. Právě jsem ho opustila. Mám ještě nějaké volné konce, které musím urovnat. Ještě nejsem připravená odejít."

„Neeeeeeeeeee!" Martha vykřikla. „Musíš z tohohle domu vypadnout TEĎ!" Marta vyběhla po schodech a začala házet Ribbyho věci do kufru.

Ribby ji následoval.

*Zbláznila se, Ribe.*

Aha. Hroutí se z toho.

Martha pokračovala v balení, skládala a převracela ruční věci. Mumlala si pro sebe: „Šetřím tě. Ty jsi to jediné, na čem záleží."

Ribby, který nevěděl, co jiného má dělat, zařval: „STOP!"

Martha stála nehybně jako jelen chycený v záři reflektorů.

Ribby jí to vysvětlil. „Pan Anglofon mi daroval šatník plný úžasných nových šatů." Popadla tašku, kterou si vzala s sebou na nemocniční představení, a hodila si ji přes rameno.

*Tohle přece nebudeš potřebovat!*

Možná budu a možná ne, ale nenechám ji tady.

„Aha, chápu," řekla Marta a vybalovala. „Zavolej mu zpátky. Nemůže být daleko. Dcero, jestli jsi mě někdy milovala. Jestli jsi mi někdy dokázala odpustit a udělat to pro sebe, tak to prosím udělej TEĎ!"

*Myslím, že bys měla, Ribe.*

Souhlasím. Až budu pryč, vzpamatuje se.

*V jakém je stavu, to nevím.*

Musí se vzpamatovat.

Ribby volal Teddymu.

„Jasná věc, nejsem daleko. Přijedu pro tebe."

Martha a Ribby se objali.

Když limuzína odjížděla, Martha pozorovala svou dceru, dokud ji už nemohla vidět. Zavřela vchodové dveře a klesla na kolena. Vteřinu nebo dvě tam zůstala stát se zády opřenými o dveře.

Martě se před očima promítl její život, všechno dobré, co udělala, i všechno špatné. Špatných věcí bylo víc než dobrých. Jen Ribby patřil do té druhé kolonky. Vzpomněla si na svou sestru, když si byly před lety blízké. Na sestru, s níž se hádala kvůli ničemu. Na sestru, kterou už nikdy neuvidí.

V myšlenkách se vrátila k nalezenému noži. Na to, jak s ním její dcera byla mazaná a jak si dokonce dělala legraci, že s ním Tizzy někoho zabije. Zvláštní. Nemluvě o tom, jak nejasně se její dcera vyjádřila o sestřině návratu. Bylo to všechno dost zvláštní. Něco nebylo v pořádku. Zajímalo ji, kde je nůž teď. Její dcera v tom měla prsty, o tom nebylo pochyb.

Představila si, co se mohlo stát. Mohl se objevit Carl Wheeler. Otevřela Tizzy žaluzie? Kdyby je otevřela náhodou, Carl by vešel jako pozvaný host. A pak zalapala po dechu. Posadila se a přemýšlela o tom, co se mohlo stát. Jak mohla její dcera vejít dovnitř... co mohla vidět...

Vyběhla po schodech do Ribbyho pokoje. Její dcera si schovávala věci ve skříni, dělala to tak odmalička. Marta našla nůž zabalený v ručníku. A nejen nůž, ale i zakrvácené šaty její dcery.

Vynesla nůž ven a zahrabala ho pod podlahu kůlny spolu se zakrváceným oblečením.

Vrátila se dovnitř a nalila si další whisky. Tentokrát velkou. Zazvonil telefon, ale ona ho nezvedla. Jen tam seděla, usrkávala a usrkávala, dokud se to samo nerozzvonilo.

# KAPITOLA 31

Cesta do Teddyho domu probíhala v klidu. Periferním viděním si všimla, že Teddy usnul. Sama nemohla usnout, a tak se rozhodla, že Martě zavolá.

Několikrát zazvonila a nikdo se neozval. „Zvedni to, mami, zvedni to. Vím, že tam jsi.“

„Cože?“ Teddy se překvapeně probudil.

„Promiň, že tě budím, Teddy. Snažím se dovolat mámě.“

„Aha, tak jak je na tom Marta?“

„Nebere to,“ řekla Ribby a vrátila telefon do kabelky.

„Nevadí,“ řekl Teddy a poplácal Ribbyho po stehně. „Můžeš jí zavolat ráno. Můžeš mi říct, Angelo, na co jsi myslela?“

„Kdy?“ Ribby se zeptal.

„Než jsem usnul,“ poznamenal Teddy. „Zdálo se, že ses ztratila někde hluboko ve svých myšlenkách.“

Ribby začal něco říkat, ale Teddy ho přerušil—„Angelo, to není kritika tebe, ale když jsme spolu, doufal bych, že budeš myslet jenom na mě. Na nás.“

*Teď chce ovládat tvé myšlenky.*

Myslím, že to tak nemyslel.

„Odmalička mě máma musela vychovávat sama.“
"To je pravda.

„To vím, Angelo. Marta mi to řekla. Říkala, že byla často špatná matka. A přesto si o ni děláš starosti. Jak zvláštní.“ Vzal její ruku do své.

*Vyndejte housle.*

Znovu usnul a držel ji za ruku.

*Více času na spaní je dobré!*

# KAPITOLA 32

Druhý den ráno došlo před Martiným domem k výtržnosti. Houkání klaksonů. Pískající pneumatiky. Blikání fotoaparátů. Hlasité hlasy.

Marta zvedla roh rolety. Byl to chaos. Jedna žena nesla ceduli s nápisem: „Vypadni z naší čtvrti, ty děvko!"

„Támhle je!" křičel někdo, zatímco fotoaparáty cvakaly a blikaly.

„Je doma!"

Marta šla do kuchyně a uvařila si šálek kávy. Zatímco usrkávala, Scamp si sedl tak blízko, aby ho mohla pohladit.

Zavolala Johnu MacGrawovi a nechala mu vzkaz. „To jsem já. Dneska k nám nechoď. Příštích pár týdnů se drž při zemi. Všude se plazí novináři, bastardi. Nechci, aby ses do toho zapletl. Zavolej mi, až budeš moct..." Čas zprávy skončil pípnutím. Marta položila telefon zpátky na místo a doufala, že si zprávu vyslechne dřív než jeho žena.

Posadila se a listovala televizními kanály, dokud se neozvalo zaklepání na dveře.

„Martho, to jsem já, Sophie."

Klíčovou dírkou spatřila sousedku, paní Englovou.

„Ustupte, vy supi!" Sophia křičela s pěstmi ve vzduchu. „Tahle žena je v soukromí svého domu. PŠŠŠŠŠŠŠŠŠŠŠŠŠŠŠŠŠŠŠŠŠŠ! Vy ubožáci! Běžte honit sanitku nebo tak něco!"

Marta otevřela dveře. Jeden z reportérů vykřikl: „Proč tu byl ten chlap z Attics-R-Us tak často? Našli jeho diář a on vás navštěvoval každý týden." ‚Cože?' zeptal se.

„Bez komentáře," řekla Martha a zavřela za sousedkou dveře.

Paní Engleová vklouzla dovnitř. „Uf! Potřebuju šálek kávy, Martho, přítelkyně."

„Určitě si ho zasloužíš. Právě jsem si jeden udělala. A díky, Sophie."

„To nic nebylo. Slyšela jsem o tvé ubohé sestře. Ty zmije by tě měly nechat truchlit, místo aby dělaly rozruch kvůli věcem a nesmyslům."

„Asi je dneska málo zpráv," řekla Martha, když nalévala kávu a nabízela Sophii cukr a mléko.

Sophia mávla rukou a obojí odmítla. „Kde je Ribby?"

„Je pryč. Díky bohu. Má novou práci, mimo město."

„To je dobře pro Ribbyho. Mezitím od tebe určitě odvrátí pozornost jiná událost. Ti supi by se mohli naučit pár věcí o slušném chování!"

„To by určitě mohli," řekla Martha.

Sophia vytočila číslo 911.

Martha se usmála, když Sophia začala mluvit.

„Ano, je to policie?" Odmlčela se. „No, raději byste sem měli všichni přijít, nebo budu muset vzít zákon do vlastních rukou. Mhmmmm. Všude jsou reportéři. Šlapou mi po růžích. Ruší klid. Nevím, jak se opovažují. Dobře, ano, Sophia Engleová, Midas Lane 44. Jsem uvězněná vedle, 42 Midas Lane, dobře. Udělám to. Dobře. Děkuji, pane. Tak zatím. Chvála Bohu!"

Martha a Sophia čekaly na příjezd policie.

Teď už to nevypadalo tak špatně, když měla někoho u sebe.

# KAPITOLA 33

Byla půlnoc, když limuzína zastavila před anglofonním sídlem. Nebyla úplná tma a z oken vycházela lehká záře něčeho, co připomínalo svíčku.

Dům otevřel svou náruč a Ribby vstoupil dovnitř, následován Stephenem, který nesl její tašku.

Teddy se zastavil u dveří, kde stál jeho sluha.

Sluha pomáhal svému pánovi svlékat kabát.

Když pohlédl na Ribby, přeběhl jí mráz po zádech. Usmál se, nevlídným úsměvem. Úsměv, který stále připomínal někoho, kdo cucal citrony.

*To musel být jeho obvyklý stav.*

Jeho našpulené rty se změnily v zubatý úsměv, když se k němu Anglofon postavil čelem.

„Tohle je tvůj nový domov, Angelo. Vítej!" Teddy se rozzářil. „Štěpáne, odhoď tašku a můžeš jít. Auto potřebuje vyčistit, zvenku i zevnitř."

„Ano, pane," řekl Stephen.

Stephen se uklonil nejprve Teddymu a pak Ribbymu a odešel.

„Tohle je můj sluha Tibbles. Už jste se s ním nedávno setkali. Je zodpovědný za chod domu. Tibbles, slečno Angelo. Doufám, že je vše v pořádku?"

„Ano, pane, vše je připraveno na příjezd vaší mladé dámy." Vzal Ribbyho tašku a odešel.

Ribby si nebyl jistý, co má dělat, a tak se podíval na Teddyho, aby mu poradil.

„Byl to dlouhý den a já si přeji odejít na odpočinek, má drahá," řekl Teddy a políbil jí ruku. „TIBBLES!" vyhrkl. „Prosím, zaveďte slečnu Angelu do jejího pokoje."

Tibbles čekal nahoře na schodech s Ribbyho taškou.

„Ty nejdeš nahoru?" Ribby vystoupal po schodech k Tibblesovi.

Teddy zůstal stát dole pod schody jako Rhett Butler a pozoroval Scarlett O'Harovou.

„Moje kajuta je v přízemí. Dobrou noc, můj andílku. Dobře se vyspi."

Když byl Anglofon z doslechu, Tibbles zafuněl. „Pojď za mnou," řekl a vedl ji chodbou. O několik dveří dál otevřel dveře a mávl na Ribbyho, aby vstoupil dovnitř. Následoval ji dovnitř a čekal na instrukce.

Ribby si prohlédla své nové ubytování. Její nový domov. Květiny zaplnily každé volné místo. Růže. Byly jich stovky. Všechno v místnosti bylo růžové, krásné a nádherné.

„Věřím, že vám to vyhovuje," řekl Tibbles. Pustil tašku na podlahu.

„Ano, ach jo, ano." Otočila se a převrhla vázu s poupaty, která se rozbila o podlahu. Padla na kolena a začala sbírat střepy, přičemž se celou dobu omlouvala.

„Já to vezmu," řekl Tibbles, odstrčil ji stranou a vytáhl z nitra saka malé koště a smetáček. „Jestli nemáte nic jiného, slečno Angelo, mohl bych jít na večer do důchodu?"

„Ach ano, děkuji vám a moc vám děkuji. Za všechno."

Tibbles se uklonil a téměř se usmál.

*Možná má plyn.*

Ribby se zasmál.

Tibbles na odchodu zavřel dveře.

Jakmile odešel, Ribby otevřela dveře, které, jak doufala, vedly do koupelny. Byla to šatna. Otevřela další dveře; byla to toaletní místnost, ale bez záchodu. Kde tedy byla koupelna?

„Tibblesi?" Ribby zavolala, ale ten už byl pryč. Asi budu muset počkat do rána.

*Není tu nějaký zvonek nebo něco, čím by se dal přivolat, aby se zase vrátil?*

Žádný nevidím.

*Až budeš královnou panství, tak ti ho nainstalují.*

Ano, bude to na prvním místě mého seznamu priorit.

Ribby se zachumlala do noční košile. Zapnula elektrickou deku a usilovně se snažila nepřipadat si jako princezna, které se chce čůrat.

Ribby se uprostřed noci probudila s bolestmi po celém boku. Musela vstát a jít na záchod, a čím dřív, tím líp. Stoupla si na koberec z medvědí kůže vedle postele, zavrtěla se a hledala plášť. Jeden našla připevněný na háčku ve skříni. Padl jí. Teddy opět znal ženské velikosti.

*Myslí na všechno.*

Ano, kromě toho, že mi řekne, kde je záchod!

*To měl udělat ten pofidérní Tibbles.*

Ribby otevřel dveře a zahleděl se do chodby, kde byla koupelna. Každý krok ji bolel.

*Ten člověk by měl dostat padáka.*

Ne, je to moje chyba— měla jsem se zeptat.

Ribby došla na konec chodby. Začala otevírat dveře. Dveře číslo jedna byly pokoj pro hosty. Dveře číslo dvě byly chlapecký pokoj celý v modrém.

*Co to...?*

Možná má syna? A nechal svůj pokoj tak, jak byl, když se odstěhoval?

*Ano, někteří rodiče dělají svým dětem svatyně.*

U dveří číslo tři Ribby obtočila prsty kolem kliky.

„Mohu vám pomoci?"

Ribby se otočila a spatřila Tibblese s rukou na boku v noční košili, čepici a se svíčkou v ruce. Vypadal jako postava z románu Charlese Dickense.

„Ehm, omlouvám se, že vás ruším, ale potřebuju na záchod. Nevím, kde to je."

Tibbles zbledl. „Pojďte za mnou." Vedl ji zpátky chodbou, kolem jejích vlastních dveří a o dvoje dveře dál, doprava, ke koupelně. „Bude dnes večer ještě něco, slečno?"

„Ne, ne, Tibblesi. Moc vám děkuji," řekla Ribby, když vběhla dovnitř a zamířila k záchodu. Ještě nikdy se jí nečuralo tak dobře a všimla si, že akustika v místnosti je velmi hlasitá. Měla chuť něco říct, aby zjistila, jestli se to ozve zpátky, ale rozhodla se to nedělat.

Angela však neodolala a začala zpívat refrén Madonniny písně „Like A Virgin". *Ta akustika je úžasná!*

Když dokončila svou očistu, rozhlédla se po koupelně.

*Páni, ručníky s vyšitým nápisem „Angela".*

Jak to mohl zařídit?

*Sluha nejspíš šije.*

Vypadá velmi...

*Ztuhlý? Strnulý?*

Ano, a ano.

*Anglofon určitě myslí na všechno, chci říct, až děsivě.*

Ano, je přemýšlivý.

*Tak jsem to ale nemyslel. To je jedno.*

Ribby se vrátila do svého pokoje a znovu usnula.

Angelu už Ribbyho názory na všechno začínaly nudit. Chtěla nějaké vzrušení; chyběly jí kluby a všechno, co k nim patří.

Angela přemýšlela o Stephenovi. Byl svobodný? Rád se bavil?

Nechtěla si však zkazit koncert se starým pánem.

*Až přijde ten správný čas, všechno bude moje!*

Znělka zlověstného smíchu!

# KAPITOLA 34

Druhý den ráno Ribby otevřela oči a uslyšela, jak někdo klepe na dveře. Než stačila otevřít - připadalo jí to jako déjà vu -, zaklepal ten člověk znovu.

„""Za chvíli budu venku," řekla, když odhrnula peřinu, protáhla se a zívla.

„Mistr Anglofon očekává vaši přítomnost, slečno. Nemá rád, když ho někdo nechává čekat. Prosím, pospěšte si."

„Udělám, co bude v mých silách," řekla Ribby a žena odešla. Ribby se osprchovala, svázala si vlasy a upravila si obličej štípáním do tváří. Vrátila se do svého pokoje a popadla ze skříně první věc, která jí přišla pod ruku. Byl to semišový kalhotový kostým, který jí dokonale padl. Sešla dolů.

„Dobré ráno, Teddy," řekl Ribby, když Tibbles vedl do jídelny.

„Konečně!" zamumlala si pod nosem jedna z obsluhujících žen.

Tibbles se na ni zadíval, až mu oči málem vylezly z hlavy, a pak na Anglofona. Když si byl jistý, že ji Anglophone neslyšel, nechal ji odejít.

„Ano, dobře, Angelo, posaď se a vychutnej si první z mnoha snídaní, které budeme v tomto domě sdílet jako pár. Vyspala ses dobře? Pokud vím, Tibbles ti asistoval ve dvě ráno?" Teddy tleskl rukama. Personál začal servírovat.

„Ehm, ano," řekl Ribby a zrudl. Podívala se na Tibblse. Ten se podíval na své boty.

„Tibbles byl pokárán za zanedbávání povinností. Už se to nebude opakovat."

„Omlouvám se, slečno Angelo," řekl Tibbles a nízko se uklonil Teddymu a pak Angele.

„Nebyla to jeho chyba. Měl jsem se zeptat."

„Ujišťuji vás, že za to vždycky může pomocník. Když jste zaměstnavatel, nikdy byste se neměl ptát."

Ribby se soustředila na jídlo. Servírka k ní přistoupila a nabídla jí, že do ovesné kaše nalije smetanu. Ribby jí poděkovala. „Myslím, že jsme se ještě nesetkali?" Ribby se obrátila na servírku, která ustoupila a zakryla si obličej. Ribby se podívala Teddyho směrem. Horní ret se mu zachvěl. Uvědomila si, že udělala chybu.

„Paní Haberdašová, dovolte, abych vám představil slečnu Angelu," řekl Teddy sarkastickým tónem. „A teď nás nechte v klidu snídat. Nechci, abyste se tady vy dva motali. Škodí to trávení!"

„Pane?" Tibbles se zeptal.

„Ano, myslím tím i vás. Dám vám vědět, kdybychom něco potřebovali."

„Ano, pane anglofonní, pane.“

*Je to tu všechno tak formální, až mě z toho mrazí.*

Ano, vypadají vyděšeně.

*Teddy to tu má pevně v rukou.*

Tibbles je děsivější.

Anglophone jim musí dobře platit.

Ribby vzhlédl a uvědomil si, že Teddy mluví.

„...Nebojte se dávat návrhy do budoucna, abyste si knihovnu udělali podle svého.“

„Teddy, než řekneš něco dalšího, chci ti poděkovat.“

Teddy se rozzářil a nadmul hruď.

„Ty, můj andílku, jsi všechno a ještě víc. Chci ti dát to, co mi patří. Dám ti všechno, co si budeš přát. Stačí, když si o to řekneš.“

Ribby vstal a políbil Teddyho na temeno hlavy. Objala ho. Pobídl ji, aby si sedla na jeho koleno. Políbili se. Dívali se jeden druhému do očí.

*Najděte si pokoj! Služebnictvo se může každou chvíli vrátit!*

Teddy vstal a položil Ribbymu ruce na tváře. Díval se jí do očí a ona jemu. Za ruku ji odvedl pryč.

*Úplně jsem se pozvracel.*

Chodbou, do nitra vstupní haly, po schodech nahoru.

*Vzpamatuj se, Ribe! Ještě je příliš brzy na to, aby ses nechala unést.*

Žádná odpověď.

*Ribby, posloucháš mě? Zhypnotizoval tě, nebo tě ovládá. Ribby! Poslouchej mě. Vrať se ke mně!*

Angela se pokusila převzít kontrolu. Odvrátit pohled. Přerušit pouto, to bylo vše, co potřebovala, ale nedokázala to.

Křičela Ribbyho jméno znovu a znovu a znovu.

Stále žádná odpověď.

# KAPITOLA 35

Titulky v novinách křičely: „Bordel mezi námi". Marta popadla noviny na prahu a hodila je rovnou do koše.

Znovu je vytáhla a proti svému přesvědčení si článek přečetla. „Dvaašedesátiletá Martha Balustradová provozovala nevěstinec nedaleko centra města. (Foto na straně 3).

Martha přelétla na fotografii. Zalapala po dechu. Použili její svatební fotografii. Cítila se zrazená. Po tváři jí stékala slza, když trhala papír na drobné kousky.

Martha cítila každý centimetr prázdného prostoru, jako by její dům už nebyl jejím domovem. Vypnula telefon a odmítala zapnout televizi ze strachu, co se o ní říká. Přála si, aby nikdy nevylezla z postele, ale potřebovala jít na půdu.

Vylezla po žebříku. Daleko vzadu v rohu, pohřbená pod dekami, pavučinami a různým příslušenstvím, se nacházela komoda s visacím zámkem, v níž byly soukromé dokumenty.

Marta začala z truhly vyndávat jeden papír po druhém a každou chvíli se zastavila, aby si přečetla. Tady to bylo. Otevřela knihu a rozložila dokument uvnitř: Ribbyho rodný list. Zavřela knihu a otočila ji. Několik vteřin si prohlížela obrázek na zadní straně. Znovu dokument přeložila, vložila ho zpět do knihy a přidala na hromádku „k vyhození".

Když se setmělo, slezla Marta dolů a nesla, co mohla. Znovu vylezla nahoru a naplnila si náruč, přičemž si dávala pozor, aby měla dvě oddělené hromádky. Po několika cestách nahoru a dolů po schodech měla všechny dokumenty u sebe. Hromádku „uschovejte si" měla v úmyslu důkladněji pročíst při jedné nebo dvou whisky. Druhou hromádku hodlala zničit.

Hromádku „na vyhození" položila na pohovku poblíž krbu a hromádku „na uchování" na vzdálený konec.

Na vrcholu hromádky na vyhození ležela kniha s Ribbyho rodným listem. Krátce na něj pohlédla. Na prázdné místo, kde mělo být jméno Ribbyho otce.

Martha přešla ke krbu a zapálila polena. Přihodila Ribbyho rodný list a pak otevřela kouřovod. Okamžitě zavál vítr, který způsobil, že se papíry na pohovce zachvěly a zatřásly. Zvedla knihu a hodila ji do ohně. Sledovala, jak vzplane, a pak přihodila zbytek hromádky „odpadu".

Když bylo po všem, Marta pozorovala vycházející slunce, které se hřebenilo nad kopci. Zelený trávník kontrastoval s purpurově červenou barvou východu slunce. Její oči zabloudily k malému stínu, který vrhal před dveře. Nikoho neviděla a přemýšlela, co to je.

Přistoupila ke dveřím a vykoukla kukátkem. Byla si jistá, že je to láhev s něčím. Mléko? Ne, mlékař se tady neobjevil už deset nebo více let. Nakonec ji přemohla zvědavost a otevřela dveře. Byla to láhev šumivého vína se vzkazem: „Přípitek na tebe, celá moje láska".

Muselo to být od Johna. Musel se u ní zastavit, když byla na půdě. Zvedla telefon, aby mu poděkovala, ale ozval se jen záznamník. Tentokrát zavěsila, aniž by nechala vzkaz.

Marta si nalila skleničku a zároveň do sebe nasoukala několik prášků na spaní. Pokračovala s vínem a prášky, dokud obě lahve nebyly prázdné. Pak se vrátila k Jacku Danielsovi a dopila ho.

Střídavě se propadala do spánku.

Jiskra v krbu se spojila s okrajem hromádky „keep". Zanedlouho hromada vzplála. Pak i pohovka.

Marta spala dál.

Paní Engelová zavolala hasiče.

Marta si dala záležet, aby byly hromádky oddělené. Nakonec obě skončily na stejném místě.

# KAPITOLA 36

Teddy vedl Angelu chodbou.

*Ribby, co to děláš? Je příliš brzy. Spíš? Probuď se! Vstávej!*

Teddy se zastavil v chůzi a otevřel dveře.

*Tak tohle jsem nečekal.*

Ani já ne!

*Konečně ses z toho probral! To jsi mě vážně vyděsil.*

Proč? Co se stalo? Co jsem přehlédl?

*Neslyšel jsi, že tě volám?*

Ne, ale slyšel jsem oceán.

*Musel ti něco udělat.*

To si nemyslím.

Klopýtla dopředu a čekala, že uvidí honosný budoár, zatímco ve skutečnosti to, co měla před sebou, nic takového nebylo. Ve svém domě vytvořil přesnou kopii knihovny.

„To je pro tebe," řekl Teddy a políbil Ribby ruku. Stál a pozoroval ji, jak to všechno vnímá. „Tohle je tvoje svatyně, tvoje zvláštní místo, Angelo, a nikdo kromě tebe nebude mít klíč. Pojď sem a zklidni své myšlenky. Utéct před světem. Přede mnou, pokud si to přeješ. Přijď sem psát, malovat, cokoli, po čem tvé srdce touží. Přicházej sem často. Poznejte každou knihu, přečtěte si všechno, protože já už jsem je všechny přečetl, a budeme si mít o čem povídat. Jednoho dne budeme cestovat a uvidíme všechna místa, o kterých jsi četla v těchto knihách. Chci ti všechno ukázat."

Ribby se k němu vrhl a políbil ho. Ještě nikdy se k ní nikdo nechoval tak pozorně, tak úžasně.

*Zpomal, Ribby. Zpomal!*

Vzal její tvář do dlaní a vášnivě ji políbil.

Ribbymu se podlomila kolena.

Tibbles si odkašlal. „Promiňte, pane."

*Díky bohu za Tibblese! Ribby opustil budovu. Vzpamatuj se, Ribe.*

„Co se děje?" Teddy si dupl nohou.

„Velice důležitá záležitost, pane." Tibblesovi se zachvěl hlas. Oči měl stále sklopené k podlaze.

„Teď ne, Tibblesi. Nech si to pod kloboukem, staříku, za chvíli jsem venku." Teddy pohladil Ribbyho po zádech.

„Ale pane..."

„Tak dobře," okřikl ho Teddy, spustil ruce v bok a nechal Ribbyho stát samotného.

Ribby se cítila horká, v bezpečí a šťastná, když se rozhlížela po knihách ve své vlastní knihovně. Štípla se, aby se ujistila, že se jí to nezdá.

*Nechápu to. Proč tu mají přesnou kopii té druhé knihovny?*

Je to velmi promyšlené, nemyslíš?

*Myslím, že to znamená, že tě chce tady, ne tam.*

Tady nemůžu být hlavní knihovnice. Nejsou tu žádní návštěvníci. Zachvěla se.

*Ano, nic z toho nedává smysl.*

Z té druhé knihovny měla dobrý pocit. Zdá se, že je tu zima.

*Na stěně je termostat, možná je tu chladněji, protože některé knihy jsou křehké, možná dokonce staré? Podívej se támhle na tu polici. Vazby vypadají autenticky. Počkat, právě jsem si uvědomil... není to ta knihovna ze snu?*

Nečekané zaklepání na dveře ji přimělo vyskočit. Vstala, otevřela a našla Tibblese s vážným výrazem ve tváři.

„Můj pán musel odejít z domu kvůli naléhavé záležitosti. Vrátí se až zítra. Jsme vám k dispozici." Nízce se uklonil.

„Zatím jsem v pořádku, děkuji, Tibblesi." Zavřela dveře a vrátila se ke čtení.

# KAPITOLA 37

„Kdy jste ji viděl naposledy?" Anglofon vyštěkl, když Stephen odjížděl od sídla.

„V pátek. V pátek jsem tam byl. Byla rozrušená, ale nikdy by mě nenapadlo, že udělá tohle!" Stephen zaryl prsty do volantu.

„Je to hloupá ženská," řekl Anglofon, když jeho pěst dopadla na opěrku.

Poslední, co Stephen chtěl, bylo s ním vůbec mluvit. Ale neměl na vybranou, protože „Teddy" platil účty za nemocnici, ve které ležela jeho matka. Stephenova matka se jednoho dne v anglofonní knihovně navždy změnila. Málem zemřela. Teď z ní byla jen skořápka matky, kterou kdysi znal.

Když řídil, Stephen si vzpomněl, jak mu matka vyprávěla, jak se její a Teddyho budoucnost propletla. Ačkoli vstoupil do domu Anglophona jako nemluvně, Stephen se nikdy nechoval jako rodina. Jistě, měl pěkný pokoj se vším, co bylo v modré barvě, ale chlapec potřeboval víc.

Stephen byl osamělé dítě. Dítě, které toužilo po otcovské postavě. Anglofon se před svým nevlastním synem uzavřel. Vlastně odešel z pokoje, kdykoli Stephen vstoupil. Stephen se cítil jako trn v oku toho muže a nic víc.

Utřel si slzu z tváře, když se stále více blížil k psychiatrické léčebně. Sestra Beemerová mu řekla, že jeho matka spolkla lahvičku prášků. Když se zeptal, kde je vzala, nebyli si jistí. Na tom nezáleželo. Důležité bylo, že jeho matka byla v bezvědomí. Žaludek jí pumpoval. Její budoucnost byla nejistější než kdy jindy. Bude žít, nebo zemře?

„Pitomá ženská," zamumlal Anglofon. „Hloupá, hloupá ženská."

Poté, co Stephen otevřel Anglofonovi dveře, běžel napřed. Chtěl najít svou matku, potřeboval ji najít okamžitě. Slyšel, jak se za ním Old Lead-foot šourá. Nikdy nedokázal pochopit, jak se do něj mohla jeho matka zamilovat. Ale teď na to nebyl čas.

Stephen přistoupil k sestře. „Moje matka? Kde je? Jak se jí daří?"

„Je mimo nebezpečí, ale bylo to o fous, pane Frankline. Pokoj 208. Dole na chodbě, vlevo." Sestra uvolnila bzučák.

Stephen vešel dovnitř. Byl rozhodnutý promluvit si s matkou o samotě. Dal se do sprintu.

Anglofon mu byl v patách.

Jeho matka ležela v bezvědomí, objímala se povlečením. Z jejího hrudníku a paží se táhly hadičky a dráty vedoucí k řadě přístrojů.

Stephen ji políbil na čelo, posadil se a vzal její bezvládnou ruku do své. Přístroje bzučely a pípaly.

„Vypadá dobře, když to tak vezmu," ozval se Anglofon zpoza Stephenova levého ramene.

„Teď vstaňte a nechte křeslo starému muži. A přines mi šálek kávy," dodal a hodil Stephenovi několik bankovek. „A nějaké květiny pro tvou matku, pěkné, do vázy."

Stephen udělal, co mu řekl.

Jedna věc, kterou s člověkem udělá, když je tolik let denně v blízkosti Anglofonů, je, že se naučí držet jazyk za zuby.

„Rosemary, slyšíš mě?" Teddy zašeptal ženě na posteli. „Rosemary, tady Teddy."

Žena se nezměnila ani se nepohnula. Teddy si vzpomněl na den, kdy se poprvé setkali. Byla tak energická, tak živá. Teprve před několika týdny slavila narozeniny. Poslal jí narcisy, její oblíbené.

Rosemary naštěstí říkala, že si z doby nehody nic moc nepamatuje. Zpráva o její smrti se dostala na internet. Během mediálního chaosu nechal Anglofon svého přítele, koronera, poslat auto, aby ji odvezl. Pryč na toto místo, kde se mohla časem uzdravit.

„Takhle už opravdu není naživu," mumlal si Teddy pro sebe, když se blížily kroky. Stephen se vracel. Teddy se svou ženou ještě ani nepromluvil. Neboťano, jelikož nebyla mrtvá — Teddy byl stále ženatý muž. Polovina všeho, co vlastnil, patřila ženě v bezvědomí a jeho dědici.

„Jak se jí daří?" Stephen poklekl u matčiny postele a znovu ji vzal za ruku.

„Dýchá, ale ne z vlastní vůle. Je nejvyšší čas promluvit si o tom, že ji necháme v klidu odejít."

„Ale to nemůžeš. Je to moje matka a já ti to nedovolím."

„Ztiš se. Ty drzý imbecile!" Teddy se rozkřičel.

Rosemary otevřela oči. Otevřela ústa.

„Snaží se mluvit!" Stephenovi stékaly po tvářích slzy. „Mami, jsem tady, to je Stephen. Tvůj syn Stephen. Jestli mě slyšíš, stiskni mi ruku." ‚Ano,' odpověděla.

Čekal, zadržoval dech, ale ona mu ruku nestiskla.

Místo toho stiskla ruku Teddymu.

# KAPITOLA 38

V domě se Ribby cítil osamělý. Chtěla navštívit knihovnu, ale neměla klíč. Uvažovala, že se zeptá Tibblese, jestli někde nemá výtisk, ale rozhodla se, že to neudělá.

Ribby zvedla telefon ve vchodu a chtěla zavolat Martě.

Z ničeho nic se objevil Tibbles. „Mohu vám pomoci, slečno?"

„Ano. Chtěla bych zavolat matce a zdá se, že jsem ztratila mobilní telefon."

„V době, kdy se zabydlujete, se nesmí telefonovat, slečno."

„Ale proč?"

*Jsme snad vězněni?*

„Řídím se pokyny svého pána. A teď, jestli není něco jiného..."

„No, něco jiného tu je. Chtěl bych klíč od knihovny dole v ulici, abych se tam mohl jít ještě podívat."

„Žádný klíč pro vás není, slečno. Můžete se jít projít nebo využít zařízení v domácnosti, jako je vaše osobní knihovna. Lázně jsou relaxační, pokud byste chtěla, abych vám ukázal, kde se nacházejí.“

„Ne, děkuji. Počkám, až se Teddy, ehm, pan Anglofon vrátí.“ ‚Dobře,‘ odpověděl jsem.

„Přišel jsem za vámi kvůli panu Anglofonovi. Byl zadržen na další den. Mám instrukce, abyste se cítil jako doma. Dejte mi vědět, kdybyste potřebovala něco dalšího, slečno.“

„V tom případě se jdu projít. Jak daleko je nejbližší vesnice?“

Tibbles přistoupil blíž k Ribbymu, naklonil se k němu a zašeptal. „Na chůzi je to příliš daleko, slečno, a obávám se, že auto i řidič jsou u pana Anglofona. Prozkoumejte zahradní areál a dejte nám vědět, kdy byste chtěla povečeřet.“ Odešel.

„Děkuji,“ zamumlala Ribby. Otočila se a bojovala s nutkáním do něčeho kopnout. Místo toho vyšla ze dveří.

Stýskalo se mi po mámě.

*Bez té čarodějnice je nám stejně líp! Podívej se, v jakém místě žijeme, a když budeme hrát správně, můžeme tu něco dokázat. I když je trochu divný, Teddy tě má moc rád. Stačí, když budeš hrát s námi, dokud nepřijdeme na to, jaká je jeho hra.*

Jak to myslíš? Chce, abych mu dělal společníka. Je nesmírně milý. Mohla bych se do něj zamilovat. Kdybys přestala dělat narážky. Proč jsi tak podezřívavá?

*Je to jen pocit. Jako by už něco takového udělal.*

Je tak sladký a něžný.

*Záleží mu na tobě. Přesto, po tom, co se stalo předtím, než ti ukázal repliku knihovny, víš, když jsi byla mimo? Měj se na pozoru. Zkroť ho. Ať jde pomalu. Nech ho čekat. Hádej.*

Jeho doteky jsou docela jemné.

Když chvíli zkoumala, podívala se Ribby před sebe, kde nebylo nic než voda. Za ní byl Teddyho dům. A pak už míle a míle nic.

Přemýšlela nad několika nápady, co by chtěla do knihovny zavést. Třeba dětský klub. Místo, kam by děti mohly chodit v sobotu dopoledne. Poslouchat příběhy, které jim budou předčítat, hrát hry. Byl by to bezpečný prostor, kde by si rodiče mohli odpočinout. Ano, to byl zatím její nejlepší nápad! Chtěla si také promluvit s Teddym o obnovení svých vystoupení v místní nemocnici. Stýskalo se jí po všech dětech a zajímalo ji, jak se jim daří. Její život se tolik změnil a ona se tím cítila poněkud zdrcená.

Je to teprve začátek, pomyslela si Ribby, když ji mlha z vln políbila na tvář.

Na bulvár vjelo auto a projelo těsně kolem ní.

*Kdo to asi je?*

Byla to žena.

*Ano. Na návštěvě u Tibblse, když je jeho šéf pryč. Zajímavé.*

Možná to nic není. Jestli něco chystá, Teddy by o tom chtěl vědět.

*Bylo by zábavné to zjistit.*

Jdeme!

# KAPITOLA 39

Rozpoutalo se peklo. Poté, co Stephenova máma stiskla Teddymu ruku, ten jí stisk opětoval. Myslel si, že to dělá nenápadně, dokud pacientka neřekla: „Teddy, nech toho, sakra, ubližuješ mi!"

„Mami, ach, mami, ty jsi vzhůru. Radši sem někoho zavolám." Stiskl tlačítko na interkomu. „Sestro, sestro, přijďte na pokoj 208! Prosím!" Stephen si otřel slzy a políbil matku na obě tváře.

„Přestaň mě celou oslintávat, chlapče," řekla Stephenova máma a prohlížela si ho. „Nevím, kdo jsi. Teddy, řekni mu, ať jde pryč, abychom mohli být spolu sami. Odveď ho odsud!"

Její odmítavý postoj ho prořízl. „Ale mami, jsem to já, Stephen, tvůj syn." Dotkl se její ruky a něco jí do ní upustil. „Dala jsi mi tenhle medailonek svatého Kryštofa. Vidíš? Je na něm tvoje jméno, mami. Přečti si ho."

Podívala se na šperk a nahlas přečetla: „Štěpánovi s láskou od maminky. Hmmfff. No, já si tě nepamatuju. Odveď ho odsud, Teddy!"

Stephen odešel a bojoval s nutkáním bušit pěstmi do nemocničních zdí.

# KAPITOLA 40

Ribby vyběhl po schodech nahoru.

Otevřela dveře. Před ní se objevilo velké pozadí ženy v dlouhé sukni s potiskem slunečnic. Oděv se otíral o podlahu, když kráčela za Tibblesovou. Její komplet doplňoval velký klobouk s klopami a nefritová halenka s dlouhými rukávy a splývavými manžetami. Přestože stála za Tibblesem, zdálo se, že vede rozhovor.

*Pojďme odsud pryč. Vypadá nudněji než Tibbles.*

Ne, Teddy mi řekl, abych se cítila jako doma. Takže představit se, nemluvě o kontrole a přivítání nováčků, by bylo na místě.

*To je Tibblesova práce.*

Ribby se rozhodla, že je vyruší; aby upoutala jejich pozornost, vykřikla: „Ahoj!" „Ahoj," odpověděla.

Oba se otočili jejím směrem, Tibbles s křižujícím se pohledem a žena s otevřenými ústy, protože byla uprostřed věty.

Ribby si pospíšila k místu, kde stáli a zírali. Natáhla ruku k novému hostu a řekla: „Jmenuji se Angela. A vy jste?"

Žena zavřela ústa a podívala se Tibblesovým směrem.

„Ach, slečna Angela. Vrátila jste se," řekla Tibblesová. „Doufám, že se vám procházka líbila?" Nečekal na odpověď ani se nepokusil obě ženy představit. „Oběd se podává v knihovně. Mám od pana Anglofona přísný rozkaz postarat se o jeho hosty. Užijte si oběd. Kdybyste ještě něco potřebovali, dejte nám vědět."

Tibbles s rukou položenou na ženiných zádech ji vedl chodbou do své kanceláře. Dveře se s cvaknutím zavřely.

Hmpft! Je to takový panovačný všeználek.

*Proč bychom s ní vůbec měli trávit čas? Vypadala, jako by dokázala kohokoli proměnit v kámen! Nebo ho unudit k smrti.*

Asi máš pravdu.

*Podíváme se, co je na jídelníčku k obědu.*

Zamířila do knihovny. Zvedla stříbrné víko a našla sendvič s humrem, obložený majonézou. Chladila se láhev šampaňského.

Ribby se zakousla do jídla a při jídle si prohlížela knihy. Jeden svazek ji zaujal. „Čarodějnictví v temných dobách". Ribby ji zvedla.

*Páni, cítila jsi to?*

To teda jo. Dýchalo to. Ribby otočil stránky. Je plná černé magie. Kouzla a zaklínadla. Stránky jsou velmi křehké. Většina obrázků je nakreslená ručně.

*Myslím, že papír je vyrobený z kůže.*

Ne z lidské kůže?

*Nemohu s jistotou říct, že ano, ale je to možné. Inkoust na stránkách může být krev.*

Lidská krev? Fuj.

*Myslím, že bys to měl vrátit zpátky.*

Už jsem viděla spoustu starých knih, ale žádná nebyla taková jako tahle. Třesou se mi z ní ruce. Kromě toho je to jen kniha. Co by na tom mohlo být špatného?

*Mám z ní husí kůži.*

# KAPITOLA 41

„Jsem tu pro tebe, má drahá Rose,“ zašeptal Teddy a držel ji za ruku.

„Nech si ty kecy,“ řekla Rosemary. „Můj kluk je mimo doslech.“

Teddy se zasmál. „Ach, jsem rád, že jsi zpátky. Prosím, pokračuj.“

„Ale popořadě, Teddy,“ řekla Rosemary. Naklonila se k němu blíž. „Chci odsud pryč, dnes, zítra, brzy. Vyhověla jsem tvému přání, kvůli našemu synovi. Nechala jsem se omámit, uspat, udělat všechno kromě lobotomie, aby byl můj syn v bezpečí a v pořádku, a teď přišel čas. Stephen je teď muž a potřebuje vědět, kdo je jeho otec a proč jsme mu to nikdy neřekli.“

„Rose, naše dohoda zní, že náš syn dostane padesát procent ze všeho. Pod jednou podmínkou. Tou podmínkou je, že se nikdy nedozví, že jsem jeho biologický otec,“ řekl Teddy. Jeho hlas končil chraplavě, téměř jako štěkot. „Po tom incidentu v knihovně jsi souhlasila, že odejdeš. Že mě necháš žít dál v klidu, pokud bude zajištěn tvůj syn, náš syn.

Já jsem svou část dohody dodržel a ty... ty nemáš jinou možnost než dodržet tu svou. Jinak bude moje nabídka odvolána. Je to v mé závěti. Pokud se to dozví, nedostane nic. NIC!"

Ozvala se sestra, která procházela kolem pokoje.

„Ach, promiň," řekl Teddy.

Rosemary zašeptala: „Souhlasila jsem, ale nemůžu žít tady, v téhle nemocnici... v tomhle vězení. Být sledován čtyřiadvacet hodin denně — jako zvíře v kleci. Chci, aby náš syn dostal to, co si zaslouží, ale pokaždé mě zabije, když mu řeknu, že nevím, kdo je. Pro matku je bolestné vidět své dítě trpět."

Anglofon jí podal svůj kapesník.

Pokračovala: „Je to jediný způsob, jak s tebou mohu mluvit o samotě. Pokračovat v téhle lsti a už mě to nebaví. Chci svůj vlastní život. Jinak mě pohřběte tady a teď, ať už za mnou nemusí chodit. Já to nesnesu! Už nesnesu takhle žít." ‚Cože?' zeptal jsem se. Rosemary zvedla ruce, aby si zakryla obličej.

„Tak proto jsi spolykala ty prášky, aby ses zbavila světa! Škoda, že se ti to nepodařilo. Škoda."

„Ano, to je škoda. Byla bych šťastná, kdybych tě už nikdy neviděla."

Anglofon se postavil. „Teď už půjdu a nechám tě tu." Otočil se ke své bývalé ženě a milence zády a vydal se ke dveřím.

„Když teď odejdeš, řeknu mu to. Řeknu mu to . "

„A donutíš ho, aby o všechno přišel?" Vrátil se k jejímu lůžku. „Neřekneš mu to. Už jsi obětovala příliš mnoho." Zaváhal a poklepal si kostnatým prstem na bradu. „Požádám sestřičku, aby tě každý den vzala na procházku, abys byla na čerstvém vzduchu, jestli ti to pomůže. A knihy. Můžu ti poslat knihy. Udělej si seznam. Moje knihovna je vaše knihovna."

„Děkuji, Teddy. Děkuji. Ano, pošli mi nejnovější romány. Časopisy. Drby. Dokonce i noviny. Tady nám nedovolí sledovat zprávy... Ani nevím, jaký je rok."

„Je rok 2016. Budeme tě tu držet na řetězu, ale obojek ti povolíme. Dohlédni na to, abys nezpůsobil další scénu s pokusem o sebevraždu. Dodržím svou část dohody, když ty dodržíš tu svou. Prozatím ti přeji dobrou noc, má Růženko. Už se nevrátím. Zařídím, abys dostala vše, co potřebuješ, pokud pošleš Tibblesovi dopis označený jako důvěrný."

„Děkuji, Teddy. Děkuji," pronesla Rosemary. Kývavé dveře vyhrkly Teddyho odchod a o chvíli později Stephenův návrat.

„Jsi v pořádku, matko?" Stephen se zeptal a přistoupil k její posteli.

„Cítím se o něco lépe. Omlouvám se, že jsem tě tak vyděsila. Samozřejmě tě znám. Jsi Stephen, můj chlapec."

„Kdybys mě neznal, už nikdy, tak bych..."

„Teď mlč. Byl to výpadek způsobený drogami. Ještě se z toho vzpamatovávám."

„Ano. Na denním světle vidíš věci jinak?"

„Vidím, Štěpáne, vidím, a budu se víc snažit, abych se uzdravila a mohla odsud vypadnout. Znovu začnu číst. Možná i znovu psát. Jednoho dne mě odsud pustí. Můžeš mi ukázat svůj život."

„Aby ses uzdravila, mami, musíš mluvit o tom, co se stalo. O všech těch letech. V knihovně.“

„Štěpáne. Stephene. Stephene. Stephen,“ Rosemary stále dokola opakovala jeho jméno. Stephen s ní zatřásl, ale byla pryč.

Pro Stephena bylo později obtížné se soustředit.

V mysli se mu opakovalo matčino jméno. *Stephen. Stephen. Stephen.* Vždycky ji teď slyšel, jak to říká. Každou noc. Každý den.

Volala jeho jméno a nikdy nevěděla, že se snaží odpovědět.

# KAPITOLA 42

Ribby seděl se zkříženýma nohama na podlaze knihovny. Její pozornost upoutala další kniha: *Všechno, co jste kdy chtěli vědět o černé magii (ale báli jste se zeptat)*. Zasmála se názvu a siluetě chlapíka na zadní straně obálky.

To je ale pitomec.


*Zajímalo ji, co Teddy Anglofon dělá s těmito podivnými knihami?*

Řekl, že tohle je moje knihovna.

*Ano, to je taky divné. Proč by je dával do vaší knihovny.*

Je tu spousta knih, nemohl přece vědět, které z nich budou vyčnívat, abych se do nich chtěla podívat.

*Tyhle dvě tě přitahovaly okamžitě. Skoro jako by byly osvětlené.*

Ach, děláš z toho příliš velkou vědu. Jen poslouchej:

*I ty se můžeš stát expertem na hexing. Stačí jen vytrvat. Nejprve si vyber subjekt, na který chceš kletbu umístit.*

*Pozor: hexy jsou negativní věci. Neukládejte kletbu na někoho, koho máte rádi (pokud se nejedná o vztah lásky a nenávisti nebo pokud vás nebaví vidět někoho, na kom vám záleží, jak se trápí).*

*Jakmile si vyberete svůj subjekt, začněte sbírat jeho osobní artefakty. Vlasy z hřebenu, kartáče nebo polštáře. Nehty. Nehty na nohou. (Pozor: vyřazené, prosím!) Prsteny. Hodinky. Nedávejte na sobě nic znát. Nezapomeňte je schovat na bezpečné místo.*

*Zvláštní poznámka: Nacvičte si před zrcadlem, jak budete reagovat, až se vás zeptají: „Neviděl jsi moje hodinky?". Zvláště pokud nejste zrovna dobrý lhář. Vždy mějte připravenou odpověď. Alibi. Připravte se na to, že budete házet špínu.*

*Ribby se pokusil nalít další sklenku šampaňského: láhev byla prázdná.*

Vložila ukazováček do stránky, kde skončila. V domě bylo ticho, na její vkus až příliš. Vykradla se po schodech jako zlobivé dítě a celá oblečená vlezla do postele.

*Jaká to lehkost.*

„Probuď se, Ribby. Tady Stephen. Probuď se.“

Ribby se přikryla a čekala, že najde Stephena, ale ten tam nebyl.

*Byl to sen. Škoda.*

Hlava jí třeštila. Pot jí stékal z čela na obálku knihy. Na vratkých nohách ji nesla chodbou do koupelny. Skvrna už se usadila. Použila hadřík na obličej, aby ji vymazala.

Vytáhla fén a zaměřila se na vlhké místo. Vrátila se do svého pokoje a položila knihu na noční stolek, aby uschla.

Teď, když už se neměla na co soustředit, nevolnost stoupala a způsobovala, že se kývala ze strany na stranu. Zhluboka se nadechla a snažila se zahnat potřebu zvracet, ale nešlo to. Vyběhla na chodbu, jen tak tak to stihla. Když si vypláchla ústa a vyčistila zuby, cítila se o něco lépe.

Protože jí stále třeštila hlava, vrátila se do svého pokoje. Vlezla si zpátky do postele a přetáhla si peřinu přes hlavu.

# KAPITOLA 43

Protože nemohl spát v motelovém apartmá, Anglofon byl posedlý Angelou. Měl toho hodně na práci a čas utíkal. Nejdřív ji musel oznámit světu jako svou novou knihovnici a zamýšlenou manželku. Už teď mu učarovala, snadno se nechala ovládnout a jeho potřeba po ní den ode dne rostla.

Celé roky hledal vhodnou partnerku: pozemského anděla. Jeho Angela tomu odpovídala. Její obětavost vůči dětem v nemocnici, její naivita vůči mužům. Nemluvě o tom, že byla bezpochyby pětatřicetiletá panna. V dnešní době prakticky neslýchané. Ideální kandidátka na studii pro jeho novou knihu. A přesto, až se vezmou, až... přemýšlel, jestli se z ní vyklube stejná jako z ostatních.

Zapnul televizi a zbytek noci strávil sledováním repríz seriálu *Supernatural.*

# KAPITOLA 44

Druhý den ráno se Stephenovi rozezvučel pager. Volal ho pan anglofon. Stephen jedno pípnutí ignoroval, ale pak se ozvala dvě dlouhá pípnutí a nakonec další tři. Ze zkušenosti věděl, že nechat Anglofona čekat není rozumné.

„Píííííííííííííííííííííííííííííííííííííííííííííííííííííííííí.“ Pan Anglofon ztrácel trpělivost.

Stephen zasténal. Nemohl si dovolit přijít o práci se vším všudy.

„No dobře,“ zařval Stephen, když za sebou zavřel dveře motelu. Zašel za roh a zjistil, že na něj pan Anglofon čeká vedle limuzíny.

„Pane, omlouvám se, že jsem vás nechal čekat, pane,“ řekl Stephen.

„Pospěšte si, nemohl jsem v tomhle zatraceném motelu spát a chci se dostat domů, abych se vyspal ve vlastní posteli. Tak pojď. Pro vaši matku už nemůžeme nic udělat.“

Stephen otevřel Anglofonovi dveře. Počkal, až si zapne bezpečnostní pás, a pak se vrátil na místo řidiče. Nastartoval a rozjel se. Podíval se na Anglofona do zpětného zrcátka. „Před chvílí jsem volal do nemocnice, zdá se, že se matce daří lépe. Říkali, že se dobře vyspala a že snědla nějakou snídani.“

„Je v nejlepší péči,“ řekl Teddy.

„Děkuju za to, že jsi mi to řekl.“

„Není zač, Stephene.“

# KAPITOLA 45

Uplynuly týdny, které se brzy změnily v měsíce.

Anglofon byl většinu času pryč. Když byli s Ribby spolu, žádala o věci, o kterých si myslela, že jí zpříjemní život.

„Chtěla bych se naučit řídit,“ ptala se při večeři.

Anglosas si ubrouskem osušil koutek úst. „Ale ty už máš k dispozici řidiče.“ „To je pravda.

„Většinu času je s tebou pryč,“ odtušila.

*Neptej se ho, řekni mu to. Řekni, že se k smrti nudíme. Řekni, že jsme…*

„Nech mě o tom přemýšlet,“ odpovídal. Nikdy to neudělal.

Přes den trávila Ribby většinu času v knihovně. Přesouvala věci, přeuspořádávala je. Ale bylo to tiché a osamělé místo. Něco na tom, že tam byla, způsobovalo, že se cítila ještě osamělejší. Bylo tu příliš ticho a ona toužila po uklidňujících zvucích fontány v Torontu.

Ribby už neřekl nic o tom, že by se měl učit řídit. Až se příště vrátí, měla v hlavě jiné požadavky.

„Chtěla bych si objednat nějaké věci, do knihovny. Myslím hlavní knihovnu," žádala.

„Cokoli si vaše srdce přeje," odpovídal Anglofon.

„Koupím počítač, notebook..." ‚A co?' zeptala se.

„To není potřeba. Můžeš používat počítač v Tibblesově kanceláři." Napil se kávy. „TIBBLES!" Přišel jeho sluha. „Nechte slečnu Angelu použít počítač ve vaší kanceláři, kdykoli si bude chtít objednat věci pro knihovny."

„Ano, pane," odpověděl Tibbles. Podíval se na Ribbyho, uklonil se a odešel.

Následujícího dne Ribby požádal o použití počítače a byl uveden do Tibblesovy kanceláře. Celou dobu stál za ní a jí dělalo potíže se soustředit, natož něco objednat. Nakonec se toho nápadu vzdala.

Při jiné příležitosti u večeře se zeptala: „Chtěla bych si objednat auto, které mě odveze do nemocnice Simcoe, abych mohla navštívit nemocné děti." „A co kdybychom si objednali auto?" zeptal se Tibby.

„Je to taková malá nemocnice, nic takového, na co jsi zvyklá. Kromě toho máte knihovnu a vaše povinnosti se budou zvyšovat, až se budeme připravovat na zahájení znovuotevření," odpověděl Anglofon.

*Stejně se mi tam nechtělo.*

Smutný, když byl pryč, a smutný, když se vrátil. Její nový život nebyl takový, jak se zdálo.

# KAPITOLA 46

Tibbles tentokrát čekal venku, když se vrátil Anglofon.

Po Stephenově odchodu se Anglophone pokusil odejít zcela oblečený.

„Jsem plný fazolí, Tibblesi.“

„To určitě jsi, ale proč?“

„Ach, věci se vyvíjejí k lepšímu. Zasvětím tě do toho později.“

Tibbles trval na tom, že svého pána svlékne. Nahradil je Anglofonovým oblíbeným červeným saténovým pyžamem.

Jakmile se jeho pán usadil pod peřinou, Tibbles uvedl do chodu hudební skříňku. Z přístroje se rozezněl refrén *Ukolébavky a Dobrou noc* .

*Pět dechů by mělo stačit*, pomyslel si.

Tibbles sebral Anglofonovy šaty a odešel z pokoje. Podíval se na hodinky. Na přání jeho pána měla za pár hodin nastoupit nová dívka. Vrátil se do svého pokoje.

# KAPITOLA 47

Ribby zívl a protáhl se. Nad ní na stropě se v nekonečných kruzích procházely obrazce postav připomínající duchy. Zvědavě je pozorovala.

*Cítíš se tu jako doma, uvolněně, ale musíš se mít na pozoru. Buď opatrná, protože Teddy není princ z pohádky. Je to spíš kouzelný dědeček.*

Je to nezdvořilé a ty jsi paranoidní.

Ribby si očichala podpaží a pak zamířila do sprchy. Oblečená a fénující si vlasy Ribby znovu přemýšlela o Martě.

*Jak se ti po té staré tašce může stýskat?*

Ať se děje, co se děje, pořád je to moje máma.

*Jsi příliš důvěřivá! A někdy jsi sentimentální blázen.*

Mám pocit, že bych jí měla zavolat. Byla si jistá, že se to zvrtne.

*Ví, kde jsi; když tě bude potřebovat, zavolá.*

Ribby se vrátil do pokoje a podíval se z okna. Vedle limuzíny zahlédla Stephena.

Její myšlenky přerušilo zaklepání na dveře. „Kdo je to?"

„Přejete si dnes ráno posnídat ve svém pokoji, slečno?"

„Je pan Anglofon ještě pryč?"

„Vrátil se, ale je indisponován. Protože večeříte sama, chtěla byste raději jíst na zahradě?"

Ribby otevřel dveře a našel mladou dívku s přátelskou tváří. „To je skvělý nápad. Jste tu nová, že? Jak se jmenuješ?"

„Ano, jsem. Jsem A-Abbeyová, slečno. Jmenuji se Abbey."

„No, Abbey, ráda vás poznávám." Ribby se odmlčela, protože slyšela, že se k ní někdo blíží. Byl to Tibbles.

„Mohu vám pomoci?"

„Ne, děkuji. Abbey má všechno pod kontrolou."

Tibbles pohlédl Abbeyiným směrem a dívka se zachvěla. Pak se s úklonou rozloučil a zmizel za rohem.

„Je to můj první den. Děkuji vám, slečno."

„Proč?" Ribby se s úsměvem zeptala. „Protože jsme tu obě dost nové — můžeme se učit společně." Pozvala dívku do svého pokoje.

„Všechno připravím, slečno. Za patnáct minut?" Abbey se zakřenila. Když Ribby znovu promluvil, její oči se usmály.

„Ano, brzy tam budu," řekla Ribby a zavřela za sebou dveře. Vyzvala Abbey, aby se posadila a připojila se k ní.

*Je to pomocnice, Ribby, nebuď směšná.*

„Ale, slečno, já nemůžu,“ řekla dívka a očima těkala ze strany na stranu, jako by čekala, že se Tibbles každou chvíli objeví.

„Ani kdyby to byl rozkaz?“ Ribby na ni mrkl.

*Snažíš se tu holku vyhodit?*

„Slečno, to by nebylo správné. Tibbles je můj nadřízený,“ zašeptala.

„Já tomu rozumím. Co Tibbles neví, mu přece neublíží, ne? Zítra mi přines snídani do pokoje, pokud pan Anglofon nebude večeřet.“

„Bude mi potěšením,“ ulevila si Abbey.

*Nežádej pomocníky, aby jedli s tebou. Hlupák jeden. Tibblese taky nemůžu vystát, ale je to Anglophonova pravá ruka.*

To je mi jedno.

*Jen říkám, že se to Teddymu drahému nebude líbit.*

Překročím ten most, až se k němu dostanu.

# KAPITOLA 48

Po několika hodinách spánku Anglofon zavolal Tibblese.

„Večírek! Dnes večer. Tady. Dnes. Catering. Tady je seznam hostů. Řekni jim, že se musí zúčastnit... Myslím všechny, kteří jsou kýmkoli. Pozvánky okamžitě doručte kurýrem nebo osobně. Můj šofér je vám k dispozici. Obvolejte těchto deset nejlepších hostů. Musí se zúčastnit. Rozuměli jste?"

„Ano, to se stane. Takže jste se rozhodl, že ona je ta pravá?"

„Čekal jsem na správné načasování a dnes večer je ta správná noc. Cítím to v kostech. Je čas říct všem a všemu o znovuotevření knihovny. Zároveň představíme naši novou hlavní knihovnici, mou snoubenku."

„A slečna Angela, mám ji informovat o vašich plánech?"

„Je si vědoma mého záměru oznámit její nové místo a naše zasnoubení." ‚Ano,' odpověděl jsem.

Tibbles načechral polštář a nahradil ho za Anglofonovou hlavou.

„Chci ji tím vším překvapit. Řekni módnímu týmu, aby tu byl v pět hodin odpoledne - ne dřív a ne později. Večírek začne přesně ve 20 hodin. Těm, kteří přijdou pozdě, nebude umožněn vstup. Ujistěte se, že chápou, že PROMPT znamená PROMPT," řekl Teddy. „Zatím jsem příliš nažhavený, ale potřebuji si odpočinout. Nechte mě prosím do tří hodin. V té době připravte pro mě a slečnu Angelu na zahradě odpolední čaj."

„Ano, pane," uklonil se Tibbles. „Chtěl byste, abych vám natočil hrací skříňku, abych vám pomohl usnout?"

„Samozřejmě, samozřejmě, Tibblesi. Děkuji vám. Tři otočení by měla stačit, koneckonců je to jen zdřímnutí."

Po natažení hrací skříňky se Tibbles uklonil a odešel z pokoje. Mumlal si pro sebe, když cestou ze schodů kontroloval zábradlí, jestli se na něm nepráší.

Žádný tam nebyl.

Tibbles se posadil v předsíni a procházel detaily večírku. Už si domluvil dodavatele jídla. Všechno se dávalo dohromady.

O něco později se Anglofon snažil usnout. Ozvala se jeho soukromá linka. Čekal, až se ozve záznamník. Když se tak nestalo, vstal z postele, aby ji zvedl.

„Ahoj, Teddy,“ řekla Marta. „Vím, že jsi říkal, že ti mám na tuhle linku volat jen v případě nouze.“

„Poslouchám.“

„Potřebuji tvou pomoc.“

„Jak to?“ Teddy se zeptal.

„Jsem ve vězení, obviněný z vraždy své sestry a muže, který ji znásilnil. Přísahám, že jsem to neudělal. Přísahám.“

„Rozumím ti, ale nevím, jak ti můžu pomoct. Mám ti najmout právníka?“ Anglofon se rozkročil. To, že mu zkrátili spánek, ho rozčílilo.

„Volám ti, protože kvůli tomu jdu k zemi. Přiznávám vinu a můj právník říká, že to nebude trvat dlouho, než mě soudce odsoudí.“

„Jak mohou mít tvoje potíže něco společného se mnou? Jsem zaneprázdněný muž.“

„Před čtyřiatřiceti lety jste sbalil mladou dívku. Byla celá promočená. Uvízla pozdě v noci na silnici." ‚Cože?' zeptal jsem se.

„Ne, nemám ve zvyku vyzvedávat pasažéry ve své limuzíně." ‚Ne,' řekl jsem.

„Vy jste řídil. Aha, vy si to nepamatujete. Ale já si vzpomínám. Byl jsem to já. Vyzvedl jsi mě a společně jsme... Jsi Ribbyho otec." ‚Ano,' řekl jsem.

Anglofon nevěřícně padl zpátky na postel. Lámal si hlavu a snažil se vzpomenout. Byl to trik. Věděl, že to byl trik. „Jaké auto jsem řídil?"

„Byl to Mercedes Benz. Šedý."

*Byla to pravda.*

„Té noci jsi mi zachránil život více způsoby. Musíš mi věřit. Musím vědět, že se o ni postaráš. Je to tvoje dcera. Uděláš to pro mě? A slíbíš mi, že jí nikdy neřekneš, že jsem tady?"

„Nevím, co na to říct. Nemám slov." Přešlapoval na místě. „Proč se přiznávat k něčemu, co jsi neudělal? Proč bránit vlastní dceři, aby tě navštívila?"

„O víc tě nežádám."

„Nech to na mně. Nech mě o tom přemýšlet. Jestli je to moje dcera..."

„Je. Určitě." Odmlčela se. „A děkuji."

Anglofon zaklapl telefon.

*Ta drzá coura. Jak se mi to opovažuje dělat?*

Teddy nemohl spát. Hlava mu třeštila. V určitých ročních obdobích měl sklony k migrénám a Marthiny zprávy mu přivodily pořádný šok.

Zavolal Tibblesovi.

Tibbles si okamžitě všiml, v jakém stavu se jeho pán nachází. „Tak, tak," řekl, "za pár hodin bude všechno lepší." Nabídl mu šňupec whisky a tabletku na spaní. Anglofon ji vypil jedním douškem a pak sklenici přistrčil zpět svému sluhovi.

Když se Anglofon uklidnil a ztichl, Tibbles zavinul hrací skříňku a uklidil pokoj.

„Ještě něco, pane?"

Anglophone už tvrdě spal.

Tibbles se usmál a zavřel za sebou dveře.

Tibbles si dvakrát zkontroloval seznam úkolů na večírek a přitom myslel na svou nejnovější zaměstnankyni Abbey. Předtím si všiml dvou mladých žen, které si šeptaly. To mohlo být dobře nebo špatně. Věděl, že není oblíbený, a přesto jeho oddanost anglofonii neznala mezí.

Abbey přišla s vysokým doporučením z jedné domácnosti ve městě. Místní dívka, o níž doufal, že na slečnu Angelu dohlédne.

Když ji našel v zahradě, byl zvědavý a rozrušený. „Slečno Angelo, jak jste přišla na to, že dnes snídáte na zahradě?" ,Ano,' zeptal se.

„Byl to m-m-můj nápad," přiznala Abbey a přerušila ho. „Je tak krásné ráno!"

Tibbles se na ni podíval křížem a dál se věnoval Ribbymu. „Odpolední čaj bude také v zahradě. Pan Anglofon chtěl, aby to bylo překvapení— tak se prosím chovejte překvapeně. Připojí se k vám."

„Ach, promiňte. Člověk nemůže dost dobře večeřet venku, když je hezké počasí jako dnes," řekl Ribby a mrkl na Abbey.

„Tak dobře," řekl Tibbles a omluvil se.

„Uf! To bylo o fous," řekla Abbey a otřela si čelo.

„Neboj se, Abbey, já si se starým dobrým Tibblesem poradím. Vymýšlej dál. Přimluvím se za tebe u pana anglofonního."

„Děkuji, madam," řekla a nedokázala skrýt vzrušení v hlase.

„Žádná taková ta slečna nebo paní Abbeyová, ne když jsme sami. Jsme přece přátelé."

„Přátelé," řekly obě dívky jednohlasně.

*Ucpěte mi pusu lžící.*

# KAPITOLA 49

Anglofon se probral ze spánku a přivolal Tibblese.

Za normálního dne zatáhl Anglofon za přivolávací šňůru jednou. Pokud se jednalo o naléhavý případ, zatáhl za šňůru dvakrát. Dnes za ni zatáhl třikrát.

Tibbles zakopl o vlastní nohy, když se vrhl po chodbě. Přál si, aby mohl létat. V náručí nesl všechny své plány a potvrzení na večírek sezony. Všechno bylo dokonalé. Dokázal víc, než si předsevzal. Účast všech společenských osobností byla potvrzena. Nemohl se dočkat, až ho Anglofon zasvětí do podrobností.

Tibbles zaklepal a pak strčil hlavu dovnitř. Anglophone byl stále v posteli. Přikrývku měl vytaženou až ke krku a na tváři mléčně bílou pleť.

„Tibblesi, není mi dobře, vůbec ne. Motá se mi hlava a bojím se, že…“ Anglofon se nadechl.

„Promiňte, pane,“ přerušil ho Tibbles, „mohl bych vám přinést další prášky?“

„Ne, ne, Tibblesi. Tohle není ten druh bolesti hlavy, který by v dohledné době zmizel. Po zbytek dne budu mimo provoz. Chci být sám. Ve tmě.“

„Ale dnes večer, pane,“ namítl Tibbles. „Večírek.“

„Zrušte to.“

„Ale...“

„ŘEKL JSEM, AŤ TO ZRUŠÍME!“

„Dobrá, pane,“ řekl Tibbles a kousl se do hněvu v hrdle, když se vykláněl z místnosti. Zavřel dveře a odešel.

Tibbles zavolal Vivce Hartmanové do Místního hlasu. Požádal ji o pomoc při šíření informací.

„Udělám, co budu moct, abych pomohla,“ řekla paní Hartmanová.

„Děkuji,“ odpověděl Tibbles.

# KAPITOLA 50

Viveca ukončila hovor s proslulým sluhou Theodora P. Anglofona, Tibblesem. Spěchala do kanceláře městského redaktora Franka Munsona a sdělila mu nejnovější zprávy.

„Takže mi to chceš říct," řekl podsaditý Munson a pokuřoval ze svého doutníku. „Ta anglofonní akce na poslední chvíli byla zrušena?"

„Anglophone je nemocný."

„Viděl jsem ho po městě a je zdravý jako řípa. Říká se, že si to rozdává s mladou dívkou, kterou si přivezl z města. Bydlí u něj. Bůhví, co má Anglophone za lubem," řekl Munson, pak vyfoukl kroužek kouře a sledoval, jak se rozptyluje.

„No, na to si budeme muset počkat. A až to přeloží, určitě se tam dostanu a seženu ti sólokapra. Možná si tu holku prohlédnu. Zajímalo by mě, jestli ví o anglofonní historii?" ‚Ano,' odpověděla.

„Za tu poslední vraždu ho nikdo nemohl obvinit, ale byl v podezření. Nebýt jeho peněz, kterými všechny podplácel, obvinili by ho. Koneckonců, ta žena byla zavražděna v jeho prostorách. Oni dva byli jediní, kdo měl klíče od knihovny. Také vypadal provinile jako čert. Já bych třeba tenhle případ určitě rád rozlousknul a té ženě se dostalo spravedlnosti.“

„Můj táta měl pocit, že Anglofon určitě něco skrývá. Pravdu se nejspíš nikdy nedozvíme,“ řekla Viveca s výčitkami. „Tahle nová holka tam nahoře s ním, to se mi nelíbí.“

„Chudák holka!“ Munson už nedokázal skrývat vzrušení z této nové informace. „Pojďme tam a uvidíme, co se dá zjistit. Hele, proč se nezačneš procházet tamtudy, jestli ji nezahlédneš. Zjistěte, jaká je situace. Dokážeš to, Hartmane?“

„Udělám, co budu moct. Chci, aby to bylo nenápadné,“ řekla Viveca přesvědčeně.

„Jestli někdo dokáže zjistit, co se děje, tak jsi to ty,“ řekl Munson a típl zapálenou část doutníku.

„Tvoje žena je pořád ještě dává na příděl?“ Viveca se s úsměvem zeptala.

„Ano, ale co neví, to jí neublíží.“ Mununson se usmál.

„Righto.“ Viveca zamířila k východu.

Munson schoval částečně vykouřený doutník zpátky do celofánového obalu. „Jo, a jednou denně mi o tom podávej hlášení — zkusíme toho s.o.b.a přibít.“

„Ano, pane.“ Viveca za sebou zavřela dveře.

Z rozhovoru s Munsonem měla neuvěřitelnou radost, protože měl velkou důvěru v její schopnosti.

Přišla sice bez větších zkušeností, ale s konexemi a silnou touhou stát se reportérkou. Od korektur se propracovala až na společenskou stránku, ale chtěla víc.

*Tohle je moje šance a nehodlám ji promarnit!*

Viveca, která bydlela sama ve dvoupatrovém činžovním domě v Port Doveru, nasedla do auta a odjela domů. Vyšla po schodech a přemýšlela o tom, jak je ráda, že žije sama. Plánovala si klidný večer.

Bylo pro ni nečekané, že se vrátí domů a najde tam tátu, jak na ni čeká. Její otec bydlel v Brantfordu, čtyřicet pět minut cesty odtud.

„Ahoj tati," řekla Viveca.

„Viv, ráda tě vidím. Doufal jsem, že bychom dnes mohli zajít na večeři," řekl Frank Hartman. Zpoza zad odhalil velkou kytici květin. „Myslel jsem, že by mohly rozveselit váš stůl."

„Dneska jsou fazole na toastu, tati," řekla Viveca. Vstal a ona ho políbila na temeno plešaté hlavy.

„Tak to je gurmánské jídlo." Frank se také zasmál a ustoupil stranou, aby jeho dcera mohla projít a odemknout vchodové dveře. „Víš, Viv, kdybys svému drahému tátovi dala kopii klíče, tak bych nám mohl uvařit něco gurmánského a překvapit tě. Míchaná vajíčka na toastu."

Zasmáli se, šťastní, že jsou ve vzájemné společnosti.

„Ale tati," škádlila ho Viveca, "co kdybych měla rande? Ty by ses cítil hrozně, že tě ruším, a já bych se cítila provinile."

„Ach, kdybys měla rande, byl bych rád, kdybys šla ven. Jsem na tebe pyšná, Viv, ale myslím, že tě na té společenské stránce je škoda. Zasloužíš si víc."

„Já vím, já vím, tati," řekla Viveca, když házela pečené fazole do misky v mikrovlnce a nastavila časovač na dvě minuty. Strčila do toustovače dva krajíce chleba a stiskla páčku dolů. „Dvě minuty do večeře. Cabernet Sauvignon, ano? Nebo máš raději Chardonnay?" Když dvě minuty vypršely, zamíchala fazole a pak je na dalších třicet vteřin strčila zpátky do mikrovlnné trouby.

„Láhev piva by mi vyhovovala." Frank si otevřel plechovku piva. „Studené pivo a pečené fazole na toastu s HP omáčkou jako přílohou - víc gurmánské už to být nemůže!"

Viveca namazala toasty máslem a pak na ně nalila pečené fazole. Bylo to britské jídlo, oblíbené jídlo její matky. Často se o něj s otcem dělili. Aniž by vyslovila její jméno, bylo to, jako by její matka seděla u stolu s nimi.

Frank vytáhl ze zásuvky příbory a posadili se k jídlu.

„Tak co je u tebe nového?" zeptal se.

„Nic moc, kromě práce. Pracuju na novém příběhu. A co ty, tati? Co je u tebe nového?"

„Můj život je pořád stejný, ale ten nový příběh zní zajímavě. Pověz mi víc."

„Nerad s tebou mluvím o obchodech, tati. Určitě mi chceš říct něco zajímavého. Co se děje na tvé zahradě? Pořád tě stará dáma Warnerová honí po okolí?"

Frank odložil nůž a vidličku na okraj talíře. Vypil několik doušků piva.

„Promiň, teď jsem tě uvedl do rozpaků." Viveca si nalila do sklenice další víno a napila se. „Dobře, promluvíme si o mně. O práci. Můj příběh je o Theodoru Anglofonovi." ‚Cože?' zeptala se.

„O co mu jde tentokrát?"

„To je zvláštní, že to říkáš. Vídáš se s ním ještě často, tati?"

„V poslední době ne. Od toho incidentu v knihovně je to docela samotář. Jezdí do města, kde ho tolik neznají. Slyšel jsem, že u něj bydlí ještě jedna mladá dívka, Viv. Je to pravda?" Napil se dalšího doušku piva a upřel oči na Vivinu tvář.

„Je to pravda a můj šéf mě požádal, abych o ní něco zjistil."

Frank polkl a málem se udusil. „No, přece nechceš mít Anglofona za nepřítele, ne v tomhle městě, Viv. Takže postupuj opatrně. Pamatuj, že na med nachytáš víc much než na ocet. Staré přísloví, ale naprosto pravdivé." Odkašlal si, aby si pročistil myšlenky, a pak si vzal další sousto.

„Já vím, tati. Já tuhle příležitost taky nechci riskovat. Jak jsi říkal, potřebuju se dostat ze společenské stránky na něco jiného, na něco náročnějšího. Něco víc pro mě." Posunula si jídlo po talíři a myšlenkami zabloudila k vyhlídce na nový příběh, který by jí mohl změnit život.

„Pomůžu, jak budu moct. Ale vždycky jsem si myslela, že ta žena, která zemřela v knihovně, byla ze strany Anglofona nedbalost. Muselo dojít k nějakému utajení. Nedává to smysl, proč by někdo vykradl knihovnu a svázal ji. Možná jsme té ženě křivdili, když jsme ho nechali říct, co o ní řekl. Nikdy jsem se kvůli tomu necítil správně, i když jsme se s Anglofonem znali léta. Od té doby nebyl ve své kůži — běhal za ženami, přiváděl je zpátky. Vodil je ven, předváděl se s nimi jako s výstavními koňmi. Je to vyloženě ostudné," řekl a přičichl si, jako by se mu do nozder vetřel nepříjemný zápach.

„Já vím, tati. Díky za radu. Teď jsem unavený a chci jít spát. Zůstaneš tu přes noc?"

„Po dvou pivech bych určitě nechtěl řídit."

„Tak tedy pokoj pro hosty. Nádobí tu nech."

„Měl by sis pořídit myčku."

„Už ji mám! Dobrou, tati," řekla Viveca a políbila otce na tvář.

„Dobrou, lásko."

# KAPITOLA 51

Když se po snídani vracela do svého pokoje, zazvonil na chodbě telefon a Ribby ho zvedl.

„Stephene?" Ženský hlas se odmlčel. „Stephene?"

Ribby otevřela ústa, ale než stačila cokoli říct, Tibbles jí vytrhl telefon z ruky.

„Haló?" Tibbles čekal. „Tady je anglofonní rezidence." Někdo tam byl. Slyšel, jak dýchá. „Slečno Angelo, v tomto domě nemáte zvedat telefony. Vy jste, obyvatelka, a my jsme personál. Dovolte nám, prosím, dělat naši práci."

„Promiňte, Tibblesi."

Tibbles sevřel telefon v ruce. „Říkala ta osoba na druhém konci něco?"

„Nic," řekla Ribby a odešla.

„Kdybyste chtěla nějakou společnost, slečno, Abbey je vám k dispozici."

„Ne, děkuji. Chci se projít sama."

Jakmile odešla, Tibbles si znovu přiložil telefon k uchu. Mělce dýchal. „Rosemary?"

„Ano."

„Říkala jsem ti, abys sem nevolala."

„Já vím, ale jsem zoufalá. Musím se dostat z tohohle bohem zapomenutého místa. Začínám šílet.“

Tibbles přešlapoval a mluvil co nejtišeji. „Musíš ho prostě požádat, aby ti pomohl.“

„To jsem udělal a on mi nabídl, že mi pošle nějaké knihy. Nepotřebuju knihy, aby mě rozptýlily, potřebuju se odsud dostat. Mohl bych odjet do zahraničí. Nikdo by mě nepoznal.“

„Nemůžu ti pomoct. Musím jít.“ Pokynul jí, aby položila telefon.

„Počkej!“ Rosemary vykřikla.

Znovu si přisunul telefon k uchu. „Víš, co mi udělal.“

Tibbles zaváhal. „Musím jít. Už sem nezvoň.“ Zavěsil.

Tibbles přistoupil k přednímu oknu a vyhlédl ven. Ribby seděl v křesle na verandě. Vešel do kuchyně.

Myslíš, že bychom o tom telefonátu měli říct Stephenovi?

*Nejsem si jistý.*

Možná, že volající nemá rád ani Tibblese.

*Hm, v tom bys mohl mít pravdu.*

Ribby ukázala směrem k limuzíně. Když se k ní přiblížila, mohla si všimnout, že Stephen spí za volantem s šoférskou čepicí přes oči.

Ribby se naklonila otevřeným okénkem dovnitř.

Když už ho musíme probudit, udělejme to aspoň polibkem. Nikdo se to nedozví.

Odkašlala si. Přišel jsi o rozum?

*Podívej se na ty rty.* „Budíček, budíček,“ řekla Angela, když se Stephen pohnul a sundal si klobouk z obličeje.

Stephen udělal dvojí pohled.

„Před pár okamžiky se na tebe telefonicky ptala nějaká žena," řekla.

„Aha?"

„Tibbles mi ho vytrhl z ruky. Pak musela zavěsit."

Stephen sevřel volant.

„Řekla jen tvoje jméno."

„Řekl jsi mu, že se po mně ptala?"

„Ne."

„Děkuju, že jsi mi to řekl." Jeho ruka se dotkla Ribbyho lokte. „Ach, promiň."

„To je v pořádku." „Takže ty víš, kdo to byl?" odmlčela se a naklonila se k němu, zvědavost ji přemohla.

„Ano, slečno. Byla to moje máma."

# KAPITOLA 52

Tibblesova přísná a strnulá verze pavoučího smysla se rozechvěla. Byl si jistý, že Angela lhala, ale proč? Když Angela odcházela, přesunul se k oknu v předním pokoji. Dál ji pozoroval. Zastavila se, aby si popovídala se Stephenem. Zajímavé. Kdy se z nich stali přátelé? Nebo se spřátelili?

Pak si uvědomil, co se děje. Když slečna Angela zvedla telefon, ozvala se Rosemary. Vlastně vyslovila Stephenovo jméno a slečna Angela teď byla venku a předávala mu tu zprávu. A to bylo ještě zajímavější.

Tibbles si pomyslel, že nejlepší bude chlapce zaměstnat. Rozhodl se, že Stephenovi zadá nějaký úkol.

Anglofon se vyjádřil jasně. Nesměl být vyrušován. V pravý čas ho zasvětí. Možná by se hodila i pochvala nebo dokonce finanční odměna.

Tibbles pokračoval po domě a našel Abbeyho, jak usilovně utírá prach. Nabádal ji, aby šla ven a dělala slečně Angele společnost při procházce.

„Jestli šla ven sama, pane Tibblesi, slečna Angela chce být nejspíš sama.“

„Přikázala ti, aby ses k ní nepřipojoval?“ Tibbles ji pobídl, aby odložila utěrku na utírání prachu a sundala si zástěru.

„Ne, pane,“ řekla Abbey. Nohy se jí šouraly po cestě.

Tibbles na ni křikl: „Zvedni nohy, ty hloupá holko.“

Odvedl ji ke vchodovým dveřím a ven.

„Ano, pane Tibblesi,“ řekla Abbey.

Nemohla Angelu spatřit, a tak se zeptala Stephena, kde je.

Stephen ukázal. „Myslím, že chtěla být chvíli sama.“

„To jsem panu Tibblesovi řekla - trval na tom.“

Stephen se zasmál.

Stephen sledoval, jak Abbey odchází a přemýšlí o Tibblesovi. Není divu, že se v domě střídalo tolik zaměstnanců. Ostatní nebyli jako on. Ostatní nedlužili anglofonovi všechno. Bez Anglophone by si nikdy nemohl dovolit držet matku v tak drahém pečovatelském centru.

Jeho pohled sledoval Abbey, která se blížila k Angele, jež se teď dívala na vodu. Když se blížila k okraji, ochranitelský instinkt v něm vyvolal obavy, že by mohla spadnout.

Zazvonil mu telefon. Tibblesovo předvolání. Vydal se dovnitř.

„Stephene, potřebuju, abys vyzvedl pár věcí," řekl Tibbles a postavil se nad Stephena, aby si vynutil svou autoritu. „Pan Anglofon je indisponován. Tady je seznam."

Tibbles mu ho podal. Stephen se na lístek podíval, než si ho strčil do kapsy saka.

„Budeš mít něco na práci, když jsi volný."

„Žádný problém, pane Tibblesi." Stephen vyšel ven. Vezme si věci a hned se vrátí, až zkontroluje matku.

# KAPITOLA 53

Druhý den se Viveca rozhodla vydat do anglofonní oblasti. Zvolila vyhlídkovou trasu podél nábřeží. Otevřela okno a nasadila si sluneční brýle. Slunce bylo vysoko, mraků bylo málo. Podél silnice byly roztroušené polní květiny, fialové, žluté a modré.

Cesta byla docela příjemná, s malým provozem. Když zahnula za roh k místu s nejkrásnějším výhledem, všimla si mladé ženy, kterou nikdy předtím neviděla.

*To musí být ona.* Zpomalila až do plížení.

Druhá dívka se setkala s první. Mladší. Obě se pak objaly a kráčely po cestičce.

Viveca zastavila a zaparkovala auto pod velmi listnatým javorem. V botách na vysokém podpatku ušla kus cesty a zmenšila tak vzdálenost mezi sebou a oběma ženami. Když byla dost blízko, aby ji slyšely, vykřikla: „*Au!*" a sjela dolů.

Neslyšely ji. Zkusila to znovu. „POMOC!"

Obě dívky se otočily a zamířily k ní. Sáhla do kabelky a stiskla nahrávání. *Dobře, děvče, už jsou tady, tak ať to dobře dopadne.* Jednou rukou si třela kotník, aby zvedla krev na povrch, a druhou si otírala krokodýlí slzy.

„Potřebuješ sanitku?" Ribby se zeptal.

„Já jsem ale nemehlo," řekla Viveca. Pokusila se vstát. „Mám asi vymknutý kotník. Měla jsem představu, že tu zůstanu trčet celou noc a kolem mě budou výt kojoti, dokud jsem vás dva nezahlédla."

„To je ale představivost," řekla Ribby, když se sehnula, aby se podívala.

Abbey udělala totéž. Vypadala trochu rudě.

„Mimochodem, jmenuju se Viveca, Viveca Hartmanová." Natáhla k ní ruku.

„Já jsem Abbey a tohle je Angela. Ráda vás poznávám."

Kolem Viveciny hlavy prolétl racek a otravoval ji skřehotáním. Odháněla ho.

„Aha, můžu?" Abbey se zeptala.

Viveca přikývla.

Abbey se sklonila a několik vteřin ji masírovala. „Tak, už je to lepší?"

„Ano, díky," řekla Viveca.

„Kde máš auto?" Ribby se zeptal.

„Zaparkovala jsem ho támhle ve stínu." Abbey pomohla Vivecě, když se pokoušela vstát. Když se narovnala, řekla: „Jsem reportérka a dělám reportáž o přírodních zázracích. Slyšela jsem, že odtud je nádherný výhled."

„To je," řekl Ribby. „Příště byste si měla vzít vhodnější boty."

*Jo, jako když jsi šel celou cestu z knihovny.*

Sklapni.

Pomohli Vivce do auta.

„Ráda jsem tě poznala a moc ti děkuju, že jsi pomohl téhle dámě v nesnázích. Tady je moje vizitka, kdybys mě chtěla někdy kontaktovat."

„Děkuji. Jste si jistá, že můžete řídit?" Abbey se zeptala.

„Ano, děkuji. Aha, když už je to blízko, zajímalo by mě, jestli holky víte něco o knihovně. Slyšela jsem, že by se mohla zase otevřít?"

„Ne, nic o ní nevíme," řekla Ribby.

„No, je už léta zavřená. Za podezřelých okolností. Člověka to nutí přemýšlet o novém knihovníkovi."

„Co tím naznačujete?" Zeptal se Ribby.

„Jen mě zajímá, jestli ona, tedy ta nová Knihovnice..."

„Proč si myslíš, že nová Knihovnice je žena?" Ribby se zeptal.

„Aha, pověsti. Určitě bych si s ní rád promluvil. Možná dokonce udělat rozhovor pro noviny."

„Je mi líto, ale nemůžeme vám pomoct. Musíme se vrátit. Hodně štěstí s vaším článkem."

„Doufám, že se ti kotník brzy uzdraví," dodala Abbey.

„Ach ano, díky za pomoc. Doufám, že se zase někdy uvidíme."

Jakmile Viveca nastoupila do auta, Abbey a Ribby odešli.

„Velmi zvláštní," řekla Ribby a ohlédla se přes rameno.

„Už bych o tom nepřemýšlela," odpověděla Abbey.

„Já vím," řekla Ribby se svraštělým obočím. „Mám pocit, že už věděla, kdo jsem. Jako by byla na rybářské výpravě."

„Máš pravdu, ale teď už je pryč. Kromě toho se vsadím, že Tibbles tam vzadu na mě čeká. Myslím, že nečekal, že budu tak dlouho pryč z domu."

„No jo, chtěl, abys mě sledoval. Jsi jeho malá špiónka," řekla Ribby a položila Abbey ruku na rameno.

„To bych nikdy neudělala," řekla, zděšená tím návrhem.

„Samozřejmě, ale on neví, že jsme kamarádky."

„No, já mu o té reportérce rozhodně říkat nebudu."

„Dám panu anglofonovi vědět, že jsme ji tady nahoře potkali. Tibblesovi do toho nic není."

Obešli cestičku vedoucí ke vchodu do sídla a vešli dovnitř.

# KAPITOLA 54

Stephen přijel do nemocnice a požádal o schůzku s matkou. Jeho žádost byla zamítnuta. Rozčílil se a způsobil scénu.

Dva urostlí zaměstnanci typu vyhazovače ho zezadu zvedli ze země a vyvedli ho z areálu.

„Zavolejte mému zaměstnavateli, panu Theodoru Anglofonovi. Zavolejte ho!"

„Jistě, to uděláme," řekl menší z obou mužů, když Stephenovo tělo s žuchnutím dopadlo na asfalt.

Jeho pneumatiky zaskřípěly, když se odlepil od nemocnice. Podlahou se vracel až na panství. Bylo mu jedno, kolik kamenů se od auta po cestě odrazí.

Viveca udeřila rukama do volantu. Její plán nevyšel. Doufala, že celou dohodu nezpackala.

*Musím tu holku varovat, takže si budu muset promluvit s tátou a zjistit, jestli mi pomůže, abych se dostala do hry, pomyslela si Viveca. Jestli budu takhle pokračovat, nikdy mě nepovýší.*

Nastavila si telefon tak, aby se všechny hovory automaticky přepínaly na hlasitý odposlech. Když vyjížděla z parkovacího místa pod stromem, posunula si sedadlo blíž. Už téměř celou cestu zpátky jí zazvonil telefon a otevřela linku.

Přijíždějící limuzína s černým pruhem přejela středovou čáru a vjela do jejího jízdního pruhu.

Řidič limuzíny vytřeštil oči a zatočil volantem současně s ní. Obě auta se minula na centimetr od sebe.

„Páni! Pozor! Ty bláznivej parchante!" Viveca vykřikla.

„Doufám, že nemluvíš na mě," řekl Munson.

„Hm, ne, šéfe, to byl anglofonní šofér. Málem mě sejmul!"

„Co je s ním?“

„To netuším, ale určitě jsem rád, že jedeme opačným směrem.“

„Tak co, našel jsi ji?“

„Našel.“

„A?“

„Udělal jsem z toho takovou malou inscenaci. Předstíral jsem, že jsem si vymkl kotník.“

„Ach jo. Sežrala ti to?“

„Vypadalo to dost přesvědčivě.“

„A jaká byla?“

„Jmenuje se Angela. Vypadala mile, i když naivně.“

„Takže žádná společenská šplhounka? Nebo místní?“

„Ne, vůbec ne. Je jiná. Myslím, že je jí kolem třiceti, je tichá, málomluvná. Doufám, že jsem moc netlačil na pilu a neodradil ji.“

„Sakra, Viveco, tvůj výcvik na sociálních stránkách by tě měl naučit, jak zvládat ošemetné situace. Doufám, že jsi to nepokazila, a pokud ano, tak to naprav.“

„Jasná věc, šéfe,“ řekla, když se odpojil. Zamířila domů.

V domě se Stephen rozhodl jít rovnou dovnitř a vyzpovídat se Anglofonovi. Kdyby se postavil čelem a přiznal svou nerozvážnost, měl by pro něj Anglofon pochopení. Anglofon měl pro jeho matku slabost. Pomohl by mu to vyřešit.

Na druhou stranu, kdyby se zmínil o telefonátu, prozradil by slečnu Angelu; že za ním přišla a řekla mu o tom hovoru.

*Takže se o tom hovoru nemůžu zmínit. Budu mu muset říct, že jsem měl pocit, že je máma v nebezpečí. Synův instinkt. Musel jsem za ní tehdy a tehdy jít. Anglofon mi to jistě dokáže odpustit.*

Stephen vešel dovnitř. Nikde kolem nikdo nebyl. Vrátil se na své místo.

# KAPITOLA 55

Anglofon se probudil a zařval na Tibblese.

Tibbles byl v kuchyni a vyslýchal Abbeyho. Jeho pozornost odvedlo neustálé zvonění Anglofonova zvonku.

Tibbles ukázal Abbeymu prstem do obličeje. „Ještě jsme neskončili! Nehýbej se! To je rozkaz!"

Když dorazil k Anglofonovým dveřím, něco tvrdého se uvnitř rozbilo. Tibbles strčil do dveří a jaký pohled se mu naskytl.

Více než obvykle netrpělivý Anglofon sundal ze stropu zvonkový přístroj. Seděl tam, rudý ve tváři mezi omítkou a sutinami.

„Omlouvám se, pane," řekl Tibbles.

Anglofon se na něj zadíval a vykřikl. „Samozřejmě, že jsi Tibbles. Vždycky se omlouváš, ale to je vedlejší. Teď mi řekněte, proč mi z nemocnice volali na moje soukromé číslo a stěžovali si na jednoho z mých zaměstnanců?" Pro efekt se odmlčel, a když se nedočkal žádné Tibblesovy reakce.

„JÁ, JÁ..."

„Stephen způsobil pěkný rozruch."

„JÁ, JÁ..."

„Ty Tibblesi, co mi k tomu chceš říct? Proč posíláš můj personál na galejnické výpravy v *mém čase?* Nebo můj šofér odjel z mých prostor z vlastní vůle? Vysvětli mi to, člověče!"

„Já, potřebovali jsme nějaké věci do domácnosti. Byl jste indisponován. Stephen byl volný. Měl konkrétní instrukce. Netušila jsem, že zneužije mé důvěry." Odmlčel se. Po čele mu stékal pot. „Vaší důvěry. Je to impertinent...."

„To je, ale ty, Tibblesi, jsi neohrabaný hlupák! Teď káral Štěpána. Dejte mu na příštích čtrnáct dní práci při sekání trávy a sežeňte mi jiného řidiče, který ho nahradí. A snížit mu plat. Dostane o padesát dolarů nižší plat a ty jako jeho komplic taky. Sežeň sem někoho a oprav to... a nezapomeň na prášky na spaní. A teď jdi, než to vydělám na sto!"

O něco později Ribby tvrdě usnula na podlaze knihovny v domě a její postavu rámovaly otevřené knihy.

Prášky na spaní, které jí Anglofon požádal, aby jí Tibbles nasypal do čaje, byly účinné. Potřeboval jen pár minut na to, aby si vzal vzorek, zatímco budou opravovat jeho pokoj, a pak bude vědět, jestli je Angela jeho dcera.

Anglofon stál nad ní, díval se na ni a toužil po ní tak moc, až ho to bolelo. Nemohl být otcem téhle dívky. Bylo to nemožné. Už jen ta představa, že by ho mohla přitahovat jeho vlastní krev...

Když se na ni díval, vrátila se mu vzpomínka na Martu. Řekla mu pravdu. Už se kdysi setkali. Proč, dokud se o tom nezmínila, si na ni nevzpomněl? Vzpomínky byly takové, jak člověk stárnul, přicházely a odcházely bez jakéhokoli důvodu.

Pohladil Ribbyho po vlasech a přemýšlel. Dál se dotýkal hřbetu její ruky, když jí vyhrnul rukáv blůzy.

Lahvička čekala a jehla byla připravená.

*Probuď se, Ribby. Probuď se! Ten starý bastard je. Je....*

„Má drahá, Angelo," zašeptal Anglofon, když jí zabodl hrot jehly do žíly. Krev stékala do lahvičky. Podíval se na její ránu, sklonil se nad ní a jazykem olízl otevřenou bolístku. Krev chutnala sladce, jako Angela. Cítil, jak mu tuhne v kalhotách, a věděl, že odtamtud musí vypadnout. Nerad ji viděl celou noc takhle nepohodlně ležet na podlaze.

Sebral vzorek a nalepil etikety na lahvičku. Zvedl její telefon, který ležel na stole.

Tibbles stál přede dveřmi, když Anglofon vyšel ven. „Vozidlo, které jste si objednal, čeká na instrukce."

„Moment." Anglophon zajistil vzorky do chladicí tašky. Podal je Tibblesovi. „Řekněte řidiči, ať jede rovnou do laboratoře. Už jsem informoval svůj kontakt v laboratoři, že to má vysokou prioritu. Očekávám okamžitou odpověď." Odmlčel se. „Až budete hotovi, odveďte ji do jejího pokoje. Jo a," podal Tibblesovi její telefon. „Schovejte ho na bezpečné místo, dokud vám neřeknu jinak."

Tibbles přikývl: „Schovával jsem ho, sem tam, jak jsi mě o to požádal, ale takhle to bude trvalejší." Pak zamířil ke vchodu do domu.

Anglofon se vrátil do svého pokoje. Měl hlad, ale pozdní odpolední čaj v zahradě to vyřeší. Mezitím si nedopřeje ani chvilku klidu, dokud nebude s jistotou vědět, jestli miluje vlastní dceru.

# KAPITOLA 56

Štěpána už nebavilo čekat, až sekera padne, zabouchl dveře auta a poté, co popadl tašku s věcmi, které Tibblesovi koupil, vtrhl dovnitř. Zastavil se uprostřed kroku, když narazil na Tibblese.

Tibbles zařval: „Tady jsi, ty imbecile! Okamžitě vlez do mé kanceláře!"

„Teď ne, ty troubo, jdi mi z cesty. Potřebuju mluvit s Anglofonem."

Tibbles zvedl ruku, aby dal Stephenovi facku.

Stephen úder zablokoval a oba muži se na sebe podívali. Stephen se několik vteřin držel Tibblesovy ruky a pak ji pustil.

Oba muži stáli z očí do očí a téměř se dotýkali nosy v souboji o to, kdo se vzdá první.

„Promiň, Tibblesi," řekl Stephen.

„To bych měl říct. Omluva se přijímá. Teď jdi do mé kanceláře a počkej na mě. Nejdřív si musím něco vyřídit, pak to můžeme vyřešit."

Tibbles vyšel z domu. Naklonil se k otevřenému okénku čekajícího auta a sděloval Anglofonovi pokyny. Auto se rozjelo. Tibbles se vrátil do své kanceláře.

„Posaď se, Stephene, prosím." Tibbles se několik vteřin procházel, než promluvil. „Pan Anglofon je velmi rozrušený. Zaprvé, je na mě naštvaný, protože jsem vás nechal, abyste se tu proháněl v jeho čase. Za druhé, je na vás naštvaný, protože si v nemocnici stěžovali na scénu, kterou jste způsobil. Co sis sakra myslel?"

„Měl jsem pocit, že matce není dobře. Musel jsem to zkontrolovat. Zjistit, jestli je v pořádku."

„Lži, samé lži," řekl Tibbles pod nosem. „Vím, že ti slečna Angela řekla o tom telefonátu. Odvažuješ se to popřít?"

Stephen se podíval na své nohy.

„Vaše chování vypovídá o všem! Takže když jsem tě požádal, abys šel pro nějaké věci, měl jsi v úmyslu zneužít mé důvěry."

„Je mi to líto, Tibblesi. Je mi to líto, ale musel jsem jít."

„No, pan anglofon tě na dva týdny suspendoval. Protože jsem do tebe vložil svou důvěru, strhl mi i plat. Navíc tady budeš dělat psí kusy — sekat trávník, dělat všechny úkoly, které ti přidělí. Musím najmout jiného řidiče. S trochou štěstí ten nový nebude tak drzý jako ty!" ,To je v pořádku,' řekl jsem.

„Mrzí mě, že ti byl snížen plat. Nemyslím si, že je to fér. Můžu si s ním o tom promluvit."

„To neuděláte."

„Zadržte mi plat, ale nenechávejte mě, prosím, bez vozidla. Nechte mě jít a promluvit si s ním. Budu ho prosit o odpuštění."

„Pan anglofon říká, že s vámi nechce čtrnáct dní mluvit. Pokud ho uvidíte, pokračujte v práci. Ukažte své odhodlání. Ukažte mu výčitky svědomí. Máme štěstí, že nás nevyhodil. Časem se věci vrátí do normálního stavu."

Tibbles zvedl telefon a Stephenovu přítomnost ignoroval.

Stephen, který nevěděl, co má teď dělat, si dal hlavu do dlaní. Tibbles si dál povídal do telefonu. Sklíčeně vstal a odešel z kanceláře. S pěstmi zaťatými hluboko v kapsách se vydal ven.

Několik hodin se toulal po okolí, kochal se výhledy a v duchu zvažoval různé věci.

Musel přijít na to, jak dostat matku z toho místa.

Musel najít způsob, jak být na Anglosasovi nezávislý.

Musel převzít kontrolu nad svým životem. Kdyby jen dokázal přijít na to, jak.

# KAPITOLA 57

Ribby otevřela oči. Nejprve nevěděla, kde je. Poslední, co si pamatovala, bylo, že si četla v knihovně.

Pokusila se posadit, ale bolela ji hlava a místnost se točila. Objala se a všimla si velké fialové skvrnité modřiny na paži. Snažila se vzpomenout si na příležitost, při které se modřina mohla objevit. Nepovedlo se jí to.

Angela si také nemohla na nic vzpomenout. Něco jí vrtalo hlavou. Slabá vzpomínka, nedosažitelná.

Jak se to mohlo stát?

*Nejspíš si do něčeho šlápla. Nebylo by to poprvé.*

Pravda, umím být nemotorná.

*Nedělej si s tím starosti. Máš důležitější věci na práci.*

Ribby ucítil narážku na smažící se rybu a odběhl na chodbu do koupelny, aby se mu udělalo špatně. Umyla si obličej a vypila pár doušků vody.

*Už je jí lépe?*

Myslím, že ano, díky.

*Kde je vlastně Teddy? Skoro to vypadá, jako by ztrácel zájem. Měla jsi ho jako na dlani.*

Je to zaneprázdněný muž.

Ribby se umyla a vyčistila si zuby.

*Kromě toho mu nebylo dobře.*

Angelu pořád něco štvalo. Něco, na co si málem vzpomněla, ale pak jí to vyklouzlo.

*Ale je to muž a musíš ho zaujmout. Trochu si zaflirtovat. Přidej trochu sexappealu. Nech ho hádat a doufat. Upozorňuji, že nenavrhuji, abyste to v dohledné době dotáhla do konce. Hrajte si s ním.*

Nemám moc zkušeností v oblasti mužů.

*Myslím, že je to v jádru starý nadržený chlápek.*

Chce, aby tu pro něj někdo byl. Někoho, na koho se může spolehnout.

*S těmi penězi by si mohl vybrat. Tak to nepokaž, chlapče, a když už, tak si to spočítej!!!*

Jsi tak nechutný.

„Slečno Angelo, slečno Angelo," zavolala Abbey a zabušila na dveře.

„Pan anglofon na vás čeká na zahradě."

„Pojď dál, Abbey. Na odpolední čaj se necítím."

„To musíte."

Ribby se posadila na postel a držela si hlavu v dlaních.

„Prosím, řekněte panu anglofonovi, že se sejdeme za hodinu."

„Jak si přejete, slečno Angelo."

„Až skončíte, vraťte se a pomozte mi se připravit."

„Jistě, slečno Angelo. Hned jsem zpátky."

O několik okamžiků později se Abbey vrátila do Ribbyho pokoje.

„Doufám, že se na mě pan anglofon nezlobil," řekl Ribby.

„Ne, slečno Angelo. Chápe, že nám trvá déle, než se upravíme do reprezentativní podoby," řekla se smíchem. „Teď se tady posaďte a já vám pomůžu." Abbey se rozpovídala, zatímco Ribby se nechala hýčkat. „Voila," řekla.

„Děkuji, Abbey."

„Vypadáš báječně!" Abbey řekla, když prošly chodbou a vyšly ven na zahradu.

Ribby zahlédla Teddyho s tváří zakrytou za novinami. Tiše se posadila vedle něj. Neslyšel ji. Usmála se.

Tibbles se vřítil ke stolu a oznámil: „Dobré odpoledne, slečno Angelo."

Teddy málem upustil noviny, když vstal. „Jak dlouho už tam sedíš?"

„Vlastně to bylo jen pár okamžiků. Stýskalo se ti po mně?" Ribby zašeptala a vzala jeho ruku do své.

„Bylo mi hodně, hodně špatně." Anglofon ruku odtáhl a řekl.

Ribbyho tvář zahořela.

*Co se to děje?*

„Ale myslel jsem na tebe, často."

„A na co jsi myslela ty?"

„Myslel jsem na tebe a na knihovnu."

„Přesně tak, a mám pár nápadů, které s tebou chci probrat."

„Kam se poděl Tibbles? TIBBLES!"

Tibbles se vrátil. Abbey se za ním vlekla. Nesli tácy plné jídla a nápojů. Anglofonův talíř se brzy naplnil jídlem, zatímco Ribby si vybral šálek silného čaje.

„Přemýšlela jsem," řekla Ribby a zamíchala si čaj. „Ráda bych v knihovně četla dětem a hrála pro ně divadlo. Chtěla bych naplánovat Den dětí." ‚A co?' zeptala se.

„A co by to obnášelo?"

„Autoři by mohli dělat čtení z knih."

„Hmmm, zajímavé, zajímavé," řekl Teddy.

„Taky bych chtěl, abychom darovali knihy nemocnicím."

„Ano, tyhle nápady se mi líbí, Andílku, bude to chtít trochu přemýšlení a organizování. Zatím bychom se měli soustředit na knihovnu. Až budeme fungovat, třeba za rok nebo za dva, pak můžeš realizovat ty ostatní nápady. Postupuj pomalu, Angelo. Nezapomeň, že tohle není velké město. Mluvíme tu o jiné sortě lidí."

„Rodiny jsou všude."

„Chápu, kam mířís," řekl Teddy a poplácal Ribbyho po ruce jako dítě, které potřebuje uprosit.

„Promiňte," ozval se od vchodu muž s čepicí v ruce.

„Ano?" ‚Aha, chápu, vy jste ten nový šofér.' ‚Ano,' odpověděl.

Tibbles vstoupil a klapal podpatky. „Říkal jsem vám, abyste na mě počkal v kuchyni."

Omlouvám se," řekl nový muž a sklonil čepici nejprve k Anglofonovi a pak k Tibblesovi. Vycouval z místnosti.

„Je Stephen nemocný?"

„Ne, není." Teddy se zakousl do quiche. „Zneužil mé důvěry. Příštích čtrnáct dní bude v base."

„To mě mrzí." Napila se čaje. „Ráda bych zavolala matce a zdá se, že jsem ztratila mobilní telefon."

„Jistě. Použijte telefon ve vstupní hale. My se zatím porozhlédneme po okolí, jestli nenajdeme váš telefon."

Ribby byla tak šťastná, že vstala, upustila ubrousek na zem a rozběhla se k Teddymu. Vlétla na něj plná vášně, objala ho kolem krku a políbila ho na rty. Otevřela oči. On se na ni díval zpátky. Byl chladný jako kámen.

Odstrčil ji a vstal. V obličeji byl rudý.

Ribby vyběhl z pokoje a seběhl po schodech. Vrhla se na postel a rozplakala se.

*Tomu říkáš sexy?*

# KAPITOLA 58

Druhý den ráno, když otevřela balkonové dveře, se Ribby protáhl a zívl. Sluneční paprsky ji hřály na kůži a ona pocítila silnou touhu být blíž k nábřeží. Oblékla se, osprchovala, pak si hodila klobouk, štípla se do tváří a vydala se ven ze sídla.

Na cestě zahlédla Stephena. Stál k ní zády, ale ona slyšela stříhání nůžek. Stříhal růžové keře.

„Stephene," řekla Ribby.

Narovnal se v zádech a zvedl ruku do vzduchu, aby si zastínil sluneční paprsky před očima.

„Říkal jsem si, jestli bys mě nemohl někam odvézt."

Neodpověděl. Místo toho se otočil zpátky a pokračoval ve své zahradnické práci. Počkal, až odejde, a dál stříhal a stříhal. Po chvíli nebo dvou řekl: „Proč já? Zeptej se starého muže. Nemohu vám pomoci. Nemůžu si pomoct ani sám."

„Ale já nikoho nemám, Stephene." Dotkla se jeho ramene. „Chci jít domů."

Prudce se k ní otočil, až málem ztratila rovnováhu. „Nemůžu ti pomoct. Zatraceně. Rád bych, upřímně, rád bych, ale... Jsou tu další lidé, kteří na mně závisí. Nemůžu ti pomoct. Teď jdi pryč!"

Ribby ustoupil a bojoval s nutkáním se rozplakat. „Jen jsem myslel... Omlouvám se, že jsem tě obtěžoval."

Stephen ji pustil. Nechal ji vzdalovat se stále víc a víc, než na ni zavolal. Ribby ho ignorovala. Rozběhl se za ní.

„Podívej, mrzí mě to. Jeho oči se setkaly s jejíma. „Jde o to, že mě degradovali, a já opravdu nesnáším zahradničení."

Ribby si prohlédla jeho změklé rysy.

Nervózně se ohlédl k domu, když kolem nich projelo auto. Řidič vystoupil a vyběhl po schodech nahoru, kde mu Tibbles otevřel dveře. O několik okamžiků později kolem nich auto projelo na cestě ven.

Ribby se přiblížil ke Stephenovi.

Stephen se přiblížil k Ribbymu.

Setkali se někde uprostřed.

# KAPITOLA 59

Tibbles doručil obálku anglofonovi a vrátil se ke svým povinnostem.

Anglofon stál u okna a pozoroval svou nyní již potvrzenou dceru a syna, jak na sebe koukají očima. Cítil mezi nimi chemii až do svého pokoje. Smál se, když je pozoroval, jak si šeptají a vyměňují pohledy.

Zazvonil na zvonek a Tibbles se během několika vteřin vrátil.

„Tibblesi," řekl Teddy, "dneska jedu do města. Musím tam zařídit pár věcí. Upozorni řidiče— vrátím se zítra.

„Zatím mi pohlídej Stephena a slečnu Angelu. Sleduj, co dělají, ale ať nevědí, že je sleduješ." Ukazováčkem se dotkl nosu. „Diskrétnost, můj drahý Tibblesi, diskrétnost."

„Samozřejmě, pane Anglofon." Tibbles se uklonil a vyšel z místnosti.

# KAPITOLA 60

„Jak vám mohu pomoci?" Stephen odvedl Ribbyho z hlavní cesty. „Jak jsem řekl, nemůžu si pomoct ani sám. Mám povinnosti."

Tibbles na ně zamířil, když se Anglofon chystal k odchodu.

„Má to něco společného s tvou matkou?"

„To ti nemůžu říct. Čím míň toho budeš vědět, tím líp. Proč chceš odejít? Udělal ti něco?"

„Ani nevím, co tady dělám," řekl Ribby. „Chci říct, proč zrovna já?"

Limuzína se rozjela.

„Zajímalo by mě, kam jede."

„Má nového řidiče."

„Já vím, ale je to jen dočasně," řekl Stephen. „Jestli potřebuješ odjet, udělej to hned."

„Jak bych mohla? Nemám auto."

*Ribby, ty úplně panikaříš. Uklidni se.*

„Určitě tady nahoře znáš někoho, kdo by ti mohl pomoct.“

„Včera jsem potkal reportérku Vivecu Something.“

„Ano, zavolej jí. Zeptej se jí.“

„A co když nepřijde?“

„Věř mi, že přijde,“ řekl Stephen.

„Jak to víš? Proč by se o mě starala?“

„Nevyptávala se tě na spoustu věcí o anglofonii?“ ‚Ne,‘ odpověděla.

„Ani ne,“ řekl Ribby. „Říkala, že píše příběh o přírodních zázracích.“

„Možná si to myslíš, ale věř mi, že ten příběh jsi ty. Kromě novinářů ti můžu zaručit, že situaci sleduje i policie.“

„Já to nechápu. Proč?“

„Jediné, co vám můžu říct, slečno, je, abyste jí zavolala. Ať vám to reportérka vysvětlí. Ale o mně nic neříkejte, už tak mám dost problémů. A proboha, nezvoňte z domu. Potřebujete mobil, nebo ještě lépe, můžete Abbey věřit? Myslím tím, *opravdu* věřit Abbey?“

„Měla jsem mobil, ale ztratila jsem ho. Pokud jde o Abbey, ano, myslím, že ano,“ řekl Ribby. „Jsem si docela jistý, že bych jí mohl důvěřovat i svým životem.“

„Tak ji použij. Ať jde a zavolá reportérovi. Nechal bych tě, abys to udělal ty, ale Tibbles ji má nejspíš napíchnutou. Udělejte to dnes, slečno.“

„Děkuju,“ řekl Ribby, když se dotkla jeho ruky.

„Dobře, tak se uvidíme,“ řekl Stephen. Podíval se na okno a všiml si, že se pohybují záclony. Tibbles. Vrátil se ke stříhání růží.

*Takový roztomilý zadeček.*

Copak nikdy nemyslíš na nic jiného?

Stephen se otočil, podíval se na Ribbyho a pak se zase vrátil k práci.

Ribby hledal Abbey.

Když se na hlavní chodbě málem srazili, Abbey řekla: „Tibbles říkal, že tě musím najít, a to OKAMŽITĚ. Nevím, co je to za povyk. Jen proto, že pan anglofon je na den nebo dva pryč."

„Ano, právě jsem viděla jeho auto."

„Mám být tvůj stín."

Ribby a Abbey vyšli ze dveří a pokračovali v cestě. Když byli dostatečně daleko od sídla, Ribby řekl: „Chci se odsud dostat pryč a potřebuji tvou pomoc." „Ahoj," odpověděl Abbey.

„Jestli to Tibbles zjistí, bude se hodně zlobit. Možná mě dokonce vyhodí."

„Potřebuju, abys někomu zavolal. Té ženě, kterou jsme včera potkali, víš, té reportérce?" Abbey přikývla. „Potřebuju, abys šla k telefonu, ne sem, nikam jinam než sem, a abys jí zavolala. Domluv nám schůzku. Uděláš to?"

„To můžu udělat," řekla Abbey po chvíli váhání. „Vlastně se chystám na Fairfieldskou farmu dole u silnice pro nějaký sýr. Měl mě odvézt řidič, ale teď musím jít pěšky. Odtamtud na ni můžu zazvonit."

„Jsi hvězda," řekl Ribby. „Teď se vrátím dovnitř. Užij si to na Fairfieldské farmě."

„Kdy to mám zařídit? Myslím tu schůzku s tebou a Vivecou?"

„Myslím, že bude vědět, jak těžké to pro mě může být. Řekni jí ale, že pan Anglofon je pryč a že nejlepší by bylo co nejdříve.“

„To je plán.“

Na Fairfieldské farmě Abbey vytočila číslo Vivecy Hartmanové v novinách. „Haló, to jsem já, Abbey.“

„Jaká Abbey?“ Viveca se zlobila. „Máte tady Vivecu Hartmanovou z The Local Times.“ ‚Ahoj,‘ odpověděla.

„Ano, já vím, ehm, h-jak je na tom váš kotník?“

„Můj kotník? I...“ Viveca se zarazila. „Abbey, ach ano. Co pro tebe můžu udělat? Je to Angela? Je v pořádku?“

„Ano,“ řekla Abbey, „a o tebe jsem se strašně bála, když jsi byla tak nemocná a pak sis takhle vymkla kotník.“

„Dobře,“ řekla Viveca, „je tam ještě někdo, je to tak?“

„No jo,“ řekla Abbey, „vážně se musíš šetřit a nedat si na to pozor.“

„Abbey,“ řekla Viveca, „já, nevím, co chceš nebo jak ti můžu pomoct. Uh, chce mě vidět? Chce Angela, abych tam přišla?“

„Ano,“ řekla Abbey, „pan anglofon je pryč ve městě. Nejlepší by bylo co nejdřív. Já jsem teď na Fairfieldské farmě, vyzvedávám nějaký sýr.“

„Dobře, Abbey,“ řekla Viveca, „a co zítra mezi desátou a jedenáctou dopoledne?“

„Pokusíme se utéct. Počkej na nás prosím na Fairfieldské farmě, i když se opozdíme.“

„Udělám to,“ odpověděla Viveca.

# KAPITOLA 61

V devět hodin večer zabočila limuzína Anglophone za roh na cestě k Martě. Bylo to jeho oblíbené roční období, kdy bylo večer ještě světlo. Pravda, byla ve vězení, ale on chtěl zjistit, jestli se mu podaří něco zjistit od sousedů. Stále byl rozzuřený, že se mu Martha vplížila zpátky do života. Otevřel svou knihovnu a své srdce a teď...

Martin dům byl pryč. Úplně zničený. Zůstala jen hromada ohořelých trosek. Vystoupil z auta, aby se podíval zblízka. Šofér stál po jeho boku.

Po chodníku se motala starší žena. Měla na sobě ošuntělý koupelnový župan. Přistoupila k Anglofonovi. Řidič se postavil tělem mezi sebe a ženu.

„Zatracená škoda," řekla žena a snažila se přiblížit k Anglofonovi. „Taková hodná ženská a takhle odejít. Tak smutné. A její chudák dcera. Nikdo neví, kde je, a teď, teď ten skandál. Já nevím. Já prostě nevím." Otřela si oči koutkem rukávu a pohlédla k limuzíně.

„Naznačujete, že žena, která tu žila, Marta, zemřela?"

„Ne, nezemřela. Její sousedka paní Engleová ucítila kouř. Vytáhla odtamtud těla Marthy a Scampa. Zachránila jim život, i když Martha nechtěla žít. Scamp byl adoptován paní Engleovou.“ Ukázala na dům.

„Jak to myslíš, že nechtěla žít?“

„Byla plná prášků a chlastu.“

„Prosím, pokračujte.“

„Dům vzplál jako troud. Nikdy jsme nebyli přátelé. K té ženě pořád chodili muži. Bylo to, jako by se u ní doma točily dveře.“ Žena se poškrábala, jako by měla blechy. „Měla bych jít dovnitř, než mě chytne smrt. Dobrý večer, pane.“ Odešla.

„Počkejte. Zůstaňte. Pojďte ke mně do auta a já vám dám doušek whisky na zahřátí,“ řekl Anglofon.

Žena se zastavila. Otočila se k němu. Zaváhala a pak odešla.

„Opravdu bych ocenil vaši pomoc,“ zavolal Anglofon. „Vyplatí se vám to.“

„Ehm, ale já, já vás neznám od Adama,“ řekla žena. „Mohl bys být jeden z Martiných zdegenerovaných kamarádů. Chceš z toho něco mít.“ Mávla rukou a usmála se, čímž odhalila bezzubý úsměv.

„No, já jsem Theodor Anglofon, starý Martin přítel. Známe se už dlouho.“ Vsunul jí do dlaně dvacku.

„Je ve vězení.“

Zamával jí před obličejem padesátkou, kterou se pokusila sebrat.

„Klid, příteli,“ řekl Anglofon. „Řekni mi něco, co stojí za padesát dolarů. Já si své peníze tvrdě vydělávám.“

„Můžu ti říct věci; věci, ze kterých by se ti zatočila hlava.“

Anglofon přistoupil blíž a štiplavý pach zelí ho přiměl zakrýt si nos rukou. „Váš kočár čeká.“

Starší žena se zasmála, když jí šofér otevřel dveře.

Jakmile byli uvnitř, Teddy naplnil sklenici whisky a pak ji ženě podal. Ta ji přiťukla zpátky. Dolil ji znovu.

„No, Martha a Ribby tady bydleli a Martha byla prostitutka, i když podle toho, co jsem slyšel, ne moc dobře placená.“ Zasmála se. „Věděli jsme o tom, tedy všichni její sousedé. Přivírali jsme nad tím oči. Dokud se držela dál od našich manželů, žila a nechala žít. Pak se to dozvěděly noviny a přišly sem ten bordel prověřit. Ribby tu tehdy nebyla, budiž jí země lehká. Ale chudák malá. Co všechno musela vidět, jak muži přicházeli a odcházeli, když vyrůstala.“

„Ano, přejděte k věci, abyste si těch padesát dolarů zasloužili,“ žádal Anglofon.

„Když dům vyhořel do základů, našli... Něco... V kůlně... Později... Když se Marta zotavovala v nemocnici...“

„Jdi na to.“

Žena natáhla sklenici. Když byla plná, pokračovala. „Tehdy to našli, nůž.“

„Ach jo,“ řekl Teddy a naklonil se k ženě blíž. Dolil jí sklenici.

„Tak tady byla, chudák Martha, bez dcery, bez duše, a oni ji obvinili z prvního stupně. Dvě vraždy. Její sestra a jeden z jejích Johnů - myslím, že to byl Thursday. Bylo to všude v novinách. Bylo to tady šílené.“

„Čtvrtek?" Teddy řekl pobouřeným tónem.

Žena zaváhala: „Tlustý, velmi, velmi, velmi tlustý. Ne obyčejný druh tuku. Velmi neatraktivní. A taky vdaná."

„Pokračuj v tom příběhu. Tak co se stalo?" Teddy se netrpělivě zeptal.

„Byl mrtvý. Bodnutý do zad. Podle novin se o něj sestry pohádaly." Žena se zakuckala jako slepice snášející vejce nad podivem, že se ženy o takovou cenu perou.

„Je ve vězení a čeká, až ji soudce odsoudí. Domnívají se, že zabila toho muže a svou sestru. Pak je shodila z útesu. Nůž a jedny její šaty potřísněné krví Carla Wheelera našli zakopané vzadu v kůlně." Zastavila se a čekala v naději, že její vyprávění stačilo k tomu, aby si vysloužila padesátku.

„Byl jsi opravdu užitečný. Tady máte další stovku za váš čas a zbytek lahve si můžete vzít taky s sebou."

Když žena nevypadala, že by měla zájem vystoupit, šofér otevřel dveře. Anglofon do ní trochu strčil.

„Tak to jste do mě nemusel strkat! Ty, ty!" vykřikla žena a couvala od auta.

„Jeďte," řekl pan Anglophone řidiči, když se vrátil na své místo. „Odvezte mě do věznice."

„Ano, pane Anglofone."

Teddy se opřel a zavřel oči.

# KAPITOLA 62

Následujícího rána se Ribby a Abbey setkali s Vivecou na Fairfieldské farmě.

„Vypadáš senzačně!" Abbey řekla.

„Díky, Ang," řekla Viveca. „Už je mi dost dobře na to, abych dneska dokonce naskočila na jednoho z těch koní a projela se. Pokud si vybereš jemnou duši, jízda na koni mi bude vyhovovat."

„Abbey zná všechny naše koně," řekla paní Fairfieldová. „Nerada spěchám ven, ale musím ve městě udělat pár věcí. Takže se tu chovejte jako doma. Poslužte si vším, co potřebujete. Měla bych se vrátit do oběda, kdybyste chtěli zůstat?"

„Ne, děkuji," řekla trojice jednohlasně.

„Mám práci, mám práci, mám práci," řekl Ribby a Abbey s Vivecou souhlasně pokývaly hlavami.

„Co se děje?" zeptala se Viveca poté, co paní Fairfieldová odešla z domu.

Abbey řekla: „Půjdu se projet, zatímco si vy dvě budete povídat."

„Díky, Abbey. Jsi skvost," řekla Ribby a sledovala, jak za sebou Abbey zavírá dveře. Ribby pak zaměřila svou pozornost na Vivecu, která vypadala stejně znepokojeně jako ona.

„Jak vám mohu pomoci?" Viveca se zeptala.

„Nejdřív ti děkuju, že jsi přišla tak narychlo. V domě s panem Anglofonem toho mám nad hlavu. Chci jít domů."

„A on ti to nedovolí? Drží tě v zajetí?"

„Ne tak docela. Ještě před pár dny se ke mně choval laskavě, i když se cítím velmi izolovaná, protože je pořád na služební cestě. Před pár dny, ach, nevím, jak to vysvětlit jinak, než že jsem chtěla odejít. Navíc mi zmizel telefon. Vím, že chce, abych zůstala a otevřela knihovnu, ale mám podezření, že přede mnou něco skrývá. Nevím, proč mě potřebuje jako Knihovníka. Tedy konkrétně mě. Není to tak, že bych odpověděla na inzerát na tu pozici. Upřímně řečeno, mám strach."

„Nejdřív mi řekni, co víš."

„Myslím, že bude lepší, když začneš úplně od začátku."

„Anglofon má u dam pověst. Jednoduše řečeno, má o sobě fantazii. Díky všem těm penězům, nemluvě o moci, kterou disponuje, je schopen dělat věci, které by normální člověk nedokázal. Například má v kapse několik členů Rady. Je známo, že si mastí dlaně, ale je tak mocný, že na něj nikdo nemůže získat žádné důkazy. Třeba to, co se stalo v Knihovně. Vždyť

Štěpánovu mámu svázali a nechali ji umřít." "To je pravda.

„Ta žena, to byla Stephenova máma?"

*Ale Stephenova máma není mrtvá…*

„Chceš říct, že víš o tom, co se stalo předtím v knihovně?"

„Ano, četla jsem o tom na internetu, než jsem sem přišla."

„Ale v novinách to nepopsali celé. Třeba když reportéři přijeli první a našli ji, byla v dost podroušeném stavu. Reportéři mluví a dobře, říkají, že byla nahá, přivázaná k židli, na těle měla popáleniny a spoustu krve. Forenzní expertiza později zjistila, že to byla zvířecí krev. Někteří říkají, že Anglofon se zabýval černou magií. Divné věci."

Ribby si vzpomněl na siluetu muže na zadní straně knihy o magii.

*Tohle nedává smysl. Stephen ji navštívil.*

A ona mu zavolala.

Viveca pokračovala: „Ano, ale je toho víc. Někteří říkají, že byla Anglofonovou milenkou. Rozhodně byla jediným člověkem, kterému kdy svěřil svou knihovnu."

*Tohle je čím dál podivnější.*

„Můj otec má s Anglophonem dlouhou historii a Štěpán u něj žil od dětství."

„Takže se mnou, proč tedy se mnou?"

„To nevím, ale nedivím se ti, že chceš domů. Copak nemáš žádnou rodinu?"

„Ano," řekl Ribby, „moje máma je ve městě. Musím jí zavolat. Hned jí odtud zavolám." Ribby zvedl telefon.

„Je mi líto, ale číslo, na které voláte, už není v provozu. Prosím, zavěste a vytočte číslo znovu.“

Ribby vytočil číslo znovu a výsledek byl stejný.

„Možná bych ji mohl kontaktovat za vás? Ať si pro tebe přijede s posilami, tedy s policajty. Jak se jmenuje?“

„Martha, Martha Balustrade.“

„Panebože!“ Viveca vykřikla. „Ty nejsi dcera Marty Balustrádové!“ “Ne, to není pravda.

*Ach, ach, co to ta nejdražší maminka zase provedla?*

# KAPITOLA 63

Teddy dorazil do věznice. Martha byla držena na samotce. Chtěl ji vidět. Předstíral, že je její právník.

Žena u přepážky se přehrabovala v papírech. Anglofon udeřil pěstí do jejího stolu a zopakoval své požadavky. „Zavolejte Fredericka Schmidta. Zavolejte starostovi Brownovi. Znají mě. Umožní mi setkání s mým klientem, a to OKAMŽITĚ," houkl Anglophon.

Telefonáty byly vyřízeny. Anglophone stále čekal celé hodiny.

„Mohu vám nabídnout šálek čaje?" ‚Ano,' odpověděl Anglofon.

„Ne, děkuji," řekl Anglophone, „chci jen vidět svého klienta."

# KAPITOLA 64

„Znáš mou mámu?"

„Drží tě v ústraní," řekla Viveca. „*Všichni* o tvé matce vědí, když se o ní v poslední době píše. Když se někdo přizná k vraždám dvou lidí včetně vlastní sestry, je to ve zprávách, dokonce i tady. A to nemluvím o jejích dalších vylomeninách. První stránky novin, Angelo!" Sledovala, jak Ribbyho tvář zbělela. „Promiň, je to přece tvoje máma."

„Vražedkyně? To se asi pleteš." Odmlčela se. „Mimochodem, moje skutečné jméno je Ribby Balustráda."

„Tak proč?"

„Je to anglofonní záležitost."

„On tě donutil změnit si jméno?"

„Ne, Angela je hezčí než Ribby."

„Viveca taky není úplně obyčejná ani hezká, takže vím, jak to myslíš. Ale vraťme se k tvé mámě a k těm vraždám. Nemyslíš si, že to udělala ona?"

*Víme, že ne, protože jsme to udělali my.*

Jednu jsme udělali my, druhá byla sebevražda.

Ribby nic neřekl.

„Hele, já vím, že tě Anglofon držel tady dole v ústraní. Člověk by si myslel, že bude mít aspoň tolik slušnosti, aby ti řekl o tom, že tvoje matka je ve vězení.“

„Veškerý čas jsem trávil čtením a opravováním knihovny. Moje matka mezitím... Panebože, musím za ní jít, hned. Můžeš mě tam vzít? Musíš mi pomoct. Prostě musíš!“

Abbey vystrčila hlavu zpoza rohu a uslyšela Ribbyho prosbu. „Co se děje? Proč je tak rozrušená? Angelo, co se děje? Vypadáš, jako bys viděla ducha!“

„Potřebuju jít do města, ještě dneska. Hned. Viveca mě odveze.“

„Můj táta nás nejspíš dostane do letadla a budeme tam co nevidět. Moment, zavolám mu a vysvětlím mu to. Vyzná se dobře v právnických blábolech, tak se podívám, jestli se k nám může připojit.“

„Poblíž je letiště? Proč tedy Teddy neletí do Toronta? Určitě si to může dovolit?“

„Bojí se létat,“ řekla Viveca, právě když její táta zvedl telefon na druhém konci. Všechno mu vysvětlila. Souhlasil, že se s nimi sejde na letišti. „Tak jo, dámy, jdeme na to!“

„Počkej,“ řekl Ribby, „můžeme se zastavit a vyzvednout i Stephena? Já, já bych byl rád, kdyby tam byl.“

„Jasně, zastavíme se, a jestli chce jet s námi, čím víc, tím líp. A co ty, Abbey? Přidáš se k nám?“

„Ne, nemůžu si teď dovolit přijít o práci. Tibbles by se prostě zbláznil, kdybych na celý den zmizela.“ Abbey se podívala na hodinky a začala být nervózní. „Už jsem pryč příliš dlouho.“

„Naskoč a já tě svezu.“

„Ale co Tibbles?“ Abbey se zeptala. „Jestli se mě na něco zeptá? Nejsem dobrá lhářka.“

„Tak nic neříkej. Musíme vyrazit, abychom měli náskok.“

„Dobře, jdeme,“ řekl Ribby. Byla ze strachu o Martu úplně mimo. Ptala se sama sebe, jak se to vůbec mohlo stát. Cítila se tak provinile.

U domu Stephen nasedl na zadní sedadlo auta, rozjeli se a nechali Abbey stát v oblaku prachu.

# KAPITOLA 65

V chladné a vlhké čekárně Teddy přecházel sem a tam jako otec v očekávání. Jeho nálada stoupala s každým okamžikem, kdy musel čekat. Šedesát minut. Devadesát minut. Sto dvacet minut. Žádné známky po ní. Po nikom ani stopy.

O několik hodin později Teddy zaslechl cinkání, jak se ke dveřím blížil strážce klíčů. „Promiňte," řekl náhle, když žena prošla těsně kolem, ‚čekám tady už hodiny.' ‚Cože?' zeptal se.

„Pane uh, anglofonní. Na vaši žádost jsem požádal o výjimku. Byla zamítnuta. Pojďte za mnou a já vás zavedu zpátky na recepci."

„Jak to myslíte, že byla zamítnuta?" obořil se na ni.

„Paní Balustrádová čeká na rozsudek," odtušila. „Teď jsem zaneprázdněná žena a je pozdě, takže mě prosím následujte."

Udělal, co mu řekla, ale neměl z toho radost.

Když Teddy nastupoval do limuzíny, stále ještě se z něj kouřilo. Zavolal do hotelu Four Seasons a zamluvil si apartmá, pak nařídil řidiči, aby ho tam odvezl.

Cestou rychle vytočil Tibblesovo číslo.

„Tibblesi! Potřebuju, abys mi zavolal Angelu, a to co nejdřív!"

„Je na procházce s Abbey. Vydržte chvilku." Když Tibbles uviděl Abbey vcházet, přikryl telefon rukou. Zeptal se jí, kde se Angela nachází. Abbey řekla, že se s Angelou rozešly už před několika hodinami.

„Pane Anglofone, slečna Angela se zřejmě ještě nevrátila."

„Tak *ji najděte*. Zavolejte mi, jakmile budete vědět, kde se nachází." Odpojil se.

„Mohl byste požádat Stephena, aby přišel do Abbey? Je to naléhavé." Tibbles řekl.

„Stephena jsem neviděla."

„Porozhlédněte se po pozemku. Řekni mu, ať se mi okamžitě ohlásí."

Abbey se rozhlédla po společných prostorách domu. Bloudila a ztrácela čas uvnitř i venku. O půl hodiny později se vrátila bez Stephena. To už se Tibbles chystal vybouchnout.

„Kde je ON?"

„Hledala jsem všude kolem. Nikde není k nalezení."

„Udělej všechno sám. Udělej si všechno sám," zamumlal Tibbles. Jeho rameno se spojilo s jejím, když se kolem ní proplétal. „Jestli ho tam najdu, srazím ti plat o padesát dolarů a příště se budeš dívat, až tě o to požádám!"

„Ale, pane," začala Abbey říkat něco víc, ale Tibbles za sebou zabouchl dveře.

Tibbles se také všude rozhlížel. Po Stephenovi nebylo ani stopy. Po slečně Angele ani stopy. Vrátil se do domu a zavolal Anglofonovi.

„Tibblesi?"

„Ano, pane, to jsem já. Nemůžu najít Stephena ani slečnu Angelu."

„Jsou spolu?"

„To netuším."

„Ale ta dívka by to jistě věděla. Říkal jste mi, že má být Angeliným stínem. Dej mi ji k telefonu."

„Není po ruce."

„Za co ti platím? Najdi ji a dej mi ji k tomu zatracenému telefonu." Tibbles odpojil telefon a odnesl ho s sebou. Když nad sebou uslyšel pohyb, vyšel nahoru.

Abbey uklízela noční stolek slečny Angely. Vzala do ruky knihu se stínovou postavou na hřbetě.

Tibbles vstoupil a strčil Abbey do ruky telefon. Upustila knihu a ta dopadla na podlahu.

„Dobrý den," řekla nesměle.

„Abbey," ozval se Anglofon, "potřebuju, abys mi pomohla najít slečnu Angelu. Je to naléhavá záležitost. Kde je?"

„Nechala jsem ji předtím na procházce. Chtěla být sama."

„A Stephen. Viděla jsi Stephena?"

„Předtím stříhal růžové keře." Ruce se jí třásly a hlas také.

„Nasaďte si Tibblese zpátky," dožadoval se Anglofon.

„Lže," řekl Anglofon Tibblesovi. „Zjisti, co ví, a zavolej mi zpátky."

„Ale jak?"

„Je mi jedno jak. Jakýmkoli způsobem. Zjisti to, a to hned!" Anglofon křičel po lince.

Tibbles zaťal pěsti a vstal. Přešel podlahu, a když stál tváří v tvář Abbey, udeřil ji do zad.

Nečekaná rána poslala Abbey dozadu a ta dopadla na Ribbyho postel. Vylezl na ni, rozkročil se a držel ji za ruce a nohy. Černý lak z jeho bot odřel peřinu.

„Řekni mi to!" křikl jí do obličeje. Když neodpovídala, přiložil jí k obličeji polštář a nechal ji vzpírat se. Znovu ji z něj zvedl. Její oči. Měkké, jako oči laní. „Řekni mi to!" Znovu polštář přitlačil a ona sebou trhla. Když polštář zvedl, konečně se přiznala a on ji nechal, aby se posadila a popadla dech.

Zavolal Anglofonovi, který na druhém konci telefonu spustil jásot. „Výborně, Tibblesi. Tvá věrnost bude odměněna."

Tibbles zavěsil telefon a pak se otočil k mladé dívce.

Abbey zůstala ležet na posteli a upírala na něj ty oči. „Přestaň se na mě dívat!" zakřičel a strčil jí do obličeje polštář. Nejdřív se trochu bránila, ale pak se vzdala. Polštář do ní stále strkal, zatímco se čas zastavil.

Když ho vyndal, dívka měla oči doširoka otevřené. Vypadala klidně. Jako anděl.

Tibbles se začal třást. Popadl noční stolek a všiml si knihy na podlaze. Zvedl ji a okamžitě poznal oči ze stínové postavy na hřbetě. Patřily jeho pánovi. Chvíli seděl a zíral na obálku knihy Všechno, co jste kdy chtěli vědět o černé magii (ale báli jste se zeptat). V myšlenkách zabloudil k Rosemary a její prosbě o pomoc.

Tibbles otevřel kouřovod a rozdělal oheň. Hodil do něj knihu a sledoval, jak hoří.

Zabalil Abbey do Ribbyho peřiny, přehodil si ji přes rameno a vynesl její tělo na zahradu. Pod růžovými keři vykopal mělký hrob. Když ji pohřbil, vrátil růže na původní místo a postříkal zahradu trochou vody. Bylo to krásné místo k odpočinku.

Uvnitř se Tibbles osprchoval a uklidil. Pak se věnoval pokoji slečny Angely. Přestlal postel čerstvým povlečením, povlaky na polštáře a novou peřinou. Perfektní.

Když dokončil všechny své povinnosti, rozhostilo se ohlušující ticho. Dokonce i jeho vlastní kroky se mu hlasitě ozývaly v uších.

Po nějaké době už nedokázal snést ani zvuk vlastního dechu. Zdál se mu tak hlasitý, tak hlučný.

Vrátil se do svého pokoje a oblékl si hábit, který mu kdysi Anglosas dal. Sáhl do spodní zásuvky a vytáhl pistoli.

Zatímco seděl ve svém oblíbeném křesle ve své oblíbené kuřácké bundě, vystřelil si mozek z hlavy.

Nikdo nebyl doma, aby výstřel slyšel.

Jen ptáci se lekli nepřirozeného zvuku.

# KAPITOLA 66

Rosemary Franklinová, Stephenova matka, už byla dávno pryč. Představovala si, jak utíká z léčebny, tolikrát o tom snila. Když se jí naskytla příležitost, využila ji a nastoupila do zadní části dodávky Clean-it-4-U. Byly čtyři hodiny ráno a ona byla na cestě.

Dodávka se s ní schovanou vzadu nějakou dobu řítila. Jakmile vyjeli za brány nemocnice, převlékla se do oblečení, které ukradla. Unesla také diamantový prsten a nějaké mince.

Na první zastávce řidič Gus vystoupil. Rosemary sledovala, jak vchází do bistra. Jakmile byl vzduch čistý, otevřela dveře a utekla. Schovala se u venkovní zdi mezi budovami. Odtud mohla sledovat, jak Gus krmí svůj obličej, a čekat, až odejde. Ucítila vznášející se příjemnou vůni vařící se čerstvé kávy a uvnitř škvířící se slaniny. Jen při pomyšlení na ni se jí sbíhaly sliny. Bylo to mnohem lákavější než odporný zápach nemocničního jídla, na který byla zvyklá.

Vrzly dveře a ona se zachvěla, když si slunce razilo cestu k obloze. Gus nastoupil do dodávky, pohrál si s rádiem, nasadil si sluneční brýle a rozjel se.

Rosemary zůstala ještě několik okamžiků schovaná. *Lepší být v bezpečí než litovat.* Když dodávka zřetelně zmizela z dohledu, Rosemary si prstem prohrábla vlasy. Vešla do bistra, kde si objednala šálek kávy a vypila ho. Chuť čerstvě uvařené kávy z bistra u silnice nebyla o nic méně než božská. Servírka k ní hned přišla a dolila jí. Druhý šálek si vychutnala.

Když byla Rosemary připravena odejít, hodila na stůl několik mincí. Věděla, že jich nemá dost, ale doufala, že jí servírka povolí. Rosemary se rozplakala a nekontrolovatelně vzlykala do dlaní.

„Je všechno v pořádku, drahá?" vrátila se k ní číšnice.

Rosemary zalhala. „Můj manžel mě bije. Utekla jsem pryč. Tahle změna je všechno, co mám. Potřebuju zmizet. Jestli mě najde, přitáhne mě zpátky."

Servírka jí podala kapesník. „Máš nějaké bezpečné místo, kam bys mohla jít? Nebo mám zavolat policii?"

„Ano, mám syna Stephena. Jediné, co potřebuju, je dostat se k němu. Kdybyste mohla zavolat taxi a vysvětlit mi situaci, byla bych vám vděčná. Potřebuji pomoc, abych se dostala pryč."

„Co kdybych vám dal svůj telefon a vy si zavoláte sama?" ‚Ano,' odpověděl jsem.

„Protože můj manžel obvolá všechny taxislužby v provincii. Když budou mít moje jméno, najde mě." Znovu vzlykla do kapesníku.

Servírka jí řekla, že zavolala taxi a že hned přijede.

„Můžu vás poprosit ještě o jednu laskavost?" Když dívka přikývla, Rosemary si vyžádala pár cigaret a balíček zápalek. Dívka jí s úsměvem vyhověla.

Když taxík přijel, Rosemary servírce poděkovala. „Jednoho dne sem přivedu svého syna, aby se s vámi seznámil, drahá." Mladá žena se usmála a zamávala, což Rosemary opětovala.

„Kam to bude, paní?" zeptal se řidič.

„Na panství Theodora Anglofona."

Podíval se na ni do zpětného zrcátka a přikývl.

„Cestou mě napadlo, jestli byste mě nemohla vzít do zastavárny. Mám něco, co bych rád prodal. Samozřejmě můžeš nechat běžet taxametr," řekla Rosemary.

„Jsou to vaše peníze, paní. Asi dvacet minut odtud je zastavárna. Vysadím vás tam a sám si dám šálek kávy a kousek třešňového koláče a la mode."

„Děkuju moc, Jimmy," řekla poté, co se podívala na jeho průkaz s fotografií vystavený na palubní desce.

Jimmy se znovu podíval do zpětného zrcátka. Když si odhrnula vlasy, sluneční světlo se odrazilo od kamínku na jejím prstu. Uhnul, aby se vyhnul protijedoucímu autu. „To je ale kámen, dámo."

„Děkuju," řekla Rosemary a zadívala se do dálky.

„Jsme tady," řekl.

# KAPITOLA 67

Letadlo brzy dorazilo do Toronta.

„Potřebuju vidět mámu," řekl Ribby.

Viveca zavolala do věznice a vysvětlila, že má u sebe dceru Marthu Balustradovou.

Přístup jí byl odepřen.

„Rozsudek bude vynesen zítra u soudu. Pojďme se ubytovat do hotelu a pořádně se vyspat," navrhla Viveca.

„Proč mi ji nechtějí pustit?" zeptala se.

„Řekli mi jenom, že vězeň dneska v noci nemá povoleny žádné návštěvy," řekla Viveca. „Jaký je nejbližší hotel od budovy soudu?" zeptala se řidiče.

„Hilton je v docházkové vzdálenosti."

Viveca zavolala dopředu a zamluvila tři pokoje. „Použiju svůj výdajový účet," řekla.

Zaregistrovali se v hotelu a dohodli se, že se sejdou v hale. Odtud se společně vydají k budově soudu.

Druhý den ráno se Stephen a Viveca snažili Ribbyho přimět, aby něco snědl. Podařilo se jim do ní dostat šálek čaje, ale nic víc.

„Jsem moc ráda, že jsi přišel jako morální podpora, Stephene," řekla Ribby.

Angela na něj mrkla.

Viveca se zhrozila nad nevhodností Ribbyho chování. Všimla si, že je to Stephenovi nepříjemné. Zaplatila účet a vyšli z budovy. Hluk na ulici byl ohlušující.

„Dopravní chaos. Ještě že tam můžeme dojít pěšky. Vítej ve městě," řekl Stephen.

Zamířili k budově soudu.

# KAPITOLA 68

Anglofon prožil neklidnou noc bez Tibblesovy péče. V jeho nepřítomnosti Anglofon zavolal do domu. To už udělal mnohokrát. Tibbles mu s radostí pomáhal tím, že natahoval hrací skříňku a přidržoval ji u telefonu. Tentokrát to však nezvedl.

Až ho uvidí příště, Tibbles by si měl připravit zatraceně dobré vysvětlení. Měl toho muže rád, ale někdy dokázal být až vztekle nedbalý.

Když seděl několik hodin vzhůru, přemýšlel o svém synovi a dceři. Kde jsou? Musí být někde ve městě. Vzpomněl si, jak se na sebe dívali laníma očima. Nevěděl, že jsou sourozenci. I jeho přitahovala jeho vlastní dcera - samozřejmě dřív, než věděl, kdo je.

Na okamžik si Anglofon představil, jak se svému potomkovi přiznává k otcovství. Šel ještě dál, představoval si svatby, pak vnoučata, jak běhají po jeho domě, křičí a honí ho. Nenáviděl děti. Utrácel všechny své peníze. Potřásl hlavou, zvedl ošklivou lampu vedle postele v hotelovém pokoji a hodil ji na zeď. Roztříštila se, žárovka zajiskřila a pak zhasla. Nebylo možné, aby to někdy slyšeli. Alespoň ne z jeho úst. Nebyl to žádný rodinný typ. Nikdy by jím nebyl. Rodinné vazby vytvářely jen komplikace.

Uvažoval o Martině situaci. Požádala ho o pomoc.

Ráno posnídal ve svém pokoji. Káva mu nechutnala. Zavolal svého šoféra a vydali se k budově soudu.

# KAPITOLA 69

Rosemary zastavila prsten. Poté navštívila papírnictví, kde si koupila pero, papír a obálku. Cestou na anglofonní panství napsala dopis. Když skončila, obálku zalepila a na přední stranu napsala: „Stephenu Franklinovi. Soukromé a důvěrné.“ Zpáteční adresu neuvedla.

V Anglofonově sídle Rosemary požádala Jimmyho, aby obálku vložil do poštovní schránky. Nechtěla riskovat, že narazí na Tibblse.

„Kam teď, dámo?“

„Do knihovny. Myslím tím do Anglophonovy knihovny. Víš, kde to je?“

Otočil hlavu. „Můžu vás tam zavést.“

„Děkuji.“

Do knihovny dorazili o chvíli později. Rosemary nejprve zůstala sedět na zadním sedadle taxíku s puštěným taxametrem neschopná pohybu.

„Je všechno v pořádku?“ zeptal se Jimmy.

Rosemary si založila ruce kolem těla a bála se vystoupit. Bála se vrátit. Bála se toho, co měla v úmyslu udělat. „Jsem v pořádku," řekla.

Jimmy zapnul rádio. Zpíval si s Elvisem.

Rosemary otevřela dveře. Vložila mu do rukou několik bankovek: „Děkuju, Jimmy. Byl jsi báječný - a taky máš docela dobrý hlas."

„Děkuji, další Elvis už nikdy nebude." Nastoupil zpátky do taxíku a odjel.

Jakmile zmizel z dohledu, Rosemary si prohlédla celou knihovnu. Kdysi to bylo její oblíbené místo. Její útočiště. A vzduch venku stále nádherně voněl. Borovice, ach ty borovice. Měla pocit, že je konečně volná.

Ten pocit netrval dlouho. Brzy jí v hlavě začaly znovu vířit špatné vzpomínky. Anglofon nad ní stál. Jak ji mučí. Černá magie. Polévání zvířecí krví. A to všechno kvůli té zatracené knize.

Ruce se jí třásly, když sáhla do kapsy a vytáhla ohnutou cigaretu. Číšnice byla opravdu hodná, když jí ji dávala. Zapálila si a dlouze potáhla. Rozkašlala se, ale pokračovala v potahování, dokud se jí ruce opět neuklidnily.

Vynořily se další vzpomínky. Vzpomínky, před kterými se skrývala, se spustily jako letní bouřka. Anglofon ji využíval jako pokusného králíka. Její vyhrožování, že půjde na policii. On vyhrožující, že zabije jejich syna. Muselo to skončit, to jeho mučení. Její vyhrožování, že řekne Stephenovi, kdo je.

Tehdy vznikl plán. Kompromis. Rosemary pro všechny případy zmizí a bude vystaven úmrtní list. Protože se brali tajně, nikdo nevěděl, že si změnila jméno. Stephen by měl doživotní práci, ale nikdy by se nedozvěděl, kdo je jeho otec. Nikdy by se nedozvěděl, že je dědicem anglofonního jmění. Rosemary by na oplátku dostala péči, kterou potřebovala. Její popáleniny by se zahojily a všechny výdaje by byly uhrazeny. Aby ochránila svého syna, souhlasila s tím, že bude do konce života zavřená. Teoreticky se to tehdy zdálo proveditelné.

Poté, co požádala Anglofona, aby ji propustil, a on odmítl, neměla jinou možnost než utéct. Kromě toho si Stephen zasloužil znát pravdu. Rosemary musela být ta, která mu ji řekne. Posadila se na schody mezi oblouky knihovny a představila si, jak její syn dopis najde a přečte si ho. Mateřská intuice jí napovídala, že dělá správnou věc.

Rosemary vstala a odhodila cigaretu na zem. Nějakou dobu strávila sbíráním materiálů. Klády, klacky, cokoli hořlavého, co našla. Cokoli, co mohla unést. Položila podpalovač na přední vchod a zapálila ho, pak přidala větší kusy. Stála mezi dřevěnými oblouky s široce rozevřenýma rukama a čekala, až ji plameny pohltí.

Kouř by byl vidět na míle daleko, ale každý, kdo by se mohl obtěžovat natolik, aby si toho všiml, byl buď pryč, nebo mrtvý.

Dřevěné oblouky se propadly dřív, než se oheň dostal k Rosemary. Zatímco jí plameny tančily v periferním vidění, hroutící se těžké trámy jí rozbíjely lebku. Už žádné utrpení. Už žádná bolest.

# KAPITOLA 70

U soudu Viveca využila svůj novinářský průkaz a dostala je blízko ke vchodu, přestože soudní síň byla plná lidí. Cestou k jejich místům si Ribby všiml několika známých tváří včetně sousedů. Nesnášela představu, že by její matka měla být souzena, natož jít do vězení.

*Pojďme si ven zakouřit.*

Ne, matka brzy přijde.

*To je toho. Nikam nepůjde.*

Ha. Ha.

Atmosféra v soudní síni se vymkla kontrole. Drbny pomlouvaly. Ti, kteří neměli nic podstatného na srdci, přesto přidávali své dva centy. Když přivedli Martu, všichni se zastavili a zírali.

Vězeňkyně byla neupravená. Šedý oblek, který měla na sobě, jí vůbec neslušel. Zhubla. Ribby si pomyslel, že její plamenem zjizvený obličej připomíná chodící mrtvolu.

*Bože, i mně jí bylo tak trochu líto.*

Ribby vzlykl.

Martha se na dceru podívala a téměř se usmála, ale pak odvrátila pohled.

„Všichni povstaňte," řekl zřízenec. „Soud této provincie právě zasedá. Předsedá mu ctihodný soudce Delvecchio."

Soudce vzal na vědomí všechny přítomné a posadil se. Soudní vykonavatel naznačil, aby všichni v soudní síni učinili totéž.

Ribby pohlédl na ženu, která držela v rukou osud své matky. I na tu dálku měla laskavé oči a Ribby doufala, že se žena slituje.

„Martho Balustradeová, shledávám vás vinnou ze všech obvinění."

V soudní síni zavládlo pandemonium.

Soudce Delvecchio se postavil a zvolal: „Ticho!" Padla zpět na své místo. „Jsem připravena vynést rozsudek." Odmlčela se. Všichni přítomní zatajili dech.

„Martho Balustradeová, jste odsouzena ke dvaceti letům vězení."

Marta mlčela.

„Ale ona to neudělala." Ribby vstal a řekl.

„Pořádek, pořádek!" Delvecchiová bouchla kladívkem a řekla. „Pořádek, nebo vyklidím soudní síň!"

*Sklapni, Ribby! Drž hubu!*

Když nastalo ticho, soudkyně promluvila k Ribbymu. „A kdo jste vy?"

*Proboha, Ribby drž hubu.*

„Vaše ctihodnosti, jmenuji se Rebecca Balustradová, ale všichni mi říkají Ribby. Jsem dcera Marty."

Ozvaly se hlasy. Další chaos. Soudce znovu pohrozil, že vyklidí místnost. Pokynula Ribby, aby pokračovala.

Anglofon vstoupil.

„Moje matka je nevinná a já vím, že je to pravda."

*Ribby, prosím.*

„A jak to víte?" Zeptal se soudce Delvecchio.

Chvíli nebo dvě bylo ticho, zatímco Ribby zatínala a roztahovala pěsti přesně tak, jak ji to naučila i Angela.

Ribby zmizela a Angela převzala řízení. Prohrabala se v kabelce, vytáhla cigaretu a zapálila si. Potáhla, upustila cigaretu na zem a zadupala ji. Podívala se směrem k soudci Delvecchiovi.

*"Ona, Ribby, nic neví. Je tak nedospělá, že si mě vytvořila — svého imaginárního přítele — a je jí třicet. Musela se v životě vyrovnat se spoustou věcí, včetně života s tou ubohou náhražkou matky."* Angela se otočila a ukázala na Martu.

Martě se po tvářích kutálely slzy.

Angela se na ni podívala. Ne.

Angela pokračovala: „*Takže jsem dělala věci, které ona dělat nemohla. Všechny.*"

Všichni se naklonili dopředu. Měla jejich plnou pozornost. Publikum viselo na každém jejím slově. Cítila se plná síly, jako by hrála v Shakespearově hře a předváděla monolog. Nikdy nebyla fanouškem Barda, ale Ribby ho četl. Nudil ji až k slzám. „Co se týče osoby Wheelera, znásilňoval tetu Tizzy. Neměla jsem na výběr. Musel jsem ho od ní dostat. Zabíjel ji."

Angela přestala mluvit. Obrátila pohled nejprve k Anglofonovi, pak na Martu a pak se vrátila k soudci.

Její posluchači už čekali dost dlouho. *„Rozhodla jsem se zbavit těla. V plánu bylo sjet s ním z útesu v jeho dodávce. Dobře mu tak. Za nic víc nestál. Tizzy měla vyskočit z dodávky, než se převrhne, ale neudělala to. Převrátila se taky."*

Marta se postavila. Pokusila se promluvit, ale právník ji umlčel a pak ji stáhl zpátky na sedadlo.

„Pořádek! Klid!" Zakřičel soudce Delvecchio. „Vyklidím soudní síň, pokud se všichni neuklidní."

Angela přešla k Martinu stolu. Nalila si sklenici vody. Napila se a ohlédla se na soudce, který řekl: „Čekáme."

*„Obvykle toho moc nenamluvím,"* řekla Angela. *"Aspoň ne nahlas. Je to žíznivá práce."*

V soudní síni se ozval smích. Soudkyně Delvecchiová, která začínala být netrpělivá, několikrát bouchla kladívkem. Vstala a otevřela ústa....

Angela ji přerušila. *„Také se přiznávám k vraždě vyhazovače na druhé straně města. V sebeobraně jsem ho zabila, protože se mě pokusil znásilnit."*

Cože? Angela?

*Nic nevíš, Ribby.*

Angela se odmlčela. *„Takže tady před vámi stojím. Vinná ze všeho. Neříkám vám žádné lži. Tyhle věci jsem udělala, ale Rebecca, tedy Ribby Balustráda, je nevinná. Víte, od začátku jsem ji mohla blokovat. Mohl jsem ji úplně ovládnout. Takže jestli chcete někoho stíhat, pak musíte stíhat mě. Jde o to, že já vůbec neexistuju. Nejsem Ribby. Jsem Angela."*

Anglofon se postavil.

Angela řekla: *"Dokonce přišla o panenství, aniž by o tom věděla. Pořád to neví."*

Ribby vykřikl.

Anglofon se protlačil podél své řady, ven a do prostřední uličky. Zvedl hůl do vzduchu a okamžitě byl odzbrojen a sražen k zemi. Když ho táhli ven z jednání, zařval: „Já jsem Theodor Anglofon!" „Já jsem Theodor Anglofon!" zařval.

Nikoho to nezajímalo.

„Pořádek u soudu! Řekl jsem pořádek!" Křičela soudkyně Delvecchiová a několikrát udeřila kladívkem. Když všichni ztichli, řekla: „Ve světle těchto nových informací se případ zamítá. Martho Balustradeová, můžete jít. Nový soudní proces bude zahájen okamžitě po psychiatrickém vyšetření. Policisté, prosím, odveďte slečnu Balustradovou do vazby, dokud neproběhne další vyšetřování."

Martha stála a po tváři jí stékaly slzy: „Ale já přiznávám vinu. Rozsudek přijímám. Zavřete mě, prosím. Nechte mou dceru jít."

*„Příliš pozdě, drahá maminko."*

Kladivo znovu dopadlo a soudce řekl: „Tohle je soud a soudíme tu vrahy, ne špatné matky. Mohl bych vás obvinit z pohrdání soudem. Mohl bych ti dát pokutu za plýtvání časem soudu. Za křivou přísahu. Za ukrývání vraha. Za maření spravedlnosti. Chápete, o co jde? Doporučuji vám, abyste si šel po svých a nechal soud udělat, co je třeba. Toto soudní jednání je nyní odročeno. Vykliďte soudní síň, zřízenci." Soudce Delvecchio vstal. Všichni ostatní ji následovali a sledovali, jak mizí ve své komnatě.

Martha sledovala svou dceru, jak jí policisté nasazují pouta a odvádějí ji pryč. Angela se na Martu podívala přes rameno a usmála se. Skoro jako by se Martě tím pohledem zastavilo srdce, nebo takhle si to potom vyprávěli. Martha spadla na zem a vydechla dřív, než k ní stihla přijet sanitka.

# KAPITOLA 71

Martha Balustrade byla pohřbena za účasti své dcery. Ribbyová byla střežena dvěma policisty a oblečena do šedého vězeňského oděvu se svázanýma rukama a nohama. Strážci jí do rukou vložili několik květin. Při posledním rozloučení je hodila na rakev.

Není to limuzína Anglophone?

*Ano. Zajímalo by mě, proč nevystupuje.*

*Po jeho výkonu v soudní síni je překvapivé, že tu vůbec je.*

*Moji matku sotva znal.*

*Pořád netuším, o co se snažil.*

Měl štěstí, že ho nezastřelili.

Anglofon tam byl, ale rozhodl se zůstat ve své limuzíně. Několikrát zvažoval, že vystoupí a vzdá mu úctu. Také zvažoval, že se ke všemu přizná. Než aby se k věci postavil čelem, raději nařídil řidiči, aby ho odvezl domů.

Cestou se trochu prospal, a když auto přijelo před dům, všiml si jasně oranžové obálky, která trčela z poštovní schránky. Když si ji přečetl, roztrhal ji na kusy.

Anglofon zavolal řidiči zpět. „Odvezte mě do knihovny."

Než Anglophone dorazil, oheň už sám dohořel.

Anglophone se podíval na zčernalé trosky. Z Rosemary zbylo jen to nejcennější. Uvědomil si, že právě proto Stephen nesměl matku vidět. Proč byl nucen způsobit v nemocnici takový rozruch. Ti idioti ji nechali utéct. Skoro si vyčítal, že mu strhli plat. Skoro. Bude muset zavolat do nemocnice, aby sem přijeli a posbírali její kousky. Oni by to ututlali, protože byl jejich největší dárce. Aby se o tom nepsalo. Nikdo by se to nedozvěděl. Koneckonců, Rosemary už byla mrtvá. Tím, že spáchala sebevraždu, vlastně znemožnila, aby se Stephen někdy dozvěděl, kdo je jeho otec.

Anglofon se otřásl, když ho šofér dovezl domů. Očekával, že tam bude Tibbles, že ho přivítá a utěší - ale po jeho důvěryhodném sluhovi nebylo ani stopy.

„Tibblesi!" zařval.

Jeho hlas se rozléhal po celém domě, ale nikdo neodpovídal. Anglofon byl příliš vyčerpaný, než aby se ho snažil najít. Odešel do svého pokoje, natáhl hrací skříňku a na chvíli usnul.

Když se probudil, cítil, jak mu duší prochází hrůza, a křičel na Tibblese. Tahal a tahal za zvonek tolikrát, až opět spadl ze stropu. Stále však nikdo nepřicházel.

Cítil se velmi osamělý, a také byl.

Až na Tibblese, který byl mrtvý ve svém pokoji, a Abbey, která byla pohřbená pod růžemi.

# KAPITOLA 72

Po rozsáhlém psychiatrickém vyšetření proběhl Ribbyho proces rychle. Byla odsouzena k dvaceti letům vězení. Deset let za každou vraždu, po odečtení odsloužené doby. Tizzyina smrt byla považována za sebevraždu.

Ribby několik dní bez přestání plakala, což se změnilo v týdny. Nedokázala se s tím v nepřátelském prostředí vyrovnat. Přežívala na pokraji sil.

„Už zase mluví sama se sebou," řekla Ribbyina spoluvězeňkyně Shona. Shona byla odsouzena za vraždu svého manžela a dvou dětí.

Situaci přišla zhodnotit vězeňská stráž. Viděl, jak se Ribby krčí a houpe na posteli. Shonu pokáral a řekl jí, aby přestala křičet, jinak ji zavře na samotku.

„Ale no tak," řekla Shona. „Já jsem nic neudělala."

„Ještě jedno slovo a půjdeš na samotku," řekl dozorce.

Shona vzdorovitě vyplázla jazyk, když se dozorce otočil zády a odešel. Několik vteřin stála a pozorovala ho, než se otočila a postavila se čelem k Ribbymu. „Sleduju tě, ty děvko!"

Ribby otočila obličej ke zdi.

„Neotáčej se ke mně zády, ty děvko!" Ribby se na ni podíval. Shona do ní strčila.

Angela vstala a chytila Shonu pod krkem. Odstrčila ji ke vzdálené zdi silou, která spoluvězeňkyni zaskočila. Shona zaklonila hlavu. Praskla, když se dotkla studených cihel.

S rukama kolem Shonina krku řekla: *„Dovol mi, abych ti vyjasnila pár věcí. Zaprvé, nebudeš se mnou mluvit. Za druhé, nebudeš se mě dotýkat. A za třetí, pokud uděláš kteroukoli z těch dvou věcí, které jsem právě zmínila, zabiju tě."*

Shoně plavaly oči v důlcích. Snažila se reagovat, ale jediné, na co se zmohla, bylo lapání po dechu. Žena souhlasně přikývvla.

Angela se vrátila k posteli, ale než si lehla na tenkou matraci, popadla vodu a chrstla ji Shoně do obličeje. Tento čin vytrhl spoluvězeňkyni z omámení.

Shona se rozpovídala o Ribbym. Byla to drsňačka, se kterou si není radno zahrávat. Několik dalších se o to pokusilo, ale Angela je hned usadila. Ribbyho fňukání a obětavosti měla dost na celý život.

Uplynuly roky. Spoluvězni přicházeli a odcházeli.

Angela nad nimi měla i nadále plnou kontrolu. Byla respektovaná i obávaná. Časem jí to tu patřilo. Teď to bylo její vězení a ona měla kontrolu nad ním i nad Ribbym. Život se dal žít.

# KAPITOLA 73

Po několika letech Anglofon nečekaně navštívil věznici. Ribbyho nenavštívil. Místo toho se setkal s nově jmenovaným ředitelem věznice J. B. Bedfordem. Bedford byl vnukem starého známého, který mu dlužil laskavost.

„Rád bych zde financoval knihovnu," řekl Anglofonovi. Anglophone už byl bez vlasů. Tělo se mu neustále třáslo a nemohl dlouho stát.

„To je od vás velmi velkorysé," odpověděl Bedford. „I když upřímně řečeno, vězňům by se hodilo darovat spoustu věcí. Myslím tím před knihami."

Anglofon se naklonil těsně k Bedfordovi. „Sepište si seznam a doneste mi ho. O peníze nejde, ale knihovna je nutnost, a to rychle. Jsem starý člověk."

„Jasná věc," řekl Bedford. „Jestli máš peníze, pojmenujeme ji dokonce po tobě."

„Ne," řekl Anglofon. „Já o uznání nestojím. Chtěl bych však, abyste do toho zapojil jednoho z vězňů.

Může pomoci při tvorbě a údržbě samotné knihovny. Jmenuje se Ribby Balustráda. Je to kvalifikovaná knihovnice. Já jí samozřejmě věnuji krabice plné knih."

Bedford o Ribby Balustradové věděl. Byla to koulařka, která se během svého dosavadního pobytu vyšvihla na vrchol jako nová královna smečky vězňů. Bedford nepředstíral překvapení, když řekl: „Ta rozhodně nevypadá jako knihovnický typ."

„Ribby Balustráda je skutečně knihovnický typ. Souhlasíme?"

„Jistě," odpověděl Bedford.

„A ještě jedna věc," řekl Anglofon. „Nikdy se nesmí dozvědět o mém zapojení. Tedy, nikdy."

„Chápu," řekl Bedford.

Když se Angela dozvěděla o nové knihovně, vůbec ji to nepobavilo. Knihovny a knihy byly trapné. Na své pověsti tvrdě pracovala. Chtěla si ve vězení udržet své postavení. Musela si udržet svůj profil. Aby si udržela strach. Bez strachu by přišla o všechno, na čem tak tvrdě pracovala. Nedokázala by Ribbyho ochránit, kdyby se neustále potulovala po knihovně.

*Čtení je pozitivně tupé, a jestli chceš, abych tě chránila, musím tady velet já.*

Až budou mít vězni knihovnu, budou mít co dělat. Bude to lepší.

*Proboha, Ribby, můžeš být tak hloupý? Vážně?*

Před nápadem s knihovnou se Ribbyho osobnost ráda posunula na druhou kolej. Teď se znovu vynořila. Ribby se cítil téměř šťastný.

Budu moci pomáhat ostatním. Seznámit je s knihami. A navíc si jako bonus budu moci přečíst, co budu chtít.

*Veškerý čas na světě, abychom se nudili do zblbnutí a přitiskli si na záda terč.*

Bude to v pořádku. Já vím, že bude.

*Vzbuďte mě, až to skončí.*

Ribby stál uprostřed nepoužívané místnosti. Brzy se z ní stane knihovna. Byla dost prostorná, ale holé dřevěné trámy na stropě byly ošklivé. Stejně tak studené cihlové zdi a břidlicová podlaha. Stěny by mohla opravit tím, že by je obložila policemi na knihy a podlahy kobercem. Strop byl ale úplně jiný problém.

Denně přicházely krabice plné starých a nových knih. Několik beden bylo třeba otevřít páčidlem. Uvnitř krabic byly knihy svázané do kategorií provazem. Ribby zaplnil police a všechno srovnal.

Když byla nová knihovna hotová, Ribby stál vedle správce Bedforda. Vězni se shromáždili kolem na slavnostní otevření. Proběhlo slavnostní přestřižení pásky.

Její spoluvězni vstupovali v malých skupinkách. Ribby se pochlubila, jak to tu vypadá. Byla pyšná na stoly a židle, na koberce. A knihy, tolik knih! Nemluvě o posuvných žebřících pro snadný přístup. Jednu věc však změnit nemohli, a to dřevěné trámy na stropě. Pořád byly ošklivé, ale osvětlení to pomáhalo zakrýt.

Většina vězňů reagovala na knihovnu pozitivně. Kromě Angely.

*Ribby, ty ženy jsou nesmírně nebezpečné. Je jen otázkou času, kdy po nás zase půjdou.*

Nebuď směšný. Tahle knihovna mění pravidla hry.

Ribbyho posedlost novou knihovnou dávala Angele všechny důvody, aby se od ní držela dál a dál.

Jednoho odpoledne Ribby promluvil se správcem o založení knižního klubu. Myslel si, že je to dobrý nápad, ale protože měli od každé knihy jen jeden výtisk, bylo by obtížné vést tradiční knižní klub. Ribby se zeptala, zda by mohla kontaktovat místní knihkupectví a požádat o další výtisky. Bedford jí hodil pár mincí do telefonní budky. Trvalo několik dní, než se jí dostalo souhlasu, a pak přišel dar pětadvaceti knih. Úplně první knihou vězeňského knižního klubu měl být *Zločin a trest* od Fjodora Dostojevského .

Jakmile bylo k dispozici prvních pětadvacet výtisků, vězni o knize začali mluvit. Chtěli si ji přečíst také. Koncept měsíčního knižního klubu se změnil v týdenní knižní klub. Vězni stáli ve frontě, aby se k němu mohli připojit.

*Kdy se konečně začneme bavit?*

Tohle je zábava a my děláme změnu. Podívejte se na ostatní vězně. Děláme tu něco dobrého.

*Ty jsi ale dobrák.*

Děkuji.

*Do slova nuda jsi vložil nudu.*

Tak jdi pryč. Už tě nepotřebuju.

Ředitel si všiml velkého rozdílu v chování svých vězňů. Zavolal si Ribbyho do kanceláře. Poděkoval jí za návrhy. Jako nový ředitel se chtěl prosadit a Ribby mu pomohla vyniknout.

Zeptal se jí, jestli má nějaké další nápady, jak zlepšit situaci pro své spoluvězně. Ribby navrhla autorskou četbu. Ředitel řekl, že zná někoho, kdo zná populárního autora z Maine. Ribby poslala prostřednictvím ředitelova přítele dopis, v němž se zmínila, že Knižní klub bude brzy číst knihu *Stand By Me*. Brzy se objevili autoři z celého světa, kteří darovali knihy a žádali, aby mohli přijet do věznice a diskutovat o svých knihách.

Ředitel si opět zavolal Ribbyho a zeptal se ho, jestli nemá nějaké další nápady. Zmínila se o rodinném dni, kdy by vězni mohli číst svým dětem. Často sledovala rodiny pohromadě v zasedací místnosti obklopené vězeňskými dozorci. Děti vypadaly příliš vyděšeně, než aby mohly mluvit. Pro celou rodinu to bylo neúčinné. Navrhla ohraničit část knihovny, kde by si mohla číst vždy jedna rodina. Ředitel věznice to považoval za výborný nápad a nabídl, že to zkusí. Ústní podání přineslo další dary z knihkupectví. Přidali dětské oddělení.

Další Ribbyho návrh: naučit číst vězně, kteří to neuměli.

Dále požádala o dary na zřízení pracovního koutku. Přišly počítače, které byly připojeny k WI-FI, takže vězni mohli před propuštěním pracovat na svých životopisech.

Zpráva se rozšířila po celém vězeňském systému. Ředitelka Bedfordová získala ocenění a vyznamenání. Nikdy neopomněl zmínit Ribbyho přínos.

Ještě zbývalo vybalit krabici s knihami. Ribby ji rozřízl. Na zadní straně obálky byla silueta muže.

*Theodora Anglofona.*

Myslíte, že to všechno udělal on? A proč jsme si nevšimli, že je to on, už dřív?

*Nejsem si jistý, teď mi to připadá zřejmé. Ale zajímalo by mě proč, proč to udělal?*

Pocit viny? Výčitky svědomí?

*Z lásky?*

Ribby byl nahoře na žebříku, když Angela utáhla provaz kolem dřevěné krokve. Udělala smyčku a vložila do ní hlavu. Když byla připravená, začala zpívat:

*Dobře, dobře, dobře, dobře, dobře!*

Ribby stál pevně. Sundala si provaz z krku.

Ne.

Angela se s námahou ovládla, chytila provaz a znovu do něj vložila hlavu. Když se odstrčila ze žebříku, Ribby se jí podařilo jednou rukou udržet na horní příčce. S lanem stále připevněným kolem krku se Ribby držela jako o život.

Angela se pokusila znovu odstrčit a stále si broukala melodii. V důsledku obrovské síly se Ribbyho ruka uvolnila.

Ribby a Angela chvíli viseli a pak se zdálo, že letí ke světlu. Lano však nebylo dost dlouhé. Kyvadlově se rozletěli a pak se srazili se žebříkem. Odhodil se do strany a odrazil se ke vzdálené stěně, kde s žuchnutím dopadl.

Sanitka přijela příliš pozdě.

# EPILOG

O několik let později přišel dopis od právníka Theodora Anglofona adresovaný Stephenovi.

V něm byla odhalena pravda: Stephen byl synem a jediným dědicem Anglofona.

„Něco zajímavého?" zeptala se jeho žena Viveca.

„Vůbec nic," odpověděl Stephen a hodil dopis do ohně.

Šťastný pár spolu seděl na pohovce, zatímco jejich dcera Rebecca si četla knihu.

# Citace

*"Paní starostka si stěžovala, že je guláš studený;*
*„A všichni dlouho hrají vaše housle,“ řekla.*
*"Tak proč, Dobráku, co když je to tak?*
*Podrž si, jestli můžeš, ty svoje tyjátry,„ řekl.“*
CHARLES COTTON

# Slovo autora

Vážení čtenáři,

Děkujeme, že jste si přečetli Ribbyho Tajemství. Doufám, že jste si jeho čtení užili stejně jako já jeho psaní!

Ribbyho tajemství začalo poprvé vycházet jako povídka v roce 2011. Příběh skončil, když Ribby plivl Martě do pití.

Netrvalo dlouho a Angela na mě začala mluvit. Ignoroval jsem ji s tím, že projekt je hotový, ale ona trvala na svém.

Pak se objevil Theodor Anglofon.

O osm let později jsme tady.

Rád bych poděkoval svým korektorům a beta čtenářům - za ta léta jich bylo mnoho. V neposlední řadě děkuji svým finálním redaktorkám LF & MC - vy dvě dámy ROCK!

Děkuji také svému manželovi a synovi, že tu pro mě vždy byli.

Jako vždy - šťastné čtení!
Cathy

# O autorovi

Mnohokrát oceněná autorka Cathy McGough žije a píše v kanadském Ontariu se svým manželem, synem, dvěma kočkami a jedním psem.

# Také by:

E-Z DICKENS SUPERHRDINA KNIHY 1 AŽ 4
V ANGLIČTINĚ A BRZY I V ČEŠTINĚ:
EVERYONE'S CHILD
13 SHORT STORIES
+
CHILDREN'S BOOKS

www.ingramcontent.com/pod-product-compliance
Lightning Source LLC
Chambersburg PA
CBHW022306310726
48973CB00001B/237